Will Self

Dorian

道连：一场模仿

An Imitation

[英] 威尔·塞尔夫 著
赵挺 译

上海译文出版社

译　序

当代英国文坛怪杰威尔·塞尔夫1961年9月26日出生于伦敦。和女前辈弗吉尼亚·伍尔夫一样，威尔·塞尔夫也出身于伦敦上流知识分子家庭。父亲彼得·塞尔夫牛津大学毕业，曾在伦敦政治经济学院、伦敦大学和澳大利亚国立大学堪培拉分校等著名学府任政治学教授。母亲伊莲娜·塞尔夫也不是浮泛之辈。她是犹太裔美国人，毕业于宾夕法尼亚大学，前夫是一位颇有名气的文学评论家。1958年，在康奈尔大学做访问教授的彼得·塞尔夫和伊莲娜邂逅，随即擦出火花。不久，怀孕的伊莲娜追随彼得来到伦敦，两人组建了新的家庭。由于父母都是再婚，所以威尔·塞尔夫曾诙谐地说："我的童年像是他们两人的重排剧。"

母亲伊莲娜对威尔·塞尔夫走上文学道路乃至以后的人生起了决定性作用。她性格内敛，为人冷漠，但却热爱文学，酷爱阅读。据塞尔夫回忆，童年时，全家人的晚餐经常在母亲主导下，变成"阅读晚餐"(reading supper)。大家各自拿着一本书边吃边读，互不交流。整个用餐过程鸦雀无声。可惜的是，家庭内部这种貌似浓郁的知识氛围，并没有给塞尔夫带来健全的心智。青春期的塞尔夫开始追求离经叛道、愤世嫉俗的生活方式。他十二岁开始吸食大麻，没过多久，就过渡到可卡因和海洛因。令人费解的是，塞尔夫母亲对儿子的行为不但没有制止，还在一定程度上加以纵容。直到上大学，母亲还给威尔·塞尔夫零花钱买大麻抽，直到后来发现塞尔夫吸食海洛因，染上严重的毒瘾，才为自己当初犯下的错误懊悔不迭。

青年时期的混乱生活，对威尔·塞尔夫以后的文学创作产生直接影响。他称自己的作品为“肮脏魔幻现实主义”（dirty magical realism），因为其大部分作品都涉及暴力、毒品、同性恋、精神错乱等。但是和威廉·巴勒斯、艾伦·金斯伯格等同样描写混乱生活的“垮掉的一代”作家相比，塞尔夫的文风更加瑰丽奇幻，语言文字也更加考究，更富于雕琢。文学评论界人士对塞尔夫的作品虽然褒贬不一，但两派评论家都将他的文风冠以“塞尔夫体”（Selfian style）。也有人视塞尔夫为艾米斯、巴拉德一派的余绪。塞尔夫自己亦坦言，要想最有效描摹出人类行为的丑陋和愚蠢，就得使用水晶般坚硬纯洁的文风。

威尔·塞尔夫既是作家，同时又是大学里的文学教授和BBC等知名媒体的兼职评论员。后两个身份令他对文学传统和文学前辈的作品具有敏锐的敏感度和深刻的理解。塞尔夫曾表示，在文学创作时，心里十分清楚自己的作品会在评论界和读者心中激起何种反应。在文坛，关于塞尔夫用词诡异奇幻流传着许多笑话。有人说，塞尔夫有个“词汇调色板”。也有人戏谑道，塞尔夫的书桌上放着一个盛满了巴洛克风格的词汇墨水瓶，写着写着就用笔尖蘸点里面的墨水，点染润饰一番笔端的文字。塞尔夫对自己在作品中这种苦吟式的寻章摘句倒也并不讳言。他承认写作时经常翻看同义词词典，以搜刮那些罕见冷僻的词汇。在当代英国文坛，他被视为自安东尼·伯吉斯以来最钟爱使用怪词的作家。

在塞尔夫的所有作品中，按照时间顺序，《道连：一场模仿》是其第四部长篇小说，也是对王尔德名著《道连·格雷的画像》的致敬之作。他的第一部长篇小说《我的寻欢作乐》在内容和形式上沿用了十九世纪小说家詹姆斯 · 豪格的《罪人忏悔录》。他还受契诃夫《第六病室》启发，写了一篇名为《第九病室》的中篇小说。《道连：一场模仿》最初并非一部小说，而是塞尔夫受电影片商邀请，创作的一个剧本。制片方本来打算将王尔德《道连 · 格雷的画像》搬上银幕，后来由于种种原因，电影流拍。塞尔夫遂将这部面临烂尾的剧本重新加工成一部长篇小说。

小说在整体结构上紧扣奥斯卡 · 王尔德《道连 · 格雷的画像》这部原作，三个主要人物沃顿、道连和巴锡尔都沿袭了《道连 · 格雷的画像》里的原名。对于小说的整体框架和主题，塞尔夫也予以保留，并用一百年后当代社会里的相应元素进行替换。例如对于原作中道连想用画像变老变丑作为自己永葆青春的代价这一关键主题，塞尔夫将画像换成了新型装置艺术中的录像作品。三个主要人物，沃顿还是那位妙语连珠、放荡不羁的贵胄后裔，道连也还是相貌阴柔、出身优裕的牛津毕业生，巴锡尔依然被刻画为落魄潦倒的艺术家。王尔德的《道连 · 格雷的画像》写于十九世纪末，欧洲处于社会大变动的前夜，人心浮动，知识界分化趋势日益明显。而塞尔夫也敏锐地捕捉到当今时代和百年前王尔德所处时代具有的这些相似性特征，将这种“世纪末”情结和身处其间人物所经历的深刻的思想危机照搬到《道连：一场模仿》里。

奥斯卡 · 王尔德《道连 · 格雷的画像》和威尔 · 塞尔夫的《道连：一场模仿》中间隔着整整一个二十世纪，但这两位作家之间，却存在着某种奇异的契合。奥斯卡 · 王尔德是个同性恋者，为此他毕生饱受来自主流社会的道德控诉，并最终抑郁早亡。而晚生了一百年的威尔 · 塞尔夫也因为吸毒而声名狼藉。上世纪九十年代英国大选期间，威尔·塞尔夫曾作为随行新闻记者，被发现在英国首相约翰·梅杰专机的卫生间里偷偷吸食海洛因，令舆论为之哗然。虽然塞尔夫后来成功戒毒，但过去的这段不光彩经历至今依旧经常为人所诟病。他自己也语带讽刺地暗示，“为了重温过去生活的片段，（自己）偶尔也重拾旧习。”王尔德富于捷才，善写警句，语不惊人死不休，号称“世上唯一比被人议论更糟糕的，就是无人议论”。而塞尔夫同样善于用文笔博得读者和评论家眼球。在《道连：一场模仿》里，塞尔夫使出浑身解数，在语言的机敏上试图和王尔德一试高低，也的确写出了许多精彩纷呈、可被引语宝典收录的经典语句。现撷取数例如下。

变色龙性格对现代人至关重要。——沃顿经常挂在嘴边的话

他整个人就像赌桌上被挖空心思的老千打出的一张假牌。——描写巴锡尔

房间的烟灰缸大得出奇，堪比自然界地貌，而香烟和雪茄的烟蒂埋在锥形烟灰里就好像被火山喷发掩埋的遇难者。空酒瓶多得不计其数，那阵势像个另类吧台，只不过这个吧台能卖的只剩酒渣和酒气。——描写沃顿杂乱无章的房间

你（道连）就像游走在这座城市动脉里的一个细胞，而我（沃顿）却拥有一个外科大夫的视角。——沃顿在道连面前炫耀自己眼光独到

我飘浮在城市之上，视海德公园也不过是伦敦这座灰色尸体上生绿色坏疽的瘘管！ 整座城市也像个行将就木的人，自甘堕落，拿自己最实在、最能保值的财富去换取那些廉价的饰品和塑料玩意。——描写伦敦发展过程中的堕落和媚俗

而美国国内那些肆无忌惮的同性恋者，骄横自大的黑人，狂妄不

羁的瘾君子，就这样被消费、包装、零售，和其他一切人或物品一样，成为商品。八十年代的美国，反正统文化令人作呕地沦落为彻头彻尾的交易文化，而安迪·沃霍尔就是这股风潮的集大成者。而当美国市场被这些品牌充斥饱和，他们又一股脑儿将这些回吐到欧洲，反正那儿的消费者钱包不具备抵抗力。——讽刺安迪·沃霍尔为代表的波普艺术和消费文化

最后谈谈本书的翻译。在互联网时代，对于译者来说，翻译在世作家的作品，一大可能的优势就是和作家本人直接建立联系，讨论翻译中的难点。笔者在签订翻译合同伊始，就和塞尔夫取得联系。在翻译过程中，每翻译完一章，就把文本中的疑难点记录下来并汇总，通过电子邮件向作家本人求证请教。塞尔夫在回答这些翻译中出现的问题时，表现出罕见的耐心和认真。虽然是用电子邮件形式一问一答，但塞尔夫在邮件中从不使用口语化的表达，而是和文学创作一样，蘸着他那标志性的“巴洛克风格”墨水瓶，回答笔者的问题。读他的邮件，再和小说原文互相参照，每每令人茅塞顿开，不知不觉地神游于塞尔夫营造的光怪陆离的文学世界里。

赵 挺

献给伊凡

感谢杰克·埃默里和琼·贝克韦尔

在欧洲所有的语言里，人们把“人”（person）一词指代个体化的人，这种无意识的用法相当精确恰当：因为“人格面具”（persona）真正的意思是演员所戴的面具，真实的情况是，没有人会表现真正的自我；我们都戴着面具，扮演角色。

——叔本华

目　录

第一部　录　像

1

一走进亨利·沃顿和维多利亚·沃顿夫妇位于切尔西的家，你就会分不清这里到底是白天还是黑夜。要命的是，这里不光昼夜不分，就连节令，甚至年份也暧昧不清。时光到底停留在本世纪还是上世纪？她穿的算是长裙还是套装？而他是在嗑药还是畅饮？他喜好阴交还是肛交？

他们住的这套遍布灰尘的公寓阴沉沉的，而污秽的卫生间却亮堂堂。在这充满反差的背景映衬下，这对夫妻的行事做派，想法念头，甚至就连身上的毛孔都是各种混合体。生活对他们来说仿佛就是老虎机，而物品、思想甚至灵魂都不过是老虎机转动时卷轴所对应的图标。摇一下拉杆，东西就出来了：三把小刀，三根香蕉，三张英镑价签。在沃顿家，任何东西都三个一组，用厄运币①慷慨支付。

接下来的这个故事发生在 1981 年，而沃顿夫妇这所宅子建于 1881 年。两个年份就这么巧合，更巧的是这两个年份所处时代也颇为相似：政府都是既进步又反动，君主政体都深陷亘古至今未曾停歇的危机之中，经济衰退来势汹汹，令人苦不堪言。因此一个局外人身处此间，如果觉得与投射于长条地毯上的、尘埃重重的光束中的人影相比，那些扇形窗、墙裙、条纹壁纸、金框镜子、安提诺乌斯②胸像复制品、透纳的一幅水彩画更为重要而恒久，也情有可原。

沃顿夫妇是上层名流——这点一目了然。看看亨利·沃顿倨傲的做派。他那自高自大、目空一切的面庞在照镜子时，仿佛连自己的尊荣都不屑一顾，像要找个更有趣的人来交谈。那人不能有红色卷发，眼睛也不能像殡仪员制服的纽扣那样缝在一片惨白的背底上。对某些人来说，人生不过是个翘首以盼的鸡尾酒会的开场时刻。亨利·沃顿就是这种人。

要是不信，不妨看看他的着装。他浑身上下穿着入时，精心裁剪的三件套威尔士王子格子西装靠近膝盖的地方稍稍有些松垮，米色蝴蝶领亚麻衬衫在袖口和袖扣的小孔边也有点磨损，红色真丝领带只不过随意打个结。但这些不过是这身行头露在外面的一小部分——从粗大的喉结到有些破旧的懒人鞋（真正的英国绅士是从不擦皮鞋的，话说回来，一个懒鬼也同样如此）这一长条部分。而他这身华服其余部分却藏在一件长款克龙比大衣下面。这件大衣同样做工精良，只要你不介意它肥大的下摆和男女不分的款式。

沃顿身后站着一个骨瘦如柴的女人，黑色头发甩在宽阔的脑门后面，脑袋深埋在她丈夫两块肩胛骨的凹陷处。她丈夫正在整理邮件，主要是一沓硬纸片做的请柬。这些请柬有些是用墨水手写的，有些是用雕版刻印的。他在身前的无脚餐具柜上轻扣这沓请柬使之对齐，然后像洗牌一样，将它们弹洗一遍。他的手指肉乎乎的，像

---

① 该词是仿拟（parody），化自人们玩老虎机时所投的“幸运币”。

② 生于110—115年间，卒于130年，罗马皇帝哈德良的娈童，同性恋崇拜的偶像。

铲子似的，和他的外表颇不协调。他的妻子，维多利亚夫人，在他身后抽着鼻子。她瘦削的肩膀像活动的烟斗通条在污浊的空气中扭动着。沃顿将请柬置于烟灰缸、空酒瓶、彩色酒杯等一大堆乱七八糟的东西当中。一阵热风吹来，灰尘像风滚草一样在他们脚边地板上漫舞。

说到这里，我们可以这样说，沃顿夫妇的这所宅子谈不上多漂亮，但大家也不要误认为它显然是一片狼藉。和一切作为婚姻的处所一样，这所房子也分时候，有时整饬有序，有时杂乱无章。只不过它杂乱无章的时候，按常人的标准来看有些过了头。房间的烟灰缸大得出奇，堪比自然界地貌，而香烟和雪茄的烟蒂埋在锥形烟灰里就好像被火山喷发掩埋的遇难者。空酒瓶多得不计其数，那阵势像个另类吧台，只不过这个吧台能卖的只剩酒渣和酒气。还有许多酒杯随手扔在旁边，像是大宴宾客后刚刚曲终人散——其实好些日子没有人造访这所宅子了。

维多利亚夫人在亲友中绰号蝙蝠脸。虽然距离上次聚会已经过去很久，她却依然穿着聚会时的海军蓝拷花丝绒少女裙。她的头发乱成一团，整个人的状态差不多也是如此。她在房间里捡着路走，胳膊像蛇一样扭动着。她有毋庸置疑的贵族血统——除了撒尿不能由着自己，其他凡事都由着性子来。

其实说白了，撒尿她也可以自己说了算——反正别人也无从知晓。她的父亲，某公爵，是个飞扬跋扈的花花公子，脾气乖戾，狂妄自负。做他的孩子最大荣幸就是能成为他的出气筒。他的东西应有尽有，出手阔绰。他头一次见到维多利亚时，孩子已经有三四个月大了（这位公爵头一年除了在自己畜养珍稀山羊的私人围场，爬到公爵夫人身上搞大她的肚子以外，就忙着在比亚里茨[①]打猎，在凯思内斯郡吃野味馅饼）。当他看到大眼睛、三角脸、长着硕大而好看耳朵的维多利亚时，脱口而出："蝙蝠脸！"小维多利亚生来就跟父亲很亲，对他厉声尖叫。而父亲却很厌弃她。小维多利亚无论身心，都对外界表示嘲讽，蠕动着，翻滚着，扮鬼脸，这一切都源自父亲对自己的冷落。长大以后，成为维多利亚夫人的她，通过一系列惊世骇俗之举，顽强地在公爵父亲对自己的轻视中占据着一片奇异的空间。

"这么多长条形请柬——"此时她尖声叫道。这是几个小时以来她首次开口对丈夫说话。他们此前不是在睡觉——两人根本没睡。只是两人住在房子的不同部分——他楼下，她楼上——两人就这样一连几个小时各自待在黑暗中以休息为由，谁也不和谁说话，保持着沉默。

"一来就成批地来。"他的声音深沉而冷漠，像个被鄙视染成黑色的蓄水池。

"我们现在几乎足不出户……哪儿也不去了……至少不一起外出。"她说这话不是找茬的语气；维多利亚夫人全心全意关心着亨利，小心守护自己对丈夫的那份爱。所以她这番话是对他们两人有感而发的。

亨利也同情她。他放下那些长条形卡片，用一只手先揉揉惺忪的睡眼，然后将手探到她身后，伸到连衣裙褶裥和紧身腰带的搭扣处，将它解开，挪到右边，再转过身来对着她。"他们邀请他们的，我才不愿去那些鬼地方。"他轻轻吻了吻她的眼睑，然后松开她，朝四周

① 法国西南部一城市，位于西班牙边界附近的比斯开湾。

瞧瞧，像在找公文包或是一份报纸等等正儿八经上班时才会用到的物品，但却什么也没找到，便顺手抄起一瓶苏格兰威士忌。这瓶酒已启封，从瓶身看，剩酒有几英寸高。亨利将酒瓶夹到腋下，踉跄着离开家。

“日安，亲爱的……”维多利亚夫人拖着脚走开。她走路时总是拖着脚。

“嗯，妈的，那什么——你也一样。”两人再次亲吻，这次嘴唇贴在一起，却未挑动起情欲。他打开前门，沿着屋前台阶走到大街上，边走边伸手去摸大衣口袋里的汽车钥匙。

亨利·沃顿的一天差不多这时才算开始，但外面已经过了早晨。现在是六月末的中午。大街上虽然阳光明媚，却已经没有早晨的清新气息。街上的景象像是一张烤焦的粗粝单色照片。看不出是六月末。鲜花盛开，果树的花朵也都绽放。米色四层联排别墅的露台上种着樱桃树和苹果树。树上果实累累。果树像杨柳细腰的新娘，面纱被婚礼上的彩纸弹开。在窗口花坛和人头攒动的街前花园里，百花盛开：郁金香、木兰树、沙漠兰、雪花莲、黄水仙、毛地黄应有尽有。都市当中盛开着这么多翠绿的植物，花朵上方植物的孢子吊挂下来，像战场上空笼罩的血色薄雾。

沃顿走到自家房前的栅栏前靠着，造型有点像被长矛刺中，整个人宛如身着盛装的圣塞巴斯蒂安[①]。他拢了拢身上的大衣，可还是打寒战。由于口袋是网状的，装在口袋里的两副雷朋太阳镜交错在一起。他将自己从栅栏上推开，站直身子，先戴上一副眼镜，接着又戴

① 圣塞巴斯蒂安（？—288？），基督教早期圣徒。以年轻貌美的形象、赤裸的身体呈现古希腊的审美情趣，是深受后代艺术家们喜好的《圣经》人物。

上另一副。“只要戴两副雷朋太阳镜，就是朝地狱也能望上几天。”他对着空旷的街道说道。

这就是他的行事做派——极有腔调。他津津乐道于妙语警句，喜欢在露天情绪激昂地放言高论。他平生最害怕的事就是言语无味，或是事后才想起某句妙语。虽然亨利·沃顿嘴上说对自己的社会地位并不关心，显得无所谓，但其实和那些升得太高太快的人一样，他的心态并没有调整过来，而是渴望轰轰烈烈地再出一把风头，得到别人的认可。

“嗨……！ 天哪——天哪！”沃顿一边点燃一支超大型无过滤嘴的弗吉尼亚卷烟，一边费力地喘气。虽说现在外面美得令人窒息，他却不为所动。能令他倾心的还是夜晚，那些隔开外界的窗帘，真丝床单，丝滑的拥抱。他撑直身子，像森林里被伐倒的大树一样扑向他那辆墨绿色新款豪华捷豹轿车的车门。这辆车停在路边，但并不紧挨着马路牙子。车身污秽不堪，绿色车漆上像长着绒毛一样沾着一层浮灰，上面还溅有鸟屎。沃顿最后终于在西装背心的口袋里摸到车钥匙。他钻上车就好像钻进金库，“噔”的一声关上车门，声音里透着财大气粗。他将那瓶威士忌小心翼翼地安放在副驾驶座位的凹槽里。

沃顿理了理自己戴的两副太阳镜，然后用钥匙发动汽车。虽然他荒唐地将两副太阳镜戴在一起，搞的自己几乎什么也看不见，但他还是调了一下方向盘上方的镜子，好看清自己的脸。他扭来扭去，带着满足欣赏自己冷峻的嘴角边白色的涎沫，像海边巉岩上飞溅的白沫。

沃顿将自己的克龙比大衣在汽车豪华真皮座椅里掖好，便旋开车载广播调台。他一下子发现真实世界的声音小了许多。他妻子的嗓音、球赛的喧嚣声、鸟鸣声，国王路上远远传来的车流声全都一下子变得微弱起来。他揿下广播旋钮，里面传来嗓音洪亮、字正腔圆的新闻播报。沃顿听到这声音心里就发怵。播报的那些消息都是关于另外一个世界的。那里的人们散步也好，交谈也好，倾轧也好，甚至死亡，都与他无关。播音员还在那里侃侃而谈："骚乱发生后，政府正考虑成立一个由斯卡勋爵任主席的调查委员会——"沃顿实在听不下去，又揿了一下按钮，这次传来的是劲爆的电子合成流行乐，震得车内咚咚作响。

沃顿兴奋地用脚打着拍子，那只黑色懒人皮鞋在脚下一堆歌剧节目单、丢弃的可卡因外皮、香烟盒子、专放后裤兜里的小扁酒瓶当中一通乱伸，总算碰到了油门。他用力将油门踩到底，这辆捷豹像离弦之箭沿着居民区笔直的马路左侧车道飞驰而去。行驶大约四百码，一头撞到马路牙子上停下来。车厢里烟雾缭绕，沃顿掐灭一支苏利文牌香烟，又点燃一支，音乐声还在响着，沃顿跟着那个主唱矫揉造作的嗓音一起哼着。"噢——哇——噢，被玷污的爱情！"哼了几段之后，他回过神来，把车熄火，下了车，那瓶威士忌也随身带着。

下车后，沃顿从一扇砖墙上开着的小门进去，顺着一条小路斜穿过一片茂密的灌木林，来到一栋维多利亚风格的两层小楼前，这是一个专门建造的艺术工作室。沃顿用另一把钥匙打开这幢精致建筑的大门，嘴里还哼着曲子。

屋子里很黑，一股发霉的味道，阴森森的。这间工作室的窗户上长满了灌木，天窗上覆满树叶。所以虽说现在是白天，可里面几乎什么都看不见。不过说来奇怪，有无光线对这里的艺术创作倒是无关紧要。那么这里到底在创作什么？这座工作室像是暴动分子攻击的目标，珍贵的古董家具遭到暴民洗劫，里面一片狼藉。一个奇彭代尔[①]梳妆台上摆满了没洗的饭盘和盛啤酒的马克杯，一张摩洛哥式卧榻上堆放着丢弃不要的衣服。至于酒瓶和烟灰缸则横七竖八地堆在一起，和沃顿家的一样。

但在工作室正中央却像是正在搞情报活动，九台电视显示器围成半圆形正对着沃顿。这九台机器都打开着，但其中八台的画面是静止的，只有一台正在转播开放大学的物理课程。“在这种情况下，自由电子将组成一个新的原子核……”一位穿白色外套的理科怪才在屏幕上侃侃而谈，边说还边对着观众敲打着自己的秃头，好像在敲一顶帽子。教学背景是图案光怪陆离的壁挂和作为背底的摄影景片。景片上的画面是吟游歌手的表演舞台，但舞台上空无一人，却堆满了老式的茶叶箱，箱子上刻着具有东方情调的地名：科伦坡、上海、马尼拉。

沃顿在房间里溜达着，脚踩在地上发出吱吱的声音，像一只折翼的小鸟笨拙地在地毯和木地板间跳来跳去，一会儿在这里啄啄某件弃置的内衣，一会儿到那儿碰碰脏兮兮的镜子。“巴斯[②]？”他停了片刻，大声喊道。“你在吗？”接着他在正转播物理课程的电视旁瞥见一截掐灭的大麻烟卷。他从西装背心口袋里摸到朗森打火机，将它重新点燃，蹲下来用沙哑的嗓音喊道，“巴斯？”

“在碰撞之后形成的电子云团里将会出现新的排列——”

“巴斯，你在吗？！”

沃顿脑子里也充满着电子云团，现在正逐渐沉寂下来。他能听到旁边显示器发出的嘶嘶声和电视里远远传出的那位博学的授课者的鼓

① 以优美的外廓和华丽的装饰为特点。
② 巴锡尔的昵称。

噪声。电视画面背底上的茶叶箱发出刺耳的摩擦声。这时楼上传来动静，听起来像一只大猫从八英尺高跳下来。“嗨！”

来人是位三十出头的男子——大约比沃顿年长五岁。一头乱蓬蓬的黑发长及衣领。他的面部黝黑起皱，表明他最近经常冲浪——他用的冲浪板是日光浴的浴床。他穿一条黑色直筒李维斯牛仔裤，上身穿的白色衬衫没有掖进裤子里。粗粝的脖颈上系着一条皮绳，挂着一块埃及护身符。这一身装束让人联想起夕阳西下的海滨沙滩上，年轻人在篝火旁弹吉他的情景。但走近一看就会发现，他的劲头全部来自服食药品后的刺激作用，身上亮晶晶的全是汗水。

巴斯走上前来，一双光脚在地板上发出啪啪声，而沃顿故意不理他。这一幕正点出了两人关系的实质：巴斯·豪伍德是个精力充沛、率性而为的追随者，而岁数小一点的沃顿却一派沉着冷静，无动于衷的样子，扮演前者引路人的角色。他俩曾经是同性恋人，巴斯是主动的一方。不过现在这一切都无所谓了。完全无关紧要了。

“昨晚熬夜了？”沃顿喷着烟雾，拉长调子问。

“现在几点了？”巴斯也蹲下来，和沃顿齐平。“嗯，嗯，录了许多带子。一直到四点才弄完。将样板弄出来了，然后编辑、排序……”他说这些话像拉屎一样费劲，“然后你就来了。”

“你出去过吗？”沃顿向来关心熟人在某个时间的出没胜于关心自己的行踪。

“我去过你母亲那里——”

“去我母亲那里？”

“是的，你母亲那里——去会一个小孩。”

“你去我母亲家看一个小孩？操，巴斯，真有你的。我猜是不是那个老女人的灌肠袋压得你良心难受，要出面……”沃顿起身又在工作室溜达，边走边抽那截大麻烟，身后拖着烟雾。

“呃，我他妈的不得不去借套衣服——不过那小孩我以前见过——”

“是巧遇吗[①]？”在能用法语的地方沃顿是绝不用英语的。

“是巧遇。”巴斯不动声色地用英语又翻译过来。“我上次在这里出钱嫖过他。他现在刚从牛津毕业，正在帮你母亲打理那个索霍区的项目。”

“蠢货。”

“他只能说不是很有思想。”

“不，我是说我妈，不过不管怎么说，我不想干一个脑残——脑袋肿得像尿泡的脑残。”

“操，我也不知道当时干吗要去借什么衣服。现在她那里住的全是男妓、婊子和吃软饭的家伙。但这小子绝对棒极了，绝无仅有，真是绝了，他是明年的模特——来看看我们昨晚做的东西。”巴斯走到一排磁带录像机跟前，录像机通过卷曲盘绕的电线和显示器相连。他专心致志地摆弄这些机器，而沃顿去找别的东西。过了一会他找到一个药匙、一杯水、一支两毫升的一次性针管，在窗沿还找到装毒品的小塑料袋。两人接下来的谈话有了共同话题。

“是好东西吗？”沃顿举着塑料袋问。

“不是，扔了吧，是可卡因——是我最后剩的。”

“唔，呃……”沃顿一边想着肮脏的念头一边去解大衣袖扣，西

---

① 原文为法语。

服袖扣和衬衫袖扣。“啊，这样解来解去真讨厌。不过我将马上迎来高潮。睡鼠打完这一针就会冬眠。巴斯，在我们身边，时间正在流逝，我们正处于即将灭绝状态，这种灭绝堪比白垩纪……”他边说边迅速将供注射用的毒品调配好，动作既精准又优雅。“你居然说这是你最后的可卡因，这是最后供我享用的还差不多。我配的绝了。”他将袖子撸起来当止血带用，把雷朋太阳镜推上前额，借着窗户射进来的阳光将毒品推入隆起的静脉——“我这手艺简直堪比裁缝。”

可惜沃顿这通狂人狂言，还有他那一头红发和血脉偾张的诡异模样——像丑陋的希腊牧神潘[①]——并没有激起巴斯的回应，后者正全神贯注地盯着第一台显示器，屏幕正闪闪烁烁现出画面。画面上出现一个漂亮的年轻男子裸露的胴体，摆出一副古希腊青年男子雕像造型：一只手轻搭在臀部，另一只手在阴部游走，丰满的嘴唇上隐隐现出笑容。随着摄像机镜头推进，他也转过身来对着镜头。这时第二台显示器接过画面，画面中那名年轻男子的镜头更近了。他的身体还在转着。第三台显示器的画面更近了。随着所有九台显示器画面全部显现，给人的感觉就像是一幕充满刺激的食肉动物掠夺性的窥阴过程。而画面里的年轻人是个撩人的尤物，完全没意识到摄像机张开的贪婪大口。到了第九台显示器，屏幕上只剩下他那张风情万种的粉色嘴唇。

沃顿由于注射疼得龇牙咧嘴，嘴唇上浮出一层薄薄的汗珠。“巴斯，呃，你看回放时，一定觉得时间过得飞快。”他将针头从胳膊上

① 古希腊神话中掌管树林、田地和羊群的牧神，半人半兽，是艺术和性爱的象征。

拔出来，用嘴将上面的血舔净，咧嘴一笑。

“你怎么看，亨利？”

“我在想，你终于又找到个粉头，巴锡尔，不过这小子看起来有棱角——”

“其实是个软心肠，”他笑了。

“巴斯，我喜欢肉体，不喜欢思想。一个人要是长得好又没脑子，那最对我胃口了。”

“沃顿，如果我只想要肉体，我情愿去肉铺或烤肉架——”

“嗯，唔，你说我妈别的怎么都行，但有一点，她绝不招男妓。”

这时巴斯反而激动起来，在显示器之间走来走去，最后走到站在窗沿的沃顿跟前。“你妈真是够朋友，特别理解人……而他呢，他对我的工作感兴趣，想出把力。他不感到羞耻——这点和我们不同。他属于崭新的一代人，敢于宣示出柜的第一代男同性恋者。正因如此，我才想用他拍这个——”他指着显示器——“这样就棒极了。”

“不感到羞耻？男同性恋？你他妈的都在胡扯什么？”

“我在说一个男同，沃顿。一个有点变态的男孩，一个有血有肉、敢作敢当的汉子。而你呢，你娶了一个公爵的女儿，却只是把她当幌子。就是这样。”

别看沃顿平时一贯自命不凡，装腔作势，但其实最不喜欢这种真刀真枪的争执。“巴斯，巴斯，”他柔声道，“咱俩之间的亲密关系注定了我和她，和蝙蝠脸，是形同陌路。”

“随你便。或许你都没觉察到自己深陷虚伪的泥淖。不过你难道一点也不顾及你妻子的感情吗？”

“别搞笑了，我从未在性取向上刻意误导过蝙蝠脸。”

“也许吧——但我寻思她一直身处错觉之中——因为她没发觉有什么不正常的。但我想要另一种不同的关系。我想要真实、真诚和美丽，但这个世界却想摧毁男人之间的这种爱情。我觉得道连能给予我这些——但他很可能对你来说一文不值。”

“但但但，”沃顿揶揄道。“你最好还是握着蛋吧——道连的蛋。巴斯，你到底什么意思——爱上道连了，是吗？”

让沃顿惊讶的是，对自己这番轻佻的调侃，巴斯却郑重其事地回答。“我不知道。你知道我是什么样子，亨利。总是在受伤。道连好像已经觉察到了。他现在外表看起来甜蜜可爱，天真无邪，但我担心他早晚变得和那些家伙一样，成了一个小婊子。”

“他现在就在这儿，是不是？我可不是和你扯淡，如果那小子真的把你变得这么烦人，我最好离开——我说到做到。”

“来，还是说说这部作品吧。”巴斯的手朝那些显示器挥了挥。“我给它起名叫《阴极的那喀索斯》[①]，这将是我制作的最后一部录像装置作品。妈的，这种媒介已经死掉了。操，和其他概念艺术一样，它天生就散发着霉味。先是瑙曼[②]，然后是维奥拉[③]和我，现在全部结束了。如今概念艺术已经堕落到和那些粗制滥造的自传同样的档次，成了地球村时代兜售的廉价个人回忆，而像这样的录像装置作品将会沦落为电视广告。”

沃顿边咧着嘴笑边用言语撩拨着巴斯胸中那愤怒的火炉。“喂，

---

① 那喀索斯，古希腊神话中的美少年，因过度自恋，憔悴而死，变为水仙花。

② 布鲁斯·瑙曼（1941— ），美国前卫艺术家。

③ 比尔·维奥拉（1951— ），生于美国纽约，国际公认的视像装置艺术先驱。

有没有定制的瓶装尿、罐装屎、真空装血液[1]之类的玩意？”

“已经卖光了。”巴斯的语气一本正经。“当年我和沃霍尔[2]在一起的时候——”

“当年我在工厂里和德瑞拉——和我的安迪……”

沃顿是个超级模仿家，最擅长用重音来表达讽刺，而他的巴斯却是个哼哼唧唧、爱打扮、兼具英美品味的时尚青年。“呃，老兄，比利·莱姆，伊迪还有——哦哟，老天！怎么忘了罗伯特大夫，我们都在加速进入状态……这就是当时沃霍尔社交圈的样子，老兄。”

意想不到的是，巴锡尔·豪伍德这次居然也会学亨利·沃顿的样子，而且故意将自己含混的嗓音夸张地放大。这么一来，他和沃顿的声音好像电视显示器上两个相反的旋钮发出的。“我们在哈里酒吧用餐，然后去了格威提宫，在那儿我对着她撅起的俏臀狂吸她卵子——”

要不是沃顿对他又来一段模仿，并配上虚拟吉他动作，巴斯还会一直扯下去。沃顿模仿鲍伊[3]献给沃霍尔的那首歌来调侃巴斯：“巴斯·豪伍德站在银幕上，真他妈的搞，根本辨不清，辨不清来辨不清……”

在巴斯工作室那薄膜般连成一片的黑色窗帘后面是一间窄小的卧室，巴斯那位钟情的对象，也是他最新的缪斯躺在这儿，刚刚在大

---

① 此处沃顿暗讽指意大利前卫艺术家皮耶罗·曼佐尼（Piero Manzoni），其代表作是“艺术家的粪便”（Merda d'Artisa），用 90 个密封的罐头盒装着自己的粪便，盒子上附以签名和编号，以高昂价格出售。

② 安迪·沃霍尔（1928—1987），美国艺术家，视觉艺术运动、波普艺术最有名的开创者之一，其工作室名为“工厂”（factory），是一个位于纽约东区 47 大道的工作车间。

③ 大卫·鲍伊（1947—　），英国著名摇滚艺术家，与披头士、皇后乐队齐名。

麻、酒精、相互手淫之后的大睡中慵懒地醒来。道连·格雷现在已经被巴斯俘获，不过他们之间也仅限于此，没再更进一步。巴斯交游广泛、声色犬马的做派令道连着迷。他受巴斯蛊惑，成了他录像装置作品中的模特，但还是有所保留。在拍摄录像时，他只抽大麻，不碰可卡因。而且他只允许巴斯为他手淫，而不让他口交或从后面插入。道连现在毕竟还年轻，和这些比他大的男人上床更多是出于一种能博得他们关注的虚荣。

道连已经听到这两位比他大的男人在互相大叫、呵斥。他动了动身子，在想该不该去那边看看到底发生什么，但又不是太情愿，更想躺在乱糟糟的一堆床单、毛毯中间，好好地伸伸懒腰，欣赏欣赏自己手腕处盘根错节的动脉肌腱，或看着自己褐色双腿夹着被褥摆出的各种角度。

道连褐色脑袋上方的墙上闪烁着一团团游移的光影，床头小几上有一瓶还剩一半的威士忌、一个金属打火机和一副指甲钳。和整个工作室一样，这间小卧室也是橡木结构。木板墙面上到处呆板地镶嵌着聚光灯，聚光灯古铜色的光辉照在地板上让道连·格雷处处能看到自己的影子。他的嘴唇一张一合，仿佛在和空虚的脑海中演奏的自恋的乐曲对口型。"那个女的是个模特，长得挺好看，我想把她带家去，你懂的……她想要什么就千方百计想得到，还不时地媚笑……最后用了一台相机就把她搞上手……"

工作室里那两个岁数比他大的男人你一言我一语，不断侵袭道连的遐思。于是他动作轻盈地从床上一跃而起，在地板上捡起白色大短裤穿上，外面再套一条白色丝光裤，系一条蛇形搭扣皮带。《阴极的那喀索斯》并不是一部精心雕琢的作品，但这个年轻人还没有从作品中走出来，举手投足间仿佛边上还有人观看。

道连边穿T恤边摇摆着身体。他开始想听听隔壁房间到底在谈什么。“她是一个——”沃顿用讲故事的语气说——“怪物。你见过她的卧室吗？”

“什么？”巴斯心不在焉地听着。

“见过之后就该好好剋她一顿——一排排的新衣服，全用塑料袋子装着。各种电器堆积如山——连包装都还没拆。妈的，科尔比牌裤子熨平器她居然有五个——还洋洋得意地拿给我看。”

“噢，是吗，伙计。”

“所以这就更加说明毒品交易需要合法化——别的理由倒是其次，主要是这帮活宝不知道该怎样有品位地花赚来的巨额利润……”巴斯·豪伍德或许听说过裤子熨平器，但对于道连这却是闻所未闻。道连想知道个究竟，还想瞧瞧到底谁在说话。于是他光着脚朝说话方向走去，那拖长的音调还在继续，“我想你除了乖乖照着购物清单付钱也没其他什么辙，是吧，巴斯？你所做的一切都是尽你所能去讨好小道连，呃？”

道连扭着屁股，披着头发，面色苍白地走到门口站住。沃顿顿时不吭声了，感觉一双陌生的眼睛盯着自己。这两位年长的男人转身看眼前这位阿多尼斯[①]。他俩热切地估摸着道连，而道连也在冷静地思忖着他俩。他俩对道连越估摸热情越高，道连思忖他俩越思忖越冷静，这是三人关系精确而永恒的写照：巴斯永远深爱着道连，沃顿从未爱过道连却一直想得到他，道连会背叛巴斯却也绝不会爱上任

① 爱与美的女神阿佛洛狄特所恋的美少年。

何人。

“实在抱歉，”——沃顿看道连板着脸，一脸怒容，还以为他是因为听见自己刚才说的话而生气了，于是巧舌如簧地暗施魔力——“你一定都听到了，但其实我根本不是那个意思——我只是为了要气巴斯才那么说的。我最喜欢他生气的样子。我敢保证，今后只要你们继续相处，你就会发现他生气到最后会绷不住，抽动起来，那时最好玩了……”说完沃顿走上前来，向道连伸出手，袖口没有扣上，晃晃悠悠一副不拘小节的骑士风范。“好了[1]。阁下一定是道连·格雷。我现在算是明白了为什么我母亲会结识你；我是亨利·沃顿。”

“你是说菲丽斯·霍特里吗？”道连接过他伸出的手，迅速握了握，没有施加任何力度，仅仅是托着没让它掉下来。但这只手却一直贴着他的手不放。

“正是，”沃顿回答得很干脆，“每次当她有了新的床笫之欢，总是不嫌麻烦地将自己的姓氏换成对方的。”

“抱歉……”道连支支吾吾地说，“我刚刚睡醒……嗯，我……你母亲——”

“她是不是明白无误地警告你离我远点，说什么我行为不检，吸毒成瘾，嗜男鸡奸，甚至还有更古怪的癖好？我说的对不对？肯定如此。”沃顿边说边握着道连的手，把他牵到房间中央，并将他拉过来面对自己，两人的姿势像是在跳小步舞时突然定格。

巴斯微笑着看着两人的这番交流，笑得颇有些纠结，而道连却努力试图说些场面上的话。“没有，没有，她说你是个出色的——”

① 原文为法语。

"意外？我料想自己也是个意外。不过我和巴斯刚才不是在说我自己，我们是在说你，谈论你的愿望、恐惧、最私密的事、最震颤的欲望。把它们统统讲给我听吧。就现在。全部。还要说得简明扼要！"

"沃顿——"巴斯开始发出小小的警告。

"'沃沃沃——顿，'他开始吼起来，像个处女膜完整的未出嫁的姨妈。可我说的全是实话！你现在已经被学校扫地出门。你愿意和我那做慈善的母亲交往说明你想成为个善人，格雷先生。"他松开道连的手，好像这个想法会弄脏他的手。"或者是我理解错了，你是想全情融入巴斯那怪异的艺术拜物教中？他刚才给我看了《阴极的那喀索斯》。"

"它难道不是一部了不起的——"

"是很了不起。了不起到了任何一种艺术媒介都可以亵渎你的美，更别提巴斯那套浅薄透明的形式。"

"我不懂。"道连从沃顿跟前走开，看了这两个男人一眼，目光像潜行的野兽。"我总是尽量不拘泥于那些外在的东西——"

"拘泥？'外在的东西'？一听到这些混话我就脑袋晕。"好像要把这种眩晕感用舞蹈动作演示出来，沃顿来了个旋转舞步，俯身从地板上拾起苏格兰威士忌酒瓶，用力"扑通"一声拽开瓶塞，将酒瓶举到嘴边，一饮而尽，喝完后喘着粗气点燃一支香烟继续说道，"你应当记住，格雷先生，和一览无余的智力不同，一览无余的躯体是不需要多嘴多舌解释的。"

道连听了这话只是耸耸肩，并不为所动。"人们总是来找我，不是演戏就是做模特，诸如此类。但我觉得这些事很无聊。你或许觉得你母亲做慈善很荒谬，但她为‘青年无家可归者项目’从事募捐活动丝毫不可笑。”

“和年轻人有关的事当然不可笑”——沃顿讪笑着，洋洋自得，因为他想起一句自己经常挂在嘴边的话——“还是年轻人靠得住啊！”

“也没你说得那么好。不过我倒觉得我确实在做点事情。一周我有三个下午去位于索霍区的艺术室给年轻人讲艺术。我觉得这和获得一个艺术史学位同样有用。我还真碰到一些很出色的年轻人……我引导他们换一种角度看待事物呢，这种事你说有没有意义？”

但沃顿此刻根本没在想什么意义不意义——他继续忙着戏谑。“呃，给这些丧家犬讲艺术，那就好比从餐桌上扔一块美味喂它们。还得可怜它们跳得不够高吃不着——”

“好了，沃顿，”巴斯这时才打断他。刚才他一直想插嘴没插上。“你不想到露台和道连喝杯咖啡吗？”

“露台？咖啡？我们他妈的又不是在那不勒斯——”

“是不在那不勒斯。我的意思是我想继续编辑加工一下这部作品。道连刚入行，这部作品是关键之作。你们俩在那嚼舌头我不反对，不过要是能给我留点空间就好了……”好像对沃顿和道连的闲扯不耐烦了，巴斯·豪伍德于是将两人轰出工作室。“嘘，快走！ 我马上给你们送点咖啡。过一会儿我陪你去哈尼夜总会，沃顿。不过现在你的任务是照顾好我的客户。”

沃顿和道连来到外面的花园。沃顿挽着道连的胳膊。他做得出这种动作——随意地挽起某人的胳膊。像他这样尖酸刻薄的人在肉体动作上表现得如此随和放松真是奇特。但更奇特的是这所花园。和周围街区一样，这儿的植被异常茂密，而且种类繁多，来自世界不同地域的花花草草本该有些水土不服，如今却同时开花结果，真有点乱套了。

道连·格雷对此却视而不见；他任由沃顿领着来到这些植物跟前。他们在一株康乃馨前停下来，沃顿指着花朵别致的绿叶说，“我母亲在从事慈善事业之前喜欢摆弄花草，”他拖着调子说。“我压根不知道哪种生活方式更高尚。”他伸手又点燃一根香烟，将棕色的烟圈吐向这些绿叶繁花。不远处传来轰隆的车水马龙声，昆虫在他们脚下拍打着，蠕动着，嗡嗡地叫着。“你看见那个男的了吗？”过了一会儿沃顿突然冒出这一句。

“什么？”

“就那儿……”他撸着袖子，露在外面的胳膊指向上空，袖口一摆一摆的。花园旁有几栋公寓楼，他用烟蒂指着其中一栋五楼的一扇窗户。“你看见正在摇摆的那个家伙了吧？”

“与其说是摇摆不如说是在打节拍，”对这奇异的一幕，道连的描述更确切。只见一个穿着V形领开领衫、手插在口袋里的普通男子正在窗口晃来晃去。

“他就这样从早晃到晚，”沃顿继续说道，“晚上也不停，大清早又晃。有一次早晨五点半我出来想瞧瞧他，他果然没停。我现在确信，他和分钟在一起走。要让他停下来，除非等到基督下次降临。我叫他摇摆人，如果按你的叫法就是节拍人，那听起来就太他妈的搞了。”

“其实，”道连说，“我不是那个意思——”

“嗯，不错，可你究竟是什么意思？”沃顿突然朝道连发飙。“你知不知道自己想要什么？知不知道我们这些人想要什么？我有个神神叨叨的朋友，总是赌咒发誓自己不是同性恋，不是变态，可一做梦就梦见自己被其他男人干，梦做得活灵活现。这在我们这些人看来再正常不过了，即使他是最血气方刚的异性恋者做这种梦也不奇怪——但他醒来时，却发现自己再也挣脱不了梦的影响。格雷先生，你对此有何看法？”

不知道道连是没听懂沃顿的意思，还是明白他的意思却故意不接茬。“我倒是很乐意……”他回答道，“我只是有点儿……”

“只是有点儿什么？”不停地打断别人的话，好让对方早做决定，这是沃顿在引诱别人时惯用的伎俩之一。“和那个不顶用的衰人巴斯度过一个不眠之夜，他这个嬉皮士的屁股是不是不那么嬉皮士？恭喜你啊。他引诱你时有没有给你来点春药，给你用点润滑剂？”

“我们只是抽了一点大麻……我不知道有多厉害——”

“什么厉害？讲话厉害？鸡巴厉害？活儿厉害？毒品厉害？还是没什么厉害的？你应该记住，年轻人，如果不知道自己该做什么，那就先动手做再说。克服优柔寡断只有这一招。”

“亨利，”道连嗫嚅着，“你看，我们只是初识，我不明白你为什么这么激动……其实你母亲就是这么说你的，说你就是嘴巴厉害。我这个人不想克服什么。我的缺点就是有点过于迷恋外表——这点很浅薄。”

“这是你说的，道连，你自己说的。可是在我们这个时代，外表越来越重要。只有最浅薄的人才不重视外表。”

工作室的大门通向一个露台——如果你肯把十二块合在一起的鸟屎色波特兰铺路石称作露台的话——不过在伦敦大部分人都是这么叫的。现在沃顿和道连已经回到这里，两人的胳膊还挽在一起。两人大概都觉得刚才在袖珍花园里发生的那一幕非同寻常，当然对沃顿来说部分原因是他已经好几个星期没走这么远的路了。

这个露台带着点那不勒斯风格，因为上面摆着一张圆形小金属桌和两把金属折叠椅。巴斯已经用托盘端来咖啡，配以白瓷杯、垫盘、糖罐和奶壶。在这样一个阴郁压抑的午后，整个这套饮具分外显得精致明灿。他们用手擦擦椅子坐了下来。沃顿像个母亲，而道连像个爱慕虚荣的女儿，用手指转着咖啡匙，脸蛋还一鼓一缩，好像对自己转匙的技艺十分欣赏。咕咚几口咖啡下肚，“我不知道今后该做些什么，”道连开口道，“我从牛津毕业，拿了一个可有可无的学位，还继承了一大笔钱——不过这两样好像都能保证必然走向成功。”

“恰恰相反[1]，”沃顿说，“如果你真有这两样东西——你已经有了，对不对——你一定要将它们派上用场，彻底派上用场。在把这个无趣的世纪混完之前，我们作为个体应该尽情享受。今后我来带你玩，由我罩着你……”说到这里他注意到自己那血迹斑斑还直晃悠的袖扣，于是边系袖扣边说：“……就从今天开始。”

“今天？”道连看着沃顿身上的血迹，不知道该如何回答是好。过去有人提醒过道连，让他提防沃顿这种人。现在看来他们自己该被提醒。“你瞧，我——我也说不上来，我的意思是我得去你母亲举办的慈善招待会——是为那些捐助者举办的。”

“好事啊！”沃顿穷追不舍。“我陪你去。”

“真的啊……”道连对沃顿的提议很是欢迎；沃顿或许有点讨人嫌，但起码他不乏味。沃顿或许想干他，但至少不会像巴锡尔·豪伍

---

① 原文为法语。

德那样将他顶礼膜拜地供起来。

正在这时，巴斯从工作室里走出来，刚好听到他俩的对话，便问沃顿，“你不是说要去哈尼那里搞点货吗？”

沃顿不为所动，说：“我去的路上捎带送道连去参加慈善招待会；我猜他以前从未在一个地方见过五个裤子熨平器——”

“但是我需要道连留在这里帮我剪辑作品。”

“是吗？我还以为你会和我一起去拿货呢。”沃顿揶揄道。“不要再说那么多但是了，巴斯，我警告过你。”

“随你怎么说，沃顿——不过道连你去也行；反正《阴极的那喀索斯》也快杀青——”

“给我看看！”道连从桌边一跃而起，飞也似的朝工作室奔去。他矫健的身形像在提醒巴斯和沃顿，自己毕竟比他们更年轻。或许他们就是喜欢他这点。

黑黢黢的工作室里，九台显示器醒目地排列着，一眼扫去，显示器屏幕发出嘶嘶的电流声。每台显示器画面都是道连静止的图像，连成一体，却呈现出道连非凡的流动影像。画面之外还有配乐，是一种持续的、嗡嗡作响的节拍声，间或能听到长笛声。道连一下子怔住了，过了片刻，才走上前去，和屏幕上自己的影像一起动起来。九个裸体的道连和一个着装的道连。合着意识里永恒超凡的节拍，这个年轻人和自己的影像同时舞动着。

“感觉如何？”从阴影中传出巴斯的声音。道连转过身来看到巴斯和沃顿在交谈。只见他们两人的脸上欲火中烧。

“真是超级棒，”沃顿回答。“遇见这样的尤物，今天下午真值了。”

“我觉得他的这一点我抓得特别好——”

“嗨，巴斯，真被你逮着了。他像颗熟透的葡萄，滋滋往外冒水。”沃顿的样子恨不得抓住一台显示器吞到肚子里。

听到这两个老男人这样谈论自己，道连觉得不舒服。这两人的话到底什么意思，是不是已经将他本人和录像装置作品混为一谈？“这些录像能保存多久，巴斯？”道连问。

“很难讲……几年没问题，几十年不好说。不过也不用太担心，每隔一段时间，可以将它们翻录到新录像带里，这样就可以永远保存了。”

“这么说来，”道连做个手势，“即使我渐渐变老，直至死亡，我的这些影像将永葆青春？”

“是啊，”巴斯讽刺地哼了哼。“影像可以翻录，肉体没法翻录。”

“我倒情愿反过来，”说完，道连抓起搭在椅子上的防风夹克，朝门口走去，并朝身后叫道，“亨利，你来吗？”

“嗯，就来，”沃顿走过来，巴斯也跟过来。

“你走了，这部作品怎么办，道连？”巴斯恳求道。“我还要再录两个配音版的。必须得录。”

“哪有什么必须，”道连说话的语气比刚才要冷酷。“我现在妒忌这该死的玩意。他已经比我年轻几个小时了。”

巴斯把道连这话当成是这位赞助人兼模特的逞才使气。他用手抚平头发，将耳朵后面的头发打成一绺，然后走上前将显示器依次关上。“等录制完成，编辑剪辑都弄完了，”他告诉道连，“我把它带到你那里，到时你想怎么玩它都可以。把它们的眼睛抠出来，给它们手淫，怎么都行。”

“好啊。”道连在门口稍稍停了一会。巴斯突然想起道连天要亮时的样子：裹着被单，绷得像弓一样硬的鸡巴，一串珍珠一样的精液射在自己舌头上，在那儿兴奋地尖叫着。想到这，他再也忍不住了。

“明天来吧，道连，求求你，明天中午来，行吗？”

“好的，巴斯。”说完道连就离开了，仿佛将一把无形的刀毫不费力地从巴斯的胸膛拔出。

* * *

道连这时候离开，显然是精心设计的，故意想让这两个情敌即刻为自己火并。两人倒也争气，很快就吵起来。“你他妈搞什么鬼，沃顿！”巴斯咆哮着。“你还要这样在我后面拆台拆多久？”

“只要你还用我的钱吸毒”——沃顿拽了拽领带，拍了拍衣服——“靠我母亲来维持这间工作室。”

“我爱他。”巴斯几乎尖叫起来。

“我也爱他。”

“你不会爱上任何东西，沃顿。你就是个垃圾，下流坯子。”巴斯从牛仔裤口袋里掏出一叠钞票走到沃顿跟前，从中抽出十张塞进他朋友的大衣口袋里。“再去重找一个，好吗？”他粗声粗气地嚷着。

“这是什么——资助金吗，巴斯？”

“是道连付给我的——为这部作品。现金支付。”

“是吗？”沃顿不屑地笑笑。“我有个感觉，他还会继续付给你的。”没等巴斯回话，这个混世魔王便转身扬长而去。

2

亨利·沃顿在伦敦市中心驾驶他那辆 5.0 升排量的捷豹车，就如同开一辆马力十足的割草机，而这座城市就像位于某个没落乡村宅邸后面一块杂草丛生的大草坪。只不过这座草坪上生长的不是杂草，而是各种举世闻名的建筑的拉毛模型，或许还是一比十的比例。沃顿慵懒而狂野地驾驶着汽车在其间穿梭行驶。他似乎对公路上的标识熟视无睹，也不顾及其他开车者的感受。唯一能给他带来一点点警示的大概就是车子可能会撞到马路中间的隐篱。

道连·格雷一上沃顿的豪车，扣上安全带，马上就感受到他这位新欢的脾气。显然坐上亨利·沃顿的捷豹车，就像是被乖戾、残暴的沃顿捆得紧紧的。一开始道连还用眼角偷偷扫一眼这位司机。只见他用左手三根手指搭在方向盘下方边缘，而平时抽烟的那只手懒洋洋地搭在窗外，一头红色卷发靠在车座的头枕上。但不久他就习惯了这辆车行驶时的摇晃、颠簸和滑移，开始把目光朝下，瞅脚底下乱七八糟的一堆东西。从这些丢弃的垃圾中，无疑可以窥探出沃顿平时的生活方式。车载音响播放的流行音乐像一条声波的河流流淌在两人之间。

车子在展览路尽头的交通信号灯处停下来。这时道连将他在车上的第一个发现——两张歌剧节目单——拿过来问，“你喜欢歌剧吗？”

“我妻子喜欢，”沃顿还是拖着调子说，“我对于格林德伯恩音乐节的主要兴趣就是数观众当中同性恋的人数，看看是不是比舞台上的还要多。”

“这是什么？”道连举起一张在伦敦白城体育场举行的改装车大赛的宣传单，上面还粘着一张毒品包装纸。

“我喜欢看毁灭的景象；只有在毁灭的景象里，你才能看到世上残存的创造力。”这时信号灯改变，沃顿将懒人鞋压到油门上，这辆大块头轿车的引擎盖子像鲸鱼背一样大，启动时惯性也大。它平滑地驶过阿尔伯特纪念馆，开到蛇河大桥时速度达到每小时六十英里。只见它一会儿朝左，一会儿向右，在两辆笨重的货车之间穿梭，最后消失在通向兰卡斯特门的道路上。

道连明知道评价沃顿的车技会让他觉得自己胸无城府，但还是忍不住问道，“刚才要是迎面开来一辆车，你根本无法看见。”

“我长着天眼，道连。我能从上面看清楚一切。”

“你不是开玩笑吧？”

“谁跟你开玩笑。”

“可是怎么可能。不可能的。”

“我也不指望你会懂”——沃顿从他那两副棕色雷朋太阳镜后偷偷看一眼道连——“我小时候，我父亲经常在家干我。他干我的时候，我有种奇怪的感觉。觉得自己灵魂出窍，飞到房间天花板上，看着自己的童身伏在他的喘息声中。我五到八岁的时光里，我的灵魂就占据在那个位置——房间屋楣上，有时也绕着枝形吊灯——就这样我把这个本事带到成年。”

“嗨，亲爱的小朋友，通过汽车挡风玻璃看你不过只有区区七十毫米大小。你就像游走在这座城市动脉里的一个细胞，而我却拥有一个外科大夫的视角。我飘浮在城市之上，视海德公园也不过是伦敦这座灰色尸体上生绿色坏疽的瘘管！”说到这里，他猛拉手刹，车子戛然而止，停在马里波恩大街上。

亨利·沃顿迷恋毒品，在购买毒品过程中能享受快乐。而且他也相信毒品交易过程大有美学潜力可挖。马里波恩大街上有这么一套颇具小资情调的公寓。这套公寓孤零零地悬在八楼，窗户上挂着轧光印花棉布窗帘，俯瞰着向西的高架公路。这套公寓会让人联想起古城堡里单间泥墙马厩，可又不完全一样。但可以肯定的是，它和北非商队客栈或露天集市风格不同。公寓的主人哈尼是个瘦小、精干的金发女郎，上身穿着松垮的白色罩衣，下身穿黑色紧身弹力裤——她本人也不像气质高雅、谈吐风趣、蓄着喷香美髯，穿着靛蓝长袍的北非商贾。她和主顾谈生意时从不搞繁琐的虚礼，在报价上也不巧卖关子，更不用编造出来的鬼话来粉饰货品。相反，两人直接坐在一张玻璃咖啡桌前，像聊家常一样，哈尼大大咧咧地用称珠宝的天平来称货的重量。

“我记得上次欠你五十镑，不过这笔账前天已经结清了。”

“哦，”哈尼讪笑着，“你那位伙计昨天晚上来过一趟，在你账上又加了一克。”

“天呐——为了那个狗杂种，我还得多花点钱。好吧，这总共一百七十镑。”

道连刚才一直在仔细观察组合式壁架。壁架分成许多小格，分门别类地摆放着画册、盆栽植物、笔筒和百花香。这会儿他的目光转向沃顿。只见沃顿把钞票放在桌子上，哈尼在一旁把粉末放到几个信封里，然后麻利地对折叠好。

“这两个先不包。”沃顿制止道，边说边把其中两个信封单独拿出来，将里面盛的粉末混在一起，然后从自己上衣大口袋里拿出一粒小胶囊，旋开帽子，将暗褐色粉末倒进去，再把胶囊帽旋紧，放入西装背心口袋里；最后将装毒品的信封放进另一侧的口袋。所有这些动作做得干净、利落，一气呵成。沃顿边做这些动作边和哈尼交流自己的内心感受，眉宇间微微渗出汗珠。“好了，”沃顿说，“就这样吧。不过在我们走之前，我这位年轻朋友还想看看你的珍藏。”

哈尼站起身来，嘴里咂着口香糖，划拉着指甲，带着他们走出房间，沿着一条短短的、散发着空气清新剂难闻味道的走廊来到里间的卧室。整个卧室被物品塞得满满的。在三个独立式迪克逊储物单元上摆放着各种餐具、电视、组合音响、卡带录像机、水壶、食物搅拌器。正如沃顿早就说过的那样，这些物品连外包装都没打开。房间里还有些杆子，上面挂着外面包着聚乙烯材料的衣物和许许多多的毛绒玩具。面对这一屋子生活非需品，哈尼用手摸着一件裤子熨平器的背，嘴里含混地咕哝着，“其实这些熨平器我也不全需要，可是这种科尔比式的只有三个档位，而那种丹麦式的也不过只有五个档位……”就在她还在自顾自地喋喋不休说个没完时，沃顿摸到道连的手握住。这个动作让道连觉得既温存又叛逆。

两人回到车里，驾车沿着公园大道疾驰。沃顿边开车边从口袋里拿出一个小胶囊，摇了摇，贴到鼻子跟前嗅嗅，还狂揿喇叭。嗅完后，他又将胶囊摇了摇，递给道连。“放到鼻子跟前闻闻——试一试。”

“这个嘛——”

“我非得让你试试。别不给我面子。”

“那好吧。”道连接过来，嗅了嗅。道连早已下定决心，尽其所能效仿沃顿。他知道自己的局限：有钱但没有格调。他以往的人生经历遍及各处，在电影布景旁，在异国旅店里，在交通中转站，和受雇佣的泛欧人士同桌共餐。这些经历令他的人生看似光鲜，却并不辉煌。和沃顿这样的人相比，他欠缺某种有内涵的光环。不像沃顿，即使坐在那里什么也不做，在举止上也是遗少派头。

沃顿的捷豹车行驶到交通信号灯前戛然而止。此时车载音响里死肯尼迪乐队①正在引吭高歌那首“醉得没法操”。这个二重唱组合行事向来声名狼藉，可奇怪的是，至今没有罪有应得受到惩罚。沃顿和道连透过浅色车窗看周围汽车里的司机。他们都把发动机熄火，心不在焉地坐在座位上，嘴里食不甘味地嚼着迟到的午餐。

“唔——！ 真呛人。”道连把胶囊还给沃顿。

“看来你的鼻子以前还从未失贞过？”

“什么？”道连声音大得几乎快喊起来，使劲揉着鼻子。

沃顿关上音响，让死肯尼迪们闭嘴。“以前吸过毒吗？”

“毒品？”

“也叫麻醉品，白面，呃，其实就是海洛因。”

“噢，我还以为是可卡因。”

“我每次都在里面加一点点海洛因中和一下。就一点点。”

这时道连开始改变策略。他拉下前挡风玻璃后的遮阳挡，露出车

① 一支成立于 1978 年美国加州的朋克摇滚乐队。

载小化妆镜，边盯着自己的瞳孔边和沃顿说话。好像对沃顿把海洛因和可卡因掺和在一起以故作虚荣的做法不以为然。“我觉得你以前爱过巴斯。”

“我现在也爱他，他真他妈是个天才。”

“可现在为什么把他甩到一边？”

“我爱是爱他，可他现在变得多愁善感——这已经很不好了。同时也说明他现在不易相处——这就更不好了。我受不了这个。最要命的是，他现在只会不断地重复自己——整天忙那些装腔作势的前卫艺术，和曼哈顿艺术圈里那些有头有脸的人交往，吹嘘自己如何和巴勒斯在B大道做爱——而‘威廉’又是如何拿着剑杖威胁那个混蛋——这些你都有所耳闻吧？”

“嗯，听说过。”

“那个混蛋就是我。”沃顿脸上出乎意料地闪过一丝笑容。

“那家伙拿把剑杖就敢唬人——那地方不是纽约，是马赛。我不惧美国佬。”

沃顿将捷豹车停在萨维尔街。两人绕过一个街角来到皮卡迪利大街。下午的日头很毒，道连脱下外套，但沃顿依旧我行我素地穿着大衣在前面开路。道连已经下定决心尽快定做一套三件套的西装。

“青年无家可归者项目”的慈善晚宴此时正在这家看似洞穴的旅馆餐厅里举行。由于现在经济衰退，这个活动人气不旺，募得的善款也不多。代表该项目的灰色纹章的边缘变得坑坑洼洼。举行宴会的餐厅气味难闻，工作人员态度也愈见恶劣。“不出所料，我们又来晚了，但守时才他妈是时间的大盗。本来你正准备玩得再尽兴一些，却发现时间快到了。”沃顿慷慨激昂，边说边把大衣脱在衣帽间里。吧台后面站个女人，阴着脸盯着他。他却讪笑着递给她一张一英镑的票子。

餐厅里春意很浓，插满鲜花的盆子摆的到处都是，连饮料槽里都种着灌木植物。地毯上，窗帘帷幕上都绣着花卉图案，灯光一照，俨然一幅正午时分赤道风情画。餐厅里有两个肩膀瘦削的公关女孩——她们矮墩墩的身材压根不适合穿这种时髦套裙。一头金黄色香肠状卷发和翘鼻子使她俩活脱脱像两条哈巴狗。这时从这两个女孩中间走来菲丽斯·霍特里。她神采奕奕地迈过一大片地毯径直朝道连和沃顿走来。这段距离不短，道连和沃顿有足够时间欣赏她的妖魅气质。她梳的发型直挺挺的，走路时一颤一颤，和她那饱受关节炎折磨的步履相应。她的膝盖和双肩都带着支架。等她走近时，他们发现，她坑坑洼洼的脸颊上涂着的粉厚得一个象征性的社交飞吻都会碰到她的脸。

“这就是我母亲，”沃顿低声对道连说道，“她是个睿智的人，洞悉社会肌体的病痛，是诚心诚意的。这点和她周围的人不一样。她像叔本华，对人类的大爱越多，对普通人的小爱就越少。”道连正要表示这话有失偏颇，却已经被她伸过来的嶙峋鹰爪一把抓住。

“哦，道连，”她的声音像长笛般柔和清澈，“我很高兴你能过来，这儿有许多人都想见你。”她对自己儿子不理不睬。而沃顿却显得习以为常，跟在她后面，见她领着道连走入人群当中。这些人穿着廉价西装，不少人是男同性恋卖淫者，还有些懵懂的失足少女——这是个死气沉沉的人群，除了偶尔几个穿野外工装，抽大麻烟卷的老烟枪还能调节调节气氛。这就好比为多发性硬化症患者举办的慈善募捐活动一定要有坐轮椅的人，为镰状细胞性贫血患者举办的慈善活动一定要有黑人。

两排自助餐台上，奇异果晶莹闪亮，像小瀑布一样，小香肠卷堆积如山，像新型炮弹。他们从自助餐台中间过道穿过，来到目标跟前。此人是个红光满面的政客，穿着深底宽白条纹西装和黄色西装马甲。他那鼓脑门上方顶着一头显眼的褐色头发，两道桀骜不驯的眉毛估计也只有他这样深处英国权势集团的人才能驾驭。

“道连，”菲丽斯柔声道，“这位是大卫·霍尔先生，他是贝克斯里希斯区的下院议员，目前供职于住建委员会。大卫，这位就是道连·格雷，我上次和您提到过他。他现在把我们的慈善事业用电脑……这位是我的儿子。”介绍沃顿时，她好像才想起来。说完她便飘然离去，在身后留下刺鼻的香水味。

“你现在在这里做义工，格雷先生？”霍尔的音调像自助餐上的水果一样娇嫩。

“请叫我道连——嗯，是的，我没有工钱，再说我也不需要钱。”

“你具体在做什么？”

“嗯，各种各样事情，把救济对象和捐款人名字输入电脑之类的。我也和这里一些常客瞎混混，顺便教他们搞搞艺术。”

“你就选择这个作为职业道路？”霍尔颇为吃惊，“从事社会工作？”

“我也不知道——我应该不这么看。”

“这些人确实需要帮助，但我没想到你会成为其中一分子——”

“这就像怎么说来着，”这时沃顿冷不防插进来，“对于苦难，你若移情太深，就会成为苦难一部分。”

“抱——抱歉？”霍尔没料到沃顿打断自己，有些结巴起来。

堂堂国会议员这么惊慌失措，道连倒不觉得惊讶。他吃惊的不光是沃顿敢打断国会议员，更是他表现出来的放松自如的外表神态。沃顿面色平和，头发纹丝不乱，袖扣闪着色泽。他像条变色龙，由于站在大人物跟前，自己的保护色也相应变得尊贵体面。“坦率地说，”沃顿还在侃侃而谈，“我正劝道连先生不要试图做这种混进底层的事，弄虚作假可不符合他的性格。”

“您认为……”霍尔顿了一下，想叫出对方的名字。

“沃顿。”

“沃顿先生，难道所有慈善事业都是在弄虚作假吗？当然，如果带着看戏的眼光，这当然是一场戏。可是这样的眼光未免过于尖酸刻薄。”

“霍尔先生，想必您也赞同这个看法，哪怕是最铁杆的社会主义者，只要这世上没有富人，他们是不会介意自己穷一点的。”

“那你认为上周参与骚乱的那伙年轻人中有这样铁杆的社会主义者吗？”

“也许会有。不过据我所知，这些人中肯定有怀才不遇的芭蕾舞演员——那些神气活现、舞姿轻盈的黑人青年。我从新闻上看见他们用优美的大踢腿动作打碎鞋店橱窗，挑走他们喜爱的运动鞋，然后踩着废墟扬长而去。”正在这时，一个身体瘦弱、神经兮兮的女子走了过来，打断了沃顿。她有四十多岁，头发未老先衰地有些灰白，穿着一条肥大的裤子，上衣好像是用棕色粗麻料子做的。“你好，简，”霍尔对她打招呼。

“对不起，”她的嘴唇有裂口，一双褐色的眼睛低垂着。

这声“对不起”不仅仅是因为打断他们的谈话。它的寓意极其丰富，涉及殖民主义、种族主义、妇女歧视；让人联想起阿姆利则①惨

① 印度北部城市，锡克教圣地，1919 年曾发生英军镇压事件。

案，沙佩维尔[1]惨案，伦敦德里[2]惨案，不啻于把梅毒传入欧洲，将鸦片引入中国，把酒精传给澳洲土著；严重程度等于把那两个小王子囚禁在伦敦塔。显然这是个背负沉重罪孽感的女人。但霍尔却把她的出现当作救命稻草，可以利用这个机会溜之大吉，于是双手将她紧紧抓住，“没关系，简——我们正好要谈谈。我想他们肯定不会介意的……”说着带她一溜烟地跑了。

道连和瞠目结舌的沃顿留在原地。“老天，他真不要脸，一个彻头彻尾的现实主义者——最下贱的那种。”他掏出胶囊，晃了晃，用鼻子嗅嗅，又递给道连。

道连学着沃顿的样子，如法炮制一番后问道，“那女的是干什么的？”

“你是说公爵夫人吗？她不仅享有这个封号——也确实配得上这个封号。一个杰出的女人。她在印度北方邦荒郊野外的土坯房内亲手编织这些粗布衣服。她原本拥有世上最美的帕拉第奥式豪宅，在纳伯勒，可她却视若草芥，将房子和她丈夫其他巨额财产一并抛入虚空。”

“虚空？”

“就是佛教里的涅槃，超越一切幻象，永恒的基质。当然最受欢迎的女人还是那种脑子空空，只知道一味捐钱的。但简的平淡朴素很特别，和那些女人不同。她真心实意沉浸在屠格涅夫的白色虚空里，这种白色虚空是唯一能替代基督教里的黑色虚空，或者叫物质湮灭。

① 南非东北部城镇，1960 年 3 月南非当局曾在此血腥镇压示威黑人。
② 英国北爱尔兰西北部港市，1972 年英国军队镇压了北爱和平示威者。

她的豪宅，本来可以作为许多年轻人的避风港，现在却——一并虚空了。”

“那她幸福吗？”

“幸福？我亲爱的道连，他妈的她还总大发雷霆。佛祖就是她们这些被动攻击性人格障碍者的守护神。”

“她的社会应酬多吗？”

“那当然。谁叫她是公爵夫人呢。虽说她身上怪癖很多，但也无法阻止她和同类交往。在她身上，贵族和市侩气质兼具，贵族思维和佛家思想并重。她下个月将和众人一道前往圣保罗教堂，到时十有八九会穿那件在皇家婚礼上都穿过的苦衣[①]。”

“我讨厌这个鬼地方。”沃顿突然转换了话题。

“这里”——他吐字时那用力的样子像要把刚才喝到肚子里的白葡萄酒吐出来——“就是那帮在里昂推销共产主义的家伙肝脏分泌胆汁后的汇集之地。这些家伙——”他指着聚会上的这些人，“自己家里的事都摆不平，居然来操别人的闲心。那边一个屌人还想逼我出血”——那边确实正好有个留着爆炸头，戴着金属镜框的家伙正盯着沃顿看——“我想避开他们纠缠。”说着沃顿转过身朝远处的大门走去。

道连待在原地没动，那人果然走过来主动搭讪。他是这个慈善项目的志愿者，也是副协调人。他是谁？这人朝沃顿远去的方向吐出这几个字。他自己叫约翰，一个平平常常的名字，看不出来自哪个阶级。

---

① 苦行者或忏悔者贴身穿的刚毛衬衣。

——亨利·沃顿，道连带着讽刺的语调回答他，内心却在埋怨自己干吗要这样不自觉地瞧不起对方。他是菲丽斯的儿子。

——你怎么和他混在一起?

——他是我一个朋友的朋友。约翰的神情有些暧昧——他盯着道连，样子既像街头瘪三又像纨绔子弟。

——他是个变态——你是不是想说他变态。

——什么?! 约翰正不知所措时，道连已经走了。

* * *

与此同时，沃顿也在门口撞上一个叫老费的老熟人。老费正盯着道连看。“他可长得真俊啊，是这片诡谲丛林里的天然花朵。”老费自己身材矮小，满是皱纹的小脑袋上还长着黄褐斑。头上顶着明显的假发。

“嗯，没错”——沃顿有些忸怩地答道，脸上扮着怪相。“我本以为他是只花蝴蝶，可是干过他之后才发现，他叫唤起来像头猪。”

“你今后可别做这种事了，”老费肆无忌惮地浪笑着。“海洛因、可卡因、酒精、尼古丁，还有大麻，把你的鸡巴弄得又小又软。”

“我可告诉你，费格斯，”沃顿正色道，“要不是我怕其他人离了我搞不到毒品，我早就不玩那些东西了。”

这时一位侍者正好经过，老费要了杯巴黎水，说道，“从没有人说你会洗心革面，亨利。巴斯现在怎么样?”

“对于旧爱，他们如果对我不冷不热，我向来都是当断则断。”

“何必如此绝情嘛——”

“你怕是老糊涂了吧。”

“他呀，”对沃顿的挑衅，老费故意不加理会，转而色眯眯地盯着在一旁走来走去的道连，“真是个尤物。他让我想起一个人来……能和他聊聊吗？”

“我无所谓。道连，这位是费格斯；费格斯，这位是道连。你们臭味相投，会很快混熟的。再会。”说着沃顿大步流星地走开，明显盼着道连跟过来。

道连有气无力地向老费说声“抱歉”，顺从地跟了过去。

可能由于毒品的作用，道连走在大街上，置身于上班族中间，神志既有些恍惚迷离，又有些激昂奋发。走着走着，他发现自己和沃顿来到一家定制裁缝店的橱窗前。他们端详着橱窗里的男模特。它各方面都无可挑剔，就是没有头。“刚才那个费格斯是谁？”道连没话找话地问沃顿。

“老费靠做房地产生意发了大财，”沃顿殷勤地说，“不过他也是个怪人；他是个娈童癖者，有固定的性伴侣。他还很时髦——他父亲是洛克比勋爵。他还有点心理变态——在一次所谓的滑雪事故中曾干掉一个家伙。真是有两下子。”

说着，沃顿挽起他这位吸毒后恹恹欲睡的信徒的胳膊，扶着他朝自己的捷豹车走去。现在该带道连·格雷去另外一个地方对他进行更亲密、更神秘的指点。

3

一周之后，亨利·沃顿上门拜访老费。老费的住处是一幢小楼，位于切尔西堤岸区。从河对岸放眼望去，这所房子在四周显得鹤立鸡群，带着点荷兰建筑的情调。这是个炎热的早晨。在这个盛夏，不列颠似乎要将它所剩无几的辉煌烧光。或许正因如此，亨利·沃顿才会前所未有地将自己穿得整整齐齐，以保护自己敏感而扭曲的内心。沃顿是专程来赴老费的茶聚。为此他特意选了一条绿色灯芯绒灯笼裤，一双褐色烤花皮鞋，上身穿一件粉蓝色普林格毛衣，里面是一件维耶勒法兰绒格子衬衫——这一身打扮，无论放在过去、现在还是将来，都是一个严重落伍乡绅的标准装束。

得到老费的邀请并不容易。老费和那些继承家业并发扬光大的人一样，有一个共同的缺点，都极其吝啬。他谁也不想宴请，因为他喜欢一个人独自享用。他爱和一帮俊男们放荡淫逸。他钟情的美食是散养的土鸡下的鸡蛋，用文火煮熟，敲开外壳，敷以白鲸的鱼子酱，再配以上等的香槟酒。可现在，这些东西他却不得不拿出来和亨利·沃顿分享，连带着还有他那所堪比圣地的豪宅。这所豪宅里的装饰奢华的房间，在喧嚣的都市里宛如一潭清水般幽寂。

老费生活虽然放荡，但品味却古板。房子的镶木细工地板铺着上等的波斯地毯。光洁的黄色墙壁上挂着现代美术精品。整个房子洋溢着养蜂场的味道。花粉，蜂蜡，蜂王浆，蜂蜜。尺寸适宜的书架上分门别类地摆放着老费珍藏的厚重典籍。屋外，汤汤的泰晤士河水在阳光下波光粼粼。屋内，暧昧而舒适的阴郁氛围笼罩着房间。

一个叫乔尼的男妓正在笨手笨脚地伺候老费和沃顿宾主二人。乔尼是个大块头、留着平头的壮汉。他对使用这些奢华餐具并不在行。每次他把烤肉架子端上来时，沃顿都能看见他右手指节处的刺青“操”。他给沃顿倒酒时，左手指节的刺青“屄”看得清清楚楚。“谢谢你，乔尼，”老费说，“请把这个放回冰箱里，对，就是这个冰桶。”

沃顿对着一个盛放着块菌的小巧银餐盘吞云吐雾。“我迷上道连那小子了，”他声音低沉地说道。

“我看出来了，”老费轻描淡写地回应着沃顿，语气透着倦意。

“怎么什么事都瞒不过你，费格斯，真让人受不了——难道你是上帝不成？”

“我要是上帝，太阳就从西边出了。”老费似乎在认真地沉思沃顿的这个假设；他那双老气横秋、长得像蜥蜴的双眼被近似透明的眼皮盖住。

如果老费真是上帝，那么许多事情就变得好解释了。世间为何罪恶肆虐，因为老费这个上帝对人间撒手不管，放任自流，自己只顾着一味昏睡，心甘情愿成为嗜睡症病人。老费现在正处于这种状态：意识之窗正在合拢，他的脑门缓缓倒向盘子里热气腾腾的块菌。“要不要给你主人来片口香糖提提神？[1]”沃顿向乔尼做出个搓丸药的动作。

“我去拿，伙计。”乔尼走向餐具柜，在一堆琳琅满目的小摆设中挑出一个药片盒。

“他这些日子在嗑什么药？”沃顿换了说话腔调，听起来像个毒品圈子里懂行的熟客。

“一直都没换过，白天是一片五毫克的右旋安非他明药片，如果出去疯，就换成阿普唑仑[2]或大麻烟卷。”

“要不把剩下的都给我，”沃顿掏出一张二十英镑的票子，想买盒子里剩余的药物。

“来吧，费格斯，噢，亲爱的……”乔尼异常温柔地捧起老费的脑袋，趁他肥硕的下颏由于下陷而张开嘴时，将几片右旋安非他明塞进去。“……来，喝点香槟咽下去……”

“咳！ 咳！ 噢，怎么这么苦。”老费猛地扭过头来。

“一直就是这味道啊——你既然嚼碎吃，那当然……”

“可我就爱嚼碎吃——再来点香槟……啊，现在好多了……”老费咂着嘴咀嚼的时候，乔尼还捧着他那犹如树瘤状的脑袋。那双蜥蜴般的眼睛忽闪忽闪地睁开了，过了一会盯在那张二十英镑的票子上。这张票子还在乔尼左手上夹着，正好夹在二十上。“你们年轻人总觉得有钱就能获得一切。”老费说话时并不带火气。

沃顿在心里思忖着，老费属于那种从老派贵族学校培养出来的性格古怪的贵族子弟。这种人宁愿仆人们明目张胆地从家里偷东西，也不愿

---

① 原文为法语。
② 一种安定药。

意给他们加薪。“像你这样的老人对此肯定看得很透。”沃顿故意不加掩饰地从药盒里倒出一片安非他明大嚼起来，又啪的一声合上药盒。

“你还没有走啊？”这个袖珍版的摩耳甫斯[①]问道。

“你要是不告诉我有关道连·格雷的情况，我就不走了。”

“这个话题几个小时都聊不完……”老费从乔尼怀里挣脱出来，“……我可没准备你在这里待上那么长时间——沃顿，你在我这里吃吃喝喝的，他妈的搞得像个高级男妓。不过，我的确认识道连·格雷，就连他那该死的爹妈我也认识。其实他家就住我家附近……就是河对岸巴特西公园后面。”

“费格斯，我知道他家住哪里。我想要知道的不是城市地图上标的那些玩意。看得出来，他对自己家庭情况讳莫如深。”

“也许吧。”老费大大地打个哈欠，伸个懒腰，起身走到壁炉台前。他没有像常人那样靠着台子，而是将身体缩到壁炉下面。“道连的父亲也是贵族出身，也是个男同性恋。他经常出入葡萄酒馆[②]。当年战时，他和我们一样，喜欢嫖那些又年轻又没钱的士兵。”

“战时？”沃顿有点不大相信。“你是指哪次战争——克里米亚战争吗？”

“不，是二战。你们年轻人凡事总是想当然。你们对我们老一辈人的行事做派一无所知，不懂男人之间，哪怕社会地位迥异，也会存在爱情。”他将手伸向头顶上方，从一堆大同小异的镶金边的象牙镜框里找到一帧照片，照片上是个戴平顶筒帽，穿带盘花纽扣夹克的年轻人。“啊——”老费注视着这张照片，目光变得迷离，“我刚才扯远

---

① 睡梦之神。

② 著名的同性恋聚会场所。

了。这就是道连的父亲，约翰尼·格雷。他是个赌徒加酒鬼，是围在幸运的鲁肯[①]身边的那种人。当年在小圈子里，他也被认为是会混世的。他曾经搞出大动静，挺能装模作样，想不想听听内幕——”

“你是怎么知道他是同性恋？”

“我说过了，我们臭味相投。话都说到这分上，还要我再详细发挥吗？不过他还是娶了道连的母亲——弗朗西丝卡·慕迪。这是为什么呢？当然是为了掩人耳目，我敢断定。虽然他在和她结合之前，还有过一段婚姻，也生了一个孩子，但后代这玩意，当然多多益善。我听说，他生前对道连·格雷很坏，最后因心血管疾病去世。”

“那道连的母亲呢？”

“你居然没听说过她。天呐！ 她简直就是劳洛勃丽吉达[②]的翻版，只是更瘦小，也更优雅。非常美丽，非常性感。如果你对女人外阴感兴趣的话，那会是……”

* * *

很多时候，亨利·沃顿对自己的性取向并不十分确定，甚至都不敢肯定是否愿意和自己的同类发生性关系。女人外阴？男人阳具？女人阴唇？谁知道呢？

虽然他肆无忌惮、疯狂地服食毒品，几乎快将他身体榨干了，但他并没有阳痿。他的内心被一种更深层、更奇妙的犹疑不定的心理主导，而不仅仅是一边倒的男同性恋的性取向导致的自我憎恶。无论面

---

① 全名理查德·约翰·宾汉姆，鲁肯伯爵七世（1934—1974？），007 邦德式人物，出身贵族，1974 年因涉及谋杀案遭通缉，后不知所踪。

② 吉娜·劳洛勃丽吉达（1927— ），意大利女影星、摄影家、著名人道主义者，曾担任联合国儿童基金会特别代表。

对的听众是谁，沃顿最爱说的一句话是“变色龙性格对现代人至关重要。”他的衣着打扮——萨维尔街的定制西服，杰明街的配饰——似乎表明他本人并非是墙头草的性格，但沃顿的内心确实暗流潜动。他既有点像中国式知识分子，又对歼灭太空来客颇有兴趣；他既是个善于结交权贵向上爬的家伙，又醉心于在社会这个洞穴里尝试最危险的探险。关于政治，他张嘴就是来场革命性变革——甚至更激烈的言辞。由于他的整体人格处于这样一种分裂状态，他在性取向上的矛盾就更不在话下了。相应地，他也耽于种种臆想。

他臆想在情人身上追求的不是脸蛋和身材。(呦！ 多嫩啊！ 多俊啊！ 多粉啊！ 而“风度”一词更会招来他的不屑，夸夸其谈起来就没完没了。) 对于情人，沃顿看重的是，他们的皮囊要具有可塑性，可以通过重塑他们的身体，来弥补自身的一些缺陷。总之沃顿想通过这些“代言人”成为一个多面人。

而巴锡尔·豪伍德，用他的话说，居然“不知羞耻”，竟大张旗鼓地投身到争取男同性恋权利的运动中。在沃顿的词汇里，不存在男同性恋这个词，最多只能象征性地用彩虹旗来暗示。但沃顿对巴斯始乱终弃，倒不是因为巴斯在思想上愈趋激进好斗。作为他的一个外在“代言人”，巴斯若只是个争取同性恋权利的积极分子，沃顿并不介意，相反，还很对他的胃口。巴斯惹恼他，主要是因为在所从事的艺术领域，恪守那些清规戒律。

巴斯总想以火烈鸟形象示人，而沃顿却只是将他作为槌球游戏里的球棍来使用。[①]倒不是沃顿想当幕后的推手，毕竟他若是亲身投入

① 此处借用《爱丽丝漫游奇境》里爱丽丝和红桃皇后玩槌球游戏的情节。

艺术中，除了抬高私人纪念品室架子上的那些瓶装尿、盒装屎的价格，就再无别的本事了。他明白，巴斯关于概念艺术未来发展方向的判断是正确的。概念艺术越来越依赖于技艺，而他对技艺一窍不通。人们在鸡尾酒会上互递名片介绍时，都觉得沃顿是个花花公子、纨绔子弟、附庸风雅之徒。而在地下会所这样的场合，碰见他的人都认为他有自己的收入来源。但这两种推测都不对。

沃顿靠他的妻子蝙蝠脸养活。除了操纵、支配像道连这样的身边人，他好像在生活中也没有其他什么角色可扮演。和某些大家族的女族长一样，沃顿在心理上患有厌女症，但没有严重的外在表现。或者说他只是携带者。迄今为止，没人相信他和女人有过性交。他的妻子显得捉摸不透，而沃顿又一心想疏远对方。两人的性器不可能在合适的时间达到充分亲密接触的程度。即使在某个时间，两人性器同时充血，勃起，他们之间也一定隔着一堵墙或一层地板。

要是沃顿有本事突破墙壁、地板这些坚固的表面实现性交，那可算是奇闻异事。不过沃顿的想象力丰富，确实货真价实地神奇。在和一群情人厮混时，沃顿只需不大一会儿工夫，就能分毫不差地将每个人的所作所为描绘出来。亨利·沃顿完全能够写出一本有关自身生平和时代的大作。不过，就像他自己调侃的那样，“只有当我丢了车钥匙时，我才有可能安下心来写点自己的真人真事……①”

* * *

道连结识沃顿已经有一周时间了，这其中还包括在沃顿切尔西的

---

① 此处是一文字游戏，真人真事小说在法语中是 Roman à clef，译成英语则是 novel with a key，恰好和钥匙一词构成双关。

家一楼那间刷成血红色的卧室度过的那个夜晚。道连发现自己经历了一波汹涌的厌女症。他变得鄙视起她们，鄙视她们的身材、体味、性器、黏糊糊的分泌物——无论是眼睛分泌的、阴道分泌的，还是感情分泌的——头发、脸蛋还有欢快的嗓音。而这一切对于上个学期和他在牛津做爱的那个小妞来说，真是太倒霉了。道连和她做爱是为了弥补内心的愧疚，而她却在内心事先编织好一个幻想，并待在里面不出来。其实两人之间根本没有爱情可言。

结果，在两周没有电话联系之后，她只身前往伦敦来看道连。她来到他那间豪华顶层公寓。这所公寓位于奢华的威尔士亲王大厦面朝公园的那一侧。道连开门让她进来。她一进门就踢掉脚上汗津津的凉鞋，让热乎乎的脚底贴在凉爽的地板上。此时是上午十点左右，空气中有股热烘烘的臭味。也正是在这一天，沃顿前去拜访老费。道连在他那奢华的厨房给她煮茶，而她在客厅里溜达，像猫一样用脚爪梳理着地毯上的绒毛。她是个金发碧眼女郎，芳名海伦。迷恋女人外阴的人，一定会爱上她的。

——这些显示器是干什么用的？她说。

——这是一件录像装置艺术品，相当于用电视设备来进行雕塑。

——我明白了。

——这都是一个叫巴斯的家伙做的。

道连走到墙上一个壁龛前，缓缓扭动旋钮。瞬间这几台显示器嘶嘶地显现出画面。在这些屏幕上，无数个裸体的道连像气泡一样闪现着。海伦紧紧盯着这些健美的胴体。巴斯·豪伍德这件作品真是精妙绝伦；它令所有的观赏者都不自觉地变成窥淫癖者，都不由自主地撑大眼睛，色眯眯地盯着画面上的这个年轻人。

——他是个同性恋吧？她厉声问道。

——你说什么？

——你听见我的话了。制作这部作品的家伙是男同性恋吧？你自己心里最清楚，对不对？

这就是两人大概的对话。要是以为能够三言两语就打发走海伦这样毕业于汉普夏修女学校的贵胄子弟，那就大错特错了。这些贵族子弟一粘上这种云雨之事，就会来兴趣。海伦聪颖过人，能看懂神学著作，也能在仰脖喝干茶杯里茶水时品出茶叶的种类。

——你怎么开始喝起格雷伯爵红茶？

——什么？

——我问你怎么喝起格雷伯爵红茶？这是老掉牙的牌子。

——哦……我也说不清……那个我认识的家伙……是他送的……他说这种茶的味道无与伦比。

——是那位艺术家吗？

——不是，是艺术家的朋友。他是位女慈善家的儿子。他母亲是“青年无家可归者项目”的发起人。

——他总该有个名字吧？

——姓沃顿，名叫亨利。

两人不再言语，不过这种沉默并不显得尴尬，反倒有点愣头愣脑、傻里傻气的味道。就好像一个喝醉酒后流着口水的学生，误打误撞来到这间以时髦的极简主义风格装修的顶层公寓，无意中窥见结实的蓝色卧榻，硕大的咖啡桌，还有用来摆放拍摄《阴极的那喀索斯》的九台摄像机的木制山墙。道连极易受他人影响——这点大家都知道。他喜欢效仿别人的生活方式、行事做派。甚至连厨房里煮牛奶溢出来用毛巾揩干这类生活小事，他也是跟别人学的。这有什么办法？当初他刚开始操海伦时，他喜欢喝正山小种，现在开始喝别的茶了。海伦当然早就知道他有同性恋倾向，但也只好由着他，就像知道人总有一死。

现在她解开衣服胸前的扣子。这件衣服是百分百全棉质地，上面零散地印有黑灰相间方格图案，像一个学龄前儿童信笔涂鸦画的苏格兰彩格。衣服的剪裁式样隐约透着1920年代的风格——长短适中，上身趋紧，腰身偏下。关于服饰的流行，如果我们以十年为单位，用它们的复兴年份除以它们的初创年份，就会算出其间该款式一共经历过几次流行。对于整个二十世纪来说，这个公式颠扑不破，也算是文化潮流盛衰在数学上的体现吧。抱歉，又扯远了。她解开衣扣，露出硕乳。整个乳房颜色是一道棕色连着一道白色再连着一道棕色。褐色乳头镶嵌在白花花的乳房上，而乳房下面又是棕色的胸廓。由于她还没有完全挣脱自己出身的束缚，不敢公然在户外露着乳房晒日光浴，所以才出现这样的色差。她解开衣服，现出温柔起伏的地形，松软的土壤，还有茂密的灌木丛。她任凭衣服从温热的、留着胎记的肩膀垂下，一只手掠过头顶伊顿式发型后，像是做俯冲状进入此时此地的这间顶层公寓。这个动作是典型的装饰派艺术造型。她整个人仿佛也沉浸在当年装饰派艺术的鼎盛时代。她就这样保持这个姿势不动——手臂后举，胸部前倾，像个一动不动的女吉祥物。

而道连呢，他哪怕脱得一丝不挂，举止也像一个全副武装的特尔斐战车的驭手那么拘谨。此时，他更是显得包裹得严严实实。他撑靠在墙上，白色衬衫的袖口卷在光洁的前臂上，茶水冒着热气，胸口的汗珠晶莹地闪着。

——你是不是不想再见到我了，永远都不想，对吧？海伦精心策划的伎俩，假装一切都蒙在鼓里，刚才已被证明是不奏效的。而刻意逢迎，施展诱惑也已试过了。所以现在她只好心不在焉地坐下来。

——是的。不过我们还会是朋友，就像当初我们没有滚床单之前。我希望我们还可以做好朋友。

——可这说明，你已经不爱我了，是不是？

——海伦，我经常手淫，但这不表明我爱上自己的手。

——你过去和我做爱，还乐此不疲，怎么解释？是不是嫌我没有男孩味？

的确如此。她一点也不像个男孩。就算她现在留个平头，穿着直条纹时装，也只能蒙蔽一时。一旦被识破，海伦身上那股浓烈的女人味——丰满的乳房，点刻般的乳晕，健硕的臀部，十分风骚——比她身上假装出来的男孩味更让人受不了。

——亨利·沃顿没有男孩味，道连用肯定的语气说道，因为他本身就是男人。

——那，那你和他怎么做？他……他对你施以性虐待吗？她搜肠刮肚才憋出这个词来。但这话从她拿腔拿调、故作上流人士的口音里说出来，还是显得文绉绉的，非常搞笑。

——其实是我在干他，他喜欢那样，真的很刺激，海伦。这种赤裸的讲述让道连兴奋起来。我在操他的时候，他甭提多温顺了，居然还会动情，像个平日里古板的淑女被撩拨得发情起来。前后真是判若两人。

其实前后判若两人的也包括道连自己。不过吊诡的是，他刚才讲述沃顿如何陶醉于和自己的云雨之情时，语气却是完全不动声色，听得海伦都怔住了。这种苟合完全不是常规的路子，令海伦实在是望尘莫及。看来道连这回是彻底无法挽回了。

——你讲的实在是太恶心了。恶心得要命。

——噢，海伦，相信我，真不是那样，不是的。

* * *

这天的晚些时候，道连来到索霍区。当年的索霍区已经以同性恋闻名，但还没有今天这样臭名远扬。两面神捆绑器械店刚开业不久，而瑞士酒店正在发展壮大。还有一些夜生活的消遣去处在这座城市平展、冷酷的苍穹下像蜗牛一样星罗棋布地散布着。

道连·格雷现在一定心有所感。他一定感受到厄洛斯[①]的爱矢已经摇晃地上了弓，离弦后朝沙夫茨伯里大街飞来，那是出卖肉体的男妓们发射的致命的爱的导弹，径直射向聚集在霍尔药房外的那些瘾君子们。瘾君子们中箭后，会将它变作皮下注射器，再重新掷回去。

道连·格雷站在“青年无家可归者项目”总部那扇简陋的、毫不起眼的大门外。现在已近黄昏，上班族们迈着哐啷的脚步声从他身旁经过，他们现在都下班回家了。他是来看看这些年纪轻轻的无家可归者们。过去他把绝大多数时间花在和他们聊天、厮混。他现在来，却是将魔爪伸向这些雏鸡。可正当他要伸手去摁门铃，门突然猛地打开，从里面窜出一个人来，推搡着从道连身边走过。

此人表现得势不可挡，步伐像羚羊般频密而矫健。他的头发在头顶直晃，像在仿佛通上电的脑袋上缠着厚厚一圈黑色电线。他的肩膀

---

① 希腊神话中司“性爱”的原始神，是个手拿弓箭的调皮小男孩，他的箭射入人心会产生爱情。

和胳膊肘上搭着铺盖卷，膝盖前倾，嘴里大口喘着粗气。他整个人像是办公室文秘女孩手中拿着的一个圆锥形黑色拖布。道连趁此人在路边停下来，等19路公交车开过去的工夫，一把抓住他。

——赫尔曼！你这个家伙！你要去哪儿？

——他妈的怎么是你！他转过身对着道连。这个赫尔曼是个火爆脾气，样子很凶。要论身高和体格，他和道连差不多。和道连一样，他的身材很好，很有柔韧性。而论起阴柔之美，他比道连更是有过之而无不及。他平时的举止像俄狄浦斯，总是嚷嚷着不是要把别人的眼睛挖出来，就是要挖自己的眼睛。

——对不起，不过我不是想讨你嫌，只是——我以前不是听你说过，我还以为你待在——

——老子受不了待在这个鬼庇护所里，真他妈受不了。赫尔曼用力扯开道连的手，继续朝沙夫茨伯里大街奔去。

——可这种地方不就是为了——

——为了什么？什么？

——为了收留人过夜吗？

——听着，赫尔曼又停下脚步。我受不了庇护所，因为里面没法接客，也没法嗑药。没法嗑药，我就不在状态，不在状态，我就没法接客。道连，像你这样的粉头，就是爬到我身上，舔我屁眼，我也操不了你。好了，走开——你挡我路了。

——我不是那个意思……我原以为我们处得不错。我们不是挺谈得来的吗。

——放屁！还谈得来呢。

——这样吧，如果你缺钱，我很乐意——

道连这话说得恰逢其时。因为此时马路上蹒跚走来一个颇有传奇色彩的毒贩子。在常和他打交道的主顾心目中，他和他的货品已经合二为一，人货不分了（其实仔细想想，很多小商小贩都和他差不多，尤其以鱼贩为甚）。主顾们都叫他大克·夫特，或者直接简化为大·夫，或者医生。

这个称呼还挺贴切，因为他卖的盐酸地匹哌酮和利他林，都是处方上的正规药，但却经常被瘾君子们窃取或掺假，用来作为海洛因和可卡因的替代品。而十年后，利他林被医疗机构用来作为治疗注意缺陷障碍的特效药。可是这种具有兴奋功能的药物真的能对那些患有多动症的孩子起镇定作用吗，尤其现在的社会，充斥着这么多玩具汽车、积木玩具？从长远看，伦敦西区的这些服食盐酸地匹哌酮和利他林的瘾君子们会对这两种药物产生强烈的依赖性，而且脓包一旦刺破，毒素就会传遍全身。当然瘾君子们这种交朋结友式的吸食毒品也算是实现全民医疗的一种方式。

这位“医生”深谙一种古老的街头交易把戏，能够隔空将自己的声音传输到其他人的内耳中。因此买卖双方隔着好几码，无需面对面，生意就能谈成。

——地匹和利他，地匹和利他，大家来买地匹和利他，三个地匹五镑，两个利他十镑，二十镑你就可以任意来个双拼，街上不让卖毒品，只有地匹和利他。

这段招徕生意的话通过藏在民间舞曲中哼唱出来。而道连和他刚结交的新欢就在“医生”的哼唱声中漫步。他俩聚精会神听着“医生”巧舌如簧的念叨，下面这段是专门唱给他俩听的。

——我看见你了，赫尔曼，年轻人，我的老弟，我全看见了。我看见你馋了，馋地匹和利他了。是刚从加州西海岸回来吧，那儿你的甜爹拿什么喂你？我都看见了。你想要点什么？想嗑药吗？这大街上没有毒品，也没有安非他明，只有地匹和利他。你要不想上瘾，就来这个正好。你有多少钱，四十镑吗？四十镑可以来二十个地匹。划算，太划算了。和你做买卖就是爽啊……地匹和利他……地匹和利他……

道连总算见识了一把什么叫混乱生活，也将赫尔曼和他拉得更近了。海伦，牛津，小妞们的戏服，那些搞笑剧，五月清晨从桥上纵身跳下，在社团桌子下偷着吮小弟弟，这些统统见鬼去吧。道连想，现在这个才是真正的生活，像亨利·沃顿这样过，在死亡阴影的笼罩下过，与死亡、堕落为伴。几分钟后，道连和赫尔曼来到一个人的住处。此人和道连一样，也是赫尔曼这个黑人男妓的仰慕者。这个家伙是个矮墩墩的光头仔，不过看上去倒并不凶。他绰号叫“姜头”，因为他头上像姜属植物根茎，留着几缕难看的须状头发。

这个房间又脏又乱，能称为房间真是抬举它了。这鬼地方就像是个倾倒的鞋盒，乱糟糟立在四楼上，而不像个有地板、墙壁和天花板的房间。由于漏水，四壁、地板和天花板上全是锈色斑点。道连斜靠在一扇半开的垂直推拉窗户旁。窗户周围是一圈有机物的残渣。污秽的衣物，腐烂的香蕉皮，用过的注射针管，发霉的面包屑。房间里有盏通过十五英尺皮电线从天花板垂下来的四十瓦电灯。道连借着灯光，看见天花板上一方邮票大小的地方正向外渗出毒素。

道连以前也知道伦敦有这样邋遢龌龊的地方，但却未想过自己有一天会身处其中。这里又脏又乱。沃顿和巴斯他们房间的那种乱，就像调皮的孩子不愿意收拾自己的房间。而这儿却是真正的污秽至极。

道连坐在一张台边椅上，近距离地看赫尔曼捣鼓他那套“家用制毒工具”，最后炮制出一次注射量的盐酸地匹哌酮和利他林，再在化脓的小腿肚子上找鼓起的静脉血管扎下去。其实这样的细节不值得这么大书特书，更与“家用”这个词没关系，除非你认为位于棕榈滩的旅店也有家的气息。

道连注视着赫尔曼，姜头注视着道连。

——噢，我操，妈的，姜头说道。

——我没钱买货了。

——我给你钱。道连说他请客。你可以拿这钱买点。

——真的？那以后怎么办，以后的以后的以后呢？你是干吗的，是他妈的药剂师吗？

——不是，他是另一个甜爹，小赫。你要带他去哪儿，帅哥？他可是去过霉利坚合众国。①

赫尔曼将一个巨型五百毫升注射器的栓塞推到底，将毒品和其他鬼才知道的玩意注入大腿静脉里。道连、赫尔曼、姜头都感受到了注射器巨大的黑色栓塞沿着湿乎乎的血管内壁向前推进的力度，巨大的压力令血液沸腾，令皮肤爆裂。他们的肉身，混杂着污垢和屎尿，共同完成了这最后一次毒品注入——污秽的过去被注入现在的血管，创造出一个濒死的将来。

——我再也不想别人操我了。那些家伙一边操着我，一边还瞧不起我。赫尔曼费劲地咕哝着。

——可他们要是不这样呢？

① 此处是作者的文字游戏，故意将 the United States of America 写成 the United States of Arsehole，故译成“霉利坚合众国”。

——你说什么？

——他们要是不鄙夷你呢？这时赫尔曼已经注射完毒品，用食指将腿部一圈血迹擦拭干净。道连死死盯着他，看着他的脸色由青转灰。赫尔曼这种人是最适合包养的，就像那些第三世界债务国被富国包养一样。

——那样会更糟。

赫尔曼这时敏捷地向前滚到道连跟前，抓住他的肩膀，吻起他来，用力地吮吸着。他们俩像两只火烈鸟，都想用强健有力的舌头咂咂地从对方那里汲取养分。两人的喉结在暮色中一动一动着。

4

压力上升到一定程度，熔炉就会沸溢，这是很自然的；伦敦这座国际大都市的警察总局也明白这个道理，所以采取一些极端平暴措施来应对这种局面也就在所难免。二十世纪九十年代中叶的警察们可以神气活现地穿着凯夫拉防弹背心，胸前挂着轻型冲锋枪，搞得就像佩戴华丽胸铠闯进现代社会的一群原始人。但若把时间倒退到1981年，他们就没有这么风光了。那时他们穿着蓝色的、长及膝盖的雨衣，戴着像奶子形状的钢盔，不得不迎着砸向他们的雨点般的玻璃瓶（有些瓶子是空的，有些却装满了法国香水）。这些警察活像再早三十年从周围村庄被抓来强征入伍的壮丁。他们先是排成不断变换的密集队形，接着又几个人紧紧抱团，组成一个个便于机动的小分队。

这帮打扮滑稽的火柴杆子一样的条子们，沿着布里克斯顿街行进，而掷过来的玻璃瓶像一条缓缓流动的液态物，狠狠地砸向他们。条子们躲在有机玻璃做的防暴盾牌后面，好像这些盾牌是平展的、长条形的雨伞。没过多久，这些莫洛托夫鸡尾酒就点燃了盾牌。而就在这时，数英里外，道连·格雷安然地待在自己的阁楼里，啜吸着掺着伏特加的马提尼酒，通过自己房间里九台电视显示器中的一台欣赏着外面的这一幕。现在是晚上，马路对面公园的树梢传来风的低吟，树的颜色也渐渐转为深绿色。屏幕上骚乱画面反射的黄光和红光，在道连那张完美无瑕、光洁黝黑的脸庞上摇曳。只见他站在那里，双腿叉开，身上披着一件洁白的和服，整个造型庄重得体。巴斯·豪伍德深深地坐在一旁的沙发上，身上穿的衬衫印出一条条汗渍，下身穿着一条气派的皮裤。这条皮裤的料子太棒了，让人不由得联想起它是从某只倒霉的野兽身上剥下来的。巴斯手上也端着一杯马提尼。不过他却明显状态不佳。这是现场直播吗？他问道连。

——不是，你这个傻瓜。这是盘录像带，是亨利的朋友从一个认识的摄影记者那里搞到的。很酷吧？

——真他妈的棒。

——我目睹了一些行动过程。

——你什么？

——我说我亲眼见到一些暴乱场面。当时我驱车前往布里克斯顿，但那帮愚蠢的条子把我挡在艾克路上。不过我还是嗅到一点味道。

——愚蠢的条子！ 嗅到味道！ 你现在说话越来越像沃顿了。

——那又怎样？

在短短两周时间里，道连和沃顿就变得如漆似胶，比他和巴斯花了两年才建立的关系还要亲密。巴斯觉得无数个道连组成的密集方阵朝自己挤压过来。我觉得，在《那喀索斯》这部作品里，你表现得还不够。巴斯试着用轻松随意的语调说话，但并没有把持住。

——跟你实话实说，巴斯，就像这样无休止地看我自己，看我自己，看我自己，勾不起我的兴趣，虽说它是你的作品。

——这他妈的才不是问题的关键呢，道连。无论是我还是其他人如何塑造你，这并不重要。在作品里，你已经不再是“你”了——平常的你。你沾了仙气。

——仙气!

——听起来很荒唐是吗？是这样的——你可以嘲笑我，但你不能嘲笑我的作品。如果你只是抱着嘲弄的心理看这部作品，那我出钱从你那里将它再买回来。巴斯说着激动起来，杯子里的酒都洒到屏幕上几滴。

——别，别这样，巴斯。它对你或许只是艺术，但对我来说，是……是另一个自我。我第一次看到它的时候，我是这么说的——我嫉妒那个“我”，因为它已经比我年轻一个月了——说了这些痴话。

——你还是在笑话我。我不该爆粗口，但同性猎艳和同性爱情不可混为一谈。在这部片子里，我做了点尝试，说了点真话……巴斯说话时酒洒得更厉害了。

——巴斯，你喝高了，开始说胡话了。

——妈逼的，道连。我被废了。我染上了重度毒瘾，半夜醒来，喉咙被手掐住，我自己的手……说着巴斯又颓然重重地坐回沙发，垂着脑袋……我想回美国，但他们十有八九不会让我入境……

而道连现在开始在人类生活的两个领域崭露才华：一方面他是一个出类拔萃的引诱者，另一方面他正向一个计谋家转型，一个能玩弄世界于股掌、供自己驱遣的计谋家。而一旦道连变成某个马基雅维利式的人物，他会不费吹灰之力就将颠茄介绍给某个倒霉蛋。当然他自己也亲身尝试一些毒品。

他跪在可怜的巴斯身前，把从哈尼那里买来的一长串袋装粉末撕下两包并打开，然后又从嵌在壁龛里的中式橱柜里拿出注射器和一瓶蒸馏水。由于自己还没染上毒瘾，所以道连倒还可以动作有条不紊地干着这些丧良心的事，并且还有了些储备。如果你想的话，不妨来爽一下——他用轻描淡写的语气说着这种龌龊的事——白的（吗啡）和棕的（大麻）我都有，要不混在一起尝尝。想想都觉得挺带劲的。

——这是什么东西，道连？你真不该搞这些乌七八糟的东西。

——我没有啊。是我一个朋友……道连起身踱步走到已经昏暗下来的观景窗前，盯着玻璃里自己的像……他染上毒瘾，我正在帮他。其实他明天晚上就会过来，后天我就有个展出。

——后天有展出？展出什么？

——还能展出什么，当然是这部《那喀索斯》喽，亨利肯定也过来。他要我邀请一个叫阿兰·坎贝尔的人——你认识他吗？

道连现在已经将沃顿不动声色、就事论事的说话腔调学得惟妙惟肖，仿佛这些事统统事不关己。这已经够瘆人了，但更令人发瘆的是他看巴斯那色眯眯的样子。注射器推进皮肤，又从里面拔出的样子像性交，仿佛注射器在掀起一波又一波高潮，将巴斯撩拨得性起。他呻吟着说道，我认识那个人。他是澳大利亚人，是个变态医生，哪方面都很变态。

——亨利说他挺有意思。反正各种各样人我这位年轻朋友也都需要接触。——我个人觉得他在艺术上很有天赋，他以贫民窟墙壁上的涂鸦为素材作画，在洛杉矶的贫民窟。我想你或许能帮帮他。

——听着……道连……我不想当男同性恋者的性玩物——

——你只要来就行，没人要你做性玩物。

——但是沃顿——亨利，还有坎贝尔，只要他们在场，我就知道会发生什么。狂嗑药，乱搞，群交……最后跳着康茄舞鸡奸。你想让你那位年轻朋友见识这些吗？

——你自己想见识吗，巴斯？

在过去的数周里，道连三天并作一天过，四十小时清醒，然后睡上十六小时——吸毒、性交这些已经不再仅仅和社交解放相关，而是将他们这些人从刻板的受日历束缚的生活中解脱出来。道连现在不再是懵懂的初哥，而已经成为尝遍各种滋味的杂食动物。这个过程是个愉快的变形记，而且节奏颇为古怪奇特。现在随着海洛因和可卡因的相互作用，巴斯的神志异常清楚。他屈服于道连的主动进攻，两人的手伸向对方裤裆，腿交缠在一起。道连那完美无瑕的脸庞像玻璃一样被巴斯的嘴唇咂咂撕得粉碎，而道连酸酸的唾液也咬进巴斯的舌头里。在帐幔上，在地毯上，在布里克斯顿，在巴特西，在录像中，在现实里，这两个男子怀着被抛弃的愤怒，在交媾，在厮打。

* * *

亨利·沃顿的童年时代，每一年都和其他年份差不多，难以区分，事情都混到一起。什么肯尼迪总统在特拉维夫的防弹玻璃亭里接受审讯，最后被判处环绕月球飞行等等这类荒谬的事情。到了少年时代，沃顿的记忆里四季不再分明，也混到一起。一个叫哈尔的小孩坐着平底雪橇，沿着绿草茵茵的斜坡玩起了速降，或者从成堆的落叶中捡起黄水仙。但当时光到了1981年，事情变得更加不可思议。花朵打苞、开花、结果同时发生。时间永恒停留在一个阳光明媚的上午，地点位于亨利·沃顿家附近。光阴之矢仿佛唱机的蓝宝石唱针，在同一纹道反复滑过。在他住宅后部有一个硕大飘窗，这个飘窗四边镶着粗茎的孤挺花和更粗的马蹄莲，散发着恶臭。康斯薇拉，一个刻板的菲律宾女人正在猛捶窗台上的一块小地毯。她的动作完全是下意识的，但却毫不惜力、全力以赴地捶着。就算有海啸朝她袭来，她也不会停止。她身上穿的那件淡蓝色尼龙居家长袍因为滑溜而在湿热的空气中发出呼呼的摩擦声。

在她身后刚才确实发生了一波海啸，一波骄奢淫逸的海啸。这是一间大得出奇的房间。房间里有两块彼此完全分开的座位区，其中一个座位区四周全部围着皮沙发，而另一个座位区则是在中间区域摆满扶手椅。除此之外，房间里全是派不上用场的家具，数量还真不少，还有些昂贵的现代玩意，它们看起来像结肠镜那样精巧。一些十九世纪早期单薄细高的家具杂乱无章地摆放着，让人联想起房间里正在发作的歇斯底里的疯狂。还有一些里面塞满东西的爱德华时代早期的家具散落在俗丽的紫色地毯上，像刚被猎杀的野牛。房间里的色彩以天蓝色和柠檬黄搭配为主，让人总体感觉既凄冷又凌乱。房间里的家具和物品对自己的栖息地表示出高度的无动于衷，这点倒是和沃顿有意识的自我泯灭颇为契合。

沙发前的茶几上摆满了酒瓶和玻璃杯，围成一圈像城堡一样。烟灰缸层层叠叠，上面积满了还在燃烧的卷烟、大麻和烟蒂。有一张椅子，由于椅背、坐垫和扶手上灰尘积得太厚，以至被人坐过后，留下的坐姿轮廓还清晰可辨。整个景象就像是庞贝古城的翻版，只不过湮埋一切的不是火山灰，而是香烟灰。

敢去偷听一群间谍的聚会或者专门偷窥那些窥淫癖者，都是高人才敢做的。此刻道连·格雷瘦削的身形躺在筒形沙发上，身上披着浴巾，浴巾靠近胸口的地方绣着“华尔道夫”[①]。他正在阅读于斯曼[②]的《逆流》一书。这本书是企鹅经典版，封面是孟德斯鸠伯爵[③]。道连的四周环绕着立着的靠垫。他靠在上面，一副放荡安逸的样子。他的头发湿乎乎的，诱人的胸部在毛茸茸的胸毛映衬下闪闪发亮。房间里飘荡着德彪西，抑或是雷斯庇基紧张而又梦幻的音乐。音乐声仿佛不是通过弦乐器、竖琴或钹，而是通过拨弄他的金发发出来的。这一幕真是意味深长，体现了工业化与休闲之间的对立和撕裂。

蝙蝠脸一直就生活在这样的环境中。她旋转着身体穿过大半个房间，像飞机坠毁一样坐到道连身旁。“哦！哦！实在不好意思，道连，我不知道你在这儿，”为了盖过那些乐器声，她不由得大声吼着。她穿着一件桃色半透明的百褶裙，这种衣着对于她这样一个三十岁的女人着实荒唐可笑。唉，可怜的蝙蝠脸，虽然她一副男人婆的长相，但要不是一年到头摆出上流社会那种做作的面孔，四肢不因忸怩不安而僵硬扭曲，她本来倒也不算太难看。“天呐，”她口齿不清地咕哝着，“我的意思是，你居然在这儿？”她说话的样子好像是把刚刚在哲学研讨课上关于真在论[④]的讨论带到这里，“我是说，嗯，嗯，你可不是就在这里嘛，我真傻，真傻，我的意思是，我的意思是，我以为你肯定和亨利睡在一起！”

蝙蝠脸总算把这最后一句话挤了出来。其实她的本意倒不是想找个委婉的说法，道连对此也不在意。当然这一切只能由一位可以洞悉

---

① 希尔顿集团旗下的顶级豪华酒店。
② 法国小说家，善于在肮脏猥亵的情节中表现黑色幽默。《逆流》是其代表作。
③ 又称达达尼昂伯爵，法国元帅，后成为大仲马《三个火枪手》的主角之一。
④ 基督教神学学说之一。

一切而又不被发现的旁观者才能参透其中的玄机，只有这样的旁观者才能发现道连令人不齿的行为和蝙蝠脸内心微微的不快。蝙蝠脸站起身来，在房间里走来走去，身上那件百褶裙拖在身后。“噢，快看！摇摆人正随着《罗马之松》[①]和康斯薇拉击打的节奏摇摆着。噢，快来看呀，道连。”她惊恐地将双手遮挡在自己的面庞前，这个动作集中反映出她内心的焦虑。道连懒洋洋地从沙发上起来，跟她走到窗前。不错，摇摆人果然在那里，他每次都是适时出现。如果说幽闭恐怖的沃顿的家是颗行星，那么这颗行星就是紧紧围绕摇摆人这个太阳运行，由于距离太近，季节很短。

“是挺怪的，”道连说。提琴声、节拍和摇摆都还在继续。“我和沃顿第一次见面，他就指给我看了。”

“亨利很迷信……认为这是凶兆。我倒觉得此人可能患有图雷特氏综合征——得这种病的人都会不自觉地抽搐。我不认为这是什么凶——凶兆……可我又……该死！ 在某些方面我又……譬如说，这，这个。《逆流》这本书的封面，我猜亨利给你看过了。他把自己想象成孟德斯鸠，想象成现实生活中的德塞森特[②]。德塞森特是于斯曼小说里一个堕落的主人公。顺便说一句，世界各地的朗廷酒店里都藏有巴尔迪尼的原作。让我感兴趣的是普鲁斯特《追忆逝水年华》里夏吕斯男爵的原型也有孟德斯鸠的影子。《追忆逝水年华》吸引我的不是作者身处的那个时代本身，而是普鲁斯特被塞维尼夫人迷得神魂颠倒。塞维尼夫人也令我感兴趣……真……真的……她真的让我很感兴趣。”

---

① 作曲家雷斯庇基的一首交响诗，为其以罗马为题材的著名交响三部曲的第二部。
② 《逆流》中的颓废的主人公。

谈话到最后，蝙蝠脸支支吾吾说不出完整的话了。而此时提琴声还在响着，摇摆人还在摇摆，康斯薇拉也还在击打着。道连望着蝙蝠脸，在她的脸上看不出妩媚。道连对她那如盆景般精致的自尊也没多大兴趣。不过虽然难以言传，但道连能体察到，也惊讶于蝙蝠脸有着谨严有序、深藏不露的世界观。

“可……可是，”蝙蝠脸又开始结结巴巴起来，“刚才还没说正事呢，我本来想问你知不知道亨利去哪儿——你见过他吗？”费劲地说完这些话，蝙蝠脸走到唱机的唱盘前，将唱针拨拉开，把《罗马之松》停下来。康斯薇拉停止了击打，摇摆人还在那里混沌无序地摇摆着，“嗯，你一定知道他的下落。”

“实际上，他在警方那儿。”道连为了让这句话更显得名副其实的沃顿风格，他从睡袍口袋里掏出他导师的香烟，轻轻弹了弹，用金色的朗森打火机点燃。

“噢，是吗，不是什么无聊的事吧？”蝙蝠脸说话时的一大本事就是，让人分不清她到底是懵懂无知还是漠不关心。“亨利十分讨厌警察——他不可能听他们的。”

道连对蝙蝠脸这样的反应有些吃惊。“不是那么无聊——”

“是他妈的一桩谋杀——一桩谋杀案的问讯。”这时戏剧性的一幕出现了。亨利·沃顿从双开门进来，身着午夜蓝鲨鱼皮华服，弯曲的手臂上搭着几件白衬衫，其中两件上面显眼地粘着血迹。亨利·沃顿就像是在舞台候场的演员一样适时出现，就连说的话都像事先准备好的台词，“洗衣店的那帮家伙告发我，因为我送去的衣服上总带着一块块暗红的血渍，愚蠢的条子接到报案就着手调查，就近派了两个警察讯问我。”

“你的意思是，”蝙蝠脸语气里流露的更多的是好奇而不是震惊，“他们手头上并没有掌握任何犯罪事实？”

“根本没有。他们就喜欢根据无意中获得的线索进行推演，看看能否从中挖出案件。问题是如果他们真的肯下工夫，说不定就会抓到某个倒霉蛋，到时我们怎么办？”

如果真的出现那种情况，亨利·沃顿十有八九不会像现在这样镇定自若，还能轻松调侃。他肚子里装着很多趣闻轶事，以至于大清早就得往外倒一些。他将粘着血迹的衬衣硬塞给康斯薇拉，还和她用西班牙语说笑两句。接着他转向妻子，“我猜摇摆人一切都正常吧？”

“倒是没有人谋杀他，不知道你说的是不是这个意思。”

“宝贝，今晚道连要举行展前观摩①，就是巴斯制作的那部美轮美奂的录像雕塑作品。”沃顿紧挨着道连站着，边说边肆无忌惮地用手爱抚着道连。

而蝙蝠脸不出所料，对他们的行为视而不见。“那你们现在要谈谈吗？”她问她的情敌。

“我不知道……”在蝙蝠脸这张成熟而冷漠的表情映衬下，道连显得有些孩子气。

“那你们聊吧。这不关我的事了。你不介意吧？那就好。”说着蝙蝠脸飘然离去。

蝙蝠脸一走，沃顿赶紧趁机将道连推入双开门后面的一个房间里。这个房间是这个家里唯一和沃顿相匹配的房间，是沃顿的卧室，更确切说，是他的淫窝。房间里两块高高的括弧般大穿衣镜，令从大

① 原文是“vernissage”，该单词是来自法语的借词，特指艺术展览开展前，特邀嘉宾来观摩。

床上传来的任何谈话都显得煞有介事。床罩是红色的，真丝靠枕是红色的，墙壁是红色的，天鹅绒窗帘是红色的，落地灯灯罩是红色的，只有地毯的颜色避免了清一色红色的大屠杀。

两人完事后，道连又重新在房间里懒洋洋地走来走去，沃顿走到金色写字台上一个台式冰箱前，打开冰箱门，从里面取出一个皮下注射器。这个注射器的栓塞已经拉开，针管里充满了红色液体。"就像事先安排好的，每次我只要一注射，条子就会找我。我注入这个是为了防止血栓。瞧！"只见沃顿动作潇洒地将这房间的颜色溶入自己的静脉里。"哎哟！"他呻吟着，"注射可卡因纯粹是一种现代娱乐，因为你做这一次就想着下一次，贪婪就像粉末溶解在欲望的液体中。人生的一切折腾尽在于此——以毫升来衡量。"

道连故意不去看沃顿头上渗出的毛茸茸的一层汗珠，他摸了摸手指甲上的甲小皮，慢吞吞地说，"亨利，你为什么不告诉我，那些黑人男孩最受人青睐？"

"因为我自己喜欢过许多穷孩子，有这方面的经验。我猜你是想聊聊你那位朋友赫尔曼吧？"

"是啊，我现在一睁开眼睛就在想他。"

"可他现在还没走进你开花的树丛[①]，对吧？"

沃顿摇摇摆摆地走到道连旁边，顺着大腿外侧去摸香烟和打火机。他点着烟，吐出一个浑圆的烟圈。烟圈缓缓地飘过阴郁的房间，显得真实而不虚幻。

"他很拘谨，"道连若有所思地说。"我付钱，他同意我操他，可

---

① 此处借用普鲁斯特《追忆逝水年华》英文版第二卷的标题"with in a Budding Grove"。

我不希望他把我当成嫖客，所以我们还相互爱抚亲吻。怎么说呢，我有点把他看作正人君子了，亨利。那个塔里的童话仙女叫什么来着，留着长长的头发？”

“乐佩公主。[1]”

“对，就是她。我总把赫尔曼当作黑皮肤的乐佩公主。”

“得了吧！”沃顿讥笑道。“你太搞笑了——你想干什么，爬到他的骇人[2]式的发辫里？我亲爱的道连，如果爱情令人神魂颠倒，意乱情迷，那你现在最需要的就是一副镇定剂。”沃顿和道连贴得更近了，两人身体的轮廓线变得严丝合缝。“更要命的是，要是这朵羞怯的花儿在某个放荡的夜晚被死灰般的巴斯或热辣的阿兰看中，你会受得了吗？”

“那有什么要紧的？我们可以一起来帮他，亨利。反正他现在除了染上严重的毒瘾之外一无所有了。”

“我就是同情这点。贫穷是不折不扣的悲剧。因为贫穷你才不得不过正常人的生活。穷人只能握着一张当日往返的通勤车票奔波劳累，直至湮没，而富人却能住在别墅里安居不动。”

面对沃顿这一通巧舌如簧的说辞，道连强打精神应付着。“不过赫尔曼过得并不是正常人的生活，亨利，完全不是那样……而且我真的希望，你别太颓废——”

“我太颓废？如今谁活得他妈的不颓废？况且这是你的展前观摩，由你自己来决定邀请谁不邀请谁。”

---

① 格林童话《长发姑娘》中的长发公主，幼时被女巫从皇宫中偷走，被关在与世隔绝的高塔中抚养，用头发的魔力令自己永葆年轻。

② “骇人”发辫指湿发纠结成辫，四下散垂，通常是牙买加黑人、雷鬼乐乐师的发型。

“所以我才邀请艺术家……”

“我想你是迫不得已吧。”

“你干吗这么看不上巴斯？他现在确实落魄了。他说他无可救药地染上毒瘾了。”

“荒谬，”沃顿又开始在房间里逡巡起来，像个贵妇遗孀掸掸镜框尘土那样摸出随身带的毒品摸摸捏捏。“我不是瞧不上巴斯，我只是对他如此挥霍感到不满，不管他挥霍的是你们这些男孩、我的毒品，还是他自己的才华。对这些东西，你不能挥霍浪费，而是要充分享受。享乐是上天对人类的信用评级。会享乐的人，都是好人，但好人并不都会享乐。”沃顿正说着，被道连截住话头。

“巴斯说，他愿意为我的爱去死。”道连怔怔出神地说。

“依旧荒谬[1]，为你去死又能怎样。当然为这些男孩而死，会让死亡变得美丽。”刚说到这儿，沃顿就意识到这话不吉利，说不定会一语成谶。他感觉自己的胸口像被什么猛击了一下，差点没被憋死。他趔趄一下，倒向道连，抓住他睡袍的领口，仿佛那是通向地狱入口的桥梁上的绳索。

“亨利！”道连抓住沃顿外衣光滑的肩部，感觉到这个男人冰凉潮湿的身体朝自己赤裸的胸口压过来。“你没事吧？”

这时沃顿挺直身子，顺带一把将道连身上的睡袍扯下来。两人就这样站着，一个全身赤裸，一个身着整齐。这种反差将两人的情欲都挑逗起来——手伸向对方胯下，手指握紧，喉咙发出呻吟声。沃顿一只手紧紧搂着道连，一只手扯掉领带，抖落外套，脱了衬衫。两人热

---

① 原文为法语。

切地接吻，配以精准而性感的肢体动作。可沃顿一旦脱光之后——露出纤弱的胴体，大理石般的肌肤上布满了红色针点——立刻就像换成另一个人，全身瘫软。这时道连成了主宰的一方，领着沃顿走向大床，掀开床罩，将沃顿推到床上，抬起臀部朝他身上压下去。道连的阴茎弯曲着，通红的表面上是一小节一小节的血管，像一个外来军阀的短剑。

* * *

十个小时后，在索霍区，一个濒死绝望的男孩跑上老康普顿街，用胸部撞向密集的人群，好像他们是流动的液体。人群——主要是在找剧场的大腹便便的美国游客——四散逃开。姜头在赫尔曼后面追了过来，用刺耳的音调叫道，赫尔——曼！

在迪恩街拐角处，姜头抓住了赫尔曼。赫尔曼转过身来，朝姜头啐了一口，滚开，你这个家伙！

——你到底要干什么？

——滚开！

——你要干什么？姜头拉住赫尔曼不放。路过的行人还以为发生了一起种族袭击事件，忙不迭地躲开。

——让我走——

——你他妈是去他那儿吧——啊？

——是又怎么样？

——那家伙是个人渣，变态，杂种。

赫尔曼挣脱姜头，一头朝迪恩街冲去，边走边喊，“他说过，他会帮我——他是个艺术家。他要把我介绍给他的朋友们。”

——噢，是吗，是介绍他们操你吧；一帮粉头在等着干你呢。

——我愿意。

——我警告你，小赫，姜头这个矮胖子现在声音都带着哭腔，你这次要是和那家伙走了，我不会在这儿等你回来。一切都他妈地结束了！

在米尔德街街角，姜头终于放弃了。他痛苦而麻木地站在那里，肥硕的脸上残存着对赫尔曼的留恋，目送自己这位情人沿着两边都是老宅子门脸的街道遁去。赫尔曼走了一段路，意识到自己是一个人了，便转过身来。

——别走，赫尔曼！姜头哽咽着。愤怒和痛苦涌上心头，令他的脸颊、额头和嘴唇都拧出几道褶。赫尔曼把头又转回去，这时发现远远地在米尔德街尽头，一辆豪华轿车泊在路边。车门打开着，道连·格雷坐在后座，一头金发和珠光宝气的车子内饰交相辉映。我看到你了，迷死人的小王子。我看到你了！

道连突然这一声喊，让赫尔曼铁了心。他朝车子跑去，跳进去后立刻抱紧道连。车门噔的一声合上，车子驶离路边。在伦敦渐浓的暮色里，姜头孤零零地站在车后，声嘶力竭地喊着。赫尔曼！赫尔——曼！赫尔——曼！

5

要是蹑手蹑脚地穿过巴特西公园的树丛，脚后跟会被细树枝弹到划伤，树汁还会弄脏腿肚子。走过时，或许会惊起路边某只栖息的鸽子。它带着睡意，警觉地咕咕叫着。伦敦的这片地方早年曾是屠宰场，有一汪死水，吉卜赛人在这里露宿扎营，用马肉炼油。所以至今这里的气味依旧不好。虽说现在平添了一些气派的景致，但却依旧难掩浊臭。靠填埋沼泽地建成的游乐园时时散发着臭味，透过年久失修的装饰性看台从地底下传上来。

在两片树丛之间的开阔地驻足，在泛舟的湖畔徘徊，凝视水草扎在肥沃的泥土中。这块地方早已不复昔日的荣光，而整座城市也像个行将就木的人，自甘堕落，拿自己最实在、最能保值的财富去换取那些廉价的饰品和塑料玩意。它想搬入宽敞的老人套间，这样既能保持独立生活的幻想，日常实际需求也能得到满足。

不远处，有明亮的黄色光点，那是威尔士亲王大厦的通勤班车，它无声地驶过城市墨汁般的夜晚。

如果回忆起来的话，沃顿每次来时都是这样神出鬼没，出人意表，像是掘地道后钻到了明亮的沟壑中，又像荡着高空秋千越过天窗飞进来。不过就算回忆不起来，猜也可以猜到，亨利·沃顿来参加道连·格雷的展前观摩是驱车来的。沃顿认为汽车就是个移动的育秧棚。他坐在里面冥思、入定，更主要的是，可以抽烟。

沃顿开车朝南驶过切尔西桥，沿着交通环岛转一圈，想找个出口，但又不知为什么决定不走出口，就这么一圈一圈地沿环岛转着，最后由于眩晕加上怕被警察盯上，才下了出口。

沃顿最后到得很晚，因为车钥匙在刚才那片人工林里弄丢了。他将捷豹车停在路尔兰花园，坐在车里一连抽了三根苏利文牌香烟。他边抽这种异常粗壮的白色香烟，边朝后视镜里龇牙咧嘴，扮着怪相。他将脸上的黑头粉刺挤出来，把这些脏东西抹在挡风玻璃雨刮器触及不到的地方。最后他下了车，锁好车，朝路边走去。走了五十码，他不记得自己刚才是否锁好车，又回去检查了一遍。这种动作他来来回回做了五次，最后总算明白如果继续这样折腾下去，自己一定是疯了。于是他强迫自己转过街角，走到一幢大楼的前门，摁响蜂鸣器。他朝对讲机咕哝了一声，然后走进大厅，上了电梯。

啊，就是这样进来的。但在沃顿的记忆里，每次来这里总像是步行抵达。朝天上步行六十英尺，徐徐穿过黑色玻璃门，跨进室内冰冷的地毯。展前观摩，这个词听起来冠冕堂皇，实则很虚幻，无论从哪方面来说都很虚幻。在这样一个夜晚，在这个洋溢着极简主义风格的寓所里，每个来宾都要被脱得一丝不挂，然后穿上主人提供的外套。

沃顿认为这种神神叨叨的仪式，象征着将日常陈腐的道德观念剥掉。但即使这么理解——不知这种理解是否出于自我安慰——他心里也明白，这种行为更接近一个奴隶的道德观，对主人的鞭子和枷锁已经上瘾了，哪怕鞭笞和枷锁只不过是种装腔作势罢了。

也许正是内心充斥着这两个彼此割裂的想法，才能解释为什么沃顿来得这么拖拉。当黄铜电梯厢哐啷作响地升至五楼，眼前的一切让沃顿联想起法西斯做派，心里不由得想自己这些同伴们的历史观怎么这么野蛮扭曲，就像一辆豪车撞上水泥柱，拧成麻花一样。如果他们把展前观摩搞得没有任何特色，纯粹就像一个十九世纪通俗作家为一个德国贵族表演的打哑谜猜字游戏[1]，那么这个游戏的谜底就是“皇室婚礼！”

“怎么回事？”沃顿发现门从里面闩上了，砰地把门踹开，发现道连、巴斯、赫尔曼和阿兰·坎贝尔正围着显示器观看《阴极的那喀索斯》。

“我觉得拍得很有意思，”道连拖着腔说道。“我喜欢里面这种古典的气派。”

“古典的气派！就连拙劣的猜哑谜游戏都比它强。整个鬼玩意不过就是这帮德国佬的意淫，播放这个还不如放一匹专门用于接种的母马如何破处。”沃顿边说边像蜥蜴蜕皮一样，抖掉身上的大衣，伸手抓起显示器顶上放着的托盘里的细长香槟杯，正要接着刚才开启的话头继续调侃下去，巴斯适时止住了他。巴斯此时汗流浃背，面目狰狞，非常不满。

“我想，今天这个是为《阴极的那喀索斯》准备的展前观摩。”

“不，不，这不是为《阴极的那喀索斯》准备的展前观摩，而是为这位黑那喀索斯准备的……”沃顿走向他的猎物，伸出手来。“想必你就是赫尔曼吧——道连跟我说了你的许多事情。”

---

① 此处原文是 charade 一词，该词表示用动作、图画或书写进行的字谜游戏，作者此处暗讽道连的展前观摩搞得像皇室婚礼那样作秀庸俗。

“是吗？”赫尔曼没有理他。

“是啊。他说你长得帅，人又机灵。道连在这方面不会看走眼的。”

“哼，他只想干我。”

“你说话倒挺直接——是个痛快人。不过我倒觉得这次你错了。据我所知——我猜道连肯定也不会反对——他更情愿你去操他。”

“一天到晚操来操去有什么意思？”巴斯插话道。“我们还是欣赏这件装置艺术品吧。”

为了防止沃顿用他那套鬼话勾引人，巴斯抢先下手，走到放着录像机的壁龛前，开始换带子。

“这部作品完成后，下一步你准备做什么，道连？”阿兰·坎贝尔问。坎贝尔是个容易受人忽视的人。沃顿曾断言，他是个“极其阴险的人。”在场的人中，他比谁岁数都大，大约有四十岁，身材精瘦，短小精悍，一头花白头发，八字胡修剪得整整齐齐。他的衣着保守，下身是黑色宽松长裤，上身里面是一件棕色套头衫，外面是花呢西服。他的口音属于那种不动声色的澳大利亚音，像是在表明愿意为任何人做任何事。在沃顿的同性恋圈子里，坎贝尔凭借两件事臭名昭著。一是作为大夫，他开药十分随意。二是他曾差点勒死弗兰西斯·培根[①]。

那件事发生在六十年代中期。当时培根和摄影师约翰·迪金正在伦敦西区的混混中挑一个最具代表性的作模特。他们发现了坎贝尔和他的手下。结果坎贝尔一伙将这位超现实主义大师绑到位于道尔斯顿

---

① 弗兰西斯·培根（1909—1992），英国艺术家，常以畸形的形象和病态的人物为主题，以揭露这个世界和人类的灾难。

的一个地下室里。“老子当时也不知道中了什么邪，当时只是想，既然这小子想作死，就成全他吧。于是就把这么长的一截晾衣绳的一头搭在横梁上，另一头套在培根的脖子上。当这小子意识到我是跟他来真的，像个恶虎一样拼命挣扎。他是个小个子，可急起来像个猛虎……”最后培根挣脱逃走了。从此以后，坎贝尔因为这桩谋杀未遂事件暴得大名。

道连认真思忖着坎贝尔抛出的这个问题，噘着嘴蹙着眉，样子显得挺可爱。“我倒真没想过。要不是巴斯要求，我都不同意将这部作品向公众展出。或许我最多每隔十年举办一次类似今天这样小范围的观摩，大家一起过来聚聚，看看岁月在我们脸上刻下的奇异线条，再看看那喀索斯又是怎样地青春永驻。”他正说着，显示器的画面切换过来了，只见无数个道连在快速旋转、跳跃。五个人围着九台显示器，瞪大眼睛看着画面上的阴极伙伴。房间里飘荡起米尤扎克背景乐，既矫揉造作又有超自然的味道。道连也被这震撼的画面惊呆了，不再厌恶别人对自己这种美的凝视。

其实所有人，只要不是假道学的知识分子，都爱看电视，因为电视比现实来得更真实。这个夜晚是属于电视的。可怜帅哥赫尔曼初涉这种场合，也不得不应景地扯两句恭维话，真是他妈的绝妙讽刺，说不清是悲是喜。如果说性可以融化社交的坚冰，那么毒品就能将水烧开，最后烧到爆表。毒品的缺点是，一旦对它的需求上来，就变得急不可待。

当互挽胳膊变为抚弄双手时，赫尔曼就明白别人对自己的需求了。他走上去搂住道连，棕色的手指划过道连的紧身T恤。两人的舌头伸进对方的嘴里。这时沃顿掺和进来，像个淫荡的加伏特舞的导演，“控制住，伙计们。一定要等到阿兰点燃我们的高潮，那才是今晚乐翻天的关键。”

阿兰·坎贝尔从他的医疗包里拿出装针剂的玻璃瓶，熟练地将它们排成一列。他将玻璃瓶挨个敲破，用一个巨大的注射器把里面的针剂吸到针管里，好像一个炮手给大炮填装弹药。他做这些时，内心充满了喜悦，都有些分不清自己是在工作还是在娱乐。他给朋友注射，然后操他们；他也给病人注射，然后操他们。他今晚带来的恺威鸡尾酒是五毫升能让人重度癫狂的麻醉剂，供他们这五位逍遥骑士享用。当然，这里面多少有个度。

“我有点忐忑，阿兰，”道连说，“我以前从未注射过这些东西。”

“道连，”沃顿反而责备他，“受过教育、有教养的人从来不会拒绝一种新的体验。这种感觉是那些庸常之辈无法理解的。”

“我更关心的是一个理性的人会怎么做？”

“理性不过是个语义概念，道连——你什么时候成为一个符号学家？”

“这都是些什么麻醉品？”巴斯插了一句。

“二甲基二氧苯丙胺”这一长串合成音节构成的药名，坎贝尔顺溜地拼了出来，“在六十年代，它又被称为爱之药。还有一种叫氯胺酮，作用和苯环己哌啶就是你们所谓的天使粉差不多。亚甲基双氧苯丙胺的主要作用是让人产生移情，而氯胺酮会令人致幻，还有些苯这个苯那个，当然还有些成分是起到减阀剂的作用，让我们不要太出格。”

“来，下面我们一起来通力合作，分享这些玩意。”这个混蛋医生说道，“先生们，我的意思是，每人轮流扎一针，一次一毫升。你们两个我了解，我给你们化验过。”他拿着针头指着巴斯和沃顿，“道连不需要化验，而我本人也是干净的，现在不知道的就是你，哥们，我没有冒犯的意思。”坎贝尔的针头指向赫尔曼。

“我也是干净的。我以前从未试过注射麻醉剂。”赫尔曼急着想体验药物带来的快感，第一个把衬衣袖子解开，卷上去，让其他人看自己手臂上连个针眼都没有。

“我们相信你，老兄。”巴斯说。他现在也急不可待。道连现在不该站出来说话吗？他曾亲眼见过赫尔曼朝长满疮痍的腿部注射毒品，有些地方都化脓了，整个部位就是病毒繁殖的理想场所。但道连却什么也没说。

这样的注射将五个人的体液奇妙地混在一起。针管从一只手臂拔出，插进另一只手臂，一个手臂挨着一个手臂。手臂的颜色有白色、黑色和棕色，而透明的针管像大象鼻子那样在每个手臂上探着。“先吸我，再吸你/像个跳蚤，将我们的血合二为一。”①注射完成后，这五个人各自的意识瞬间变成集体意识，像迈布里奇②镜头下的人物一样，五人一次聚拢到一起。对于每个人来说，其余四人都像是自己的余像③，而音乐声叮当作响，裹挟着他们。

五个人赤裸着上身，摇摆着。挥舞着的手臂松散地交错在一起。他们用了摆胯，蹭着对方的裆部，用舌头弹出烟雾，胡闹着，折腾着。他们全部嗨到了高潮。道连接连躲过了别人的搂抱，最后自己瞅准一个合适的位置像跳康茄舞那样和他们轮番干起来。不过这次是道

① 选自英国玄学派诗人约翰·邓恩的《跳蚤》一诗。
② 迈布里奇（1830—1904），英国摄影师，在胶卷没有诞生之前，他利用安置在跑道上的一排照相机，成功地拍摄了马的奔跑过程。
③ 视觉刺激停止作用后的视觉影像。

连和赫尔曼最后一次做爱。此后道连顽强地脱离这个鸡奸者的圈子，跑到房间的另一边，躲到晦暗的过道里。

赫尔曼癫狂放纵到了极致。他的眼神空洞，蓝黑色的脸颊溅满了白沫。既然主人玩到一半便主动告退，只好想方设法变着招儿自己玩。一直玩到老不死的太阳升起来，来接灰姑娘的马车变成一辆……捷豹。

赫尔曼坐上捷豹，在晨光中的米尔德街尽头下车。晨光堪称赫尔曼的自然照明物。沃顿手握方向盘，充满棱角的侧影像是刻在车窗玻璃上，发乌的嘴角边留着黏液。他转过头对赫尔曼说，“既然道连是你的老主顾，而我们又刚刚度过如此销魂疯狂的一夜，所以我该好好奖励你。”他从西装背心口袋里掏出一个毒品袋，里面撑得鼓鼓的。

“嗯，随便你。”赫尔曼拿着沃顿给他的东西下了车。在合上车门前，他伏下身子对着沃顿骂了一句，“去你妈的！”他骂沃顿这个比他大的男人时的语气冷漠而无情。

赫尔曼下了车，拖着刺痛的双腿，朝路边巷子走去。沃顿静静地坐了几分钟，细细品味赫尔曼刚才话里的怨毒之情。接着他发动汽车，扬长而去。

* * *

赫尔曼回到姜头那间乱糟糟的出租屋里。姜头已经离开了。头天晚餐时服用剩下的吐诺儿[①]和廉价啤酒像溃烂的果肉散乱地摆放在地板上。赫尔曼摇晃着蜷曲着身子，趴在这一片狼藉的地板上，拿出工

① 吐诺儿，商标名，由阿米妥和速可眠合成，用作镇定和催眠剂。

具，朝自己注射毒品。此时他身旁要是有个旁观者的话，此人一定能听到从开着的窗户外传来的各种尖锐的噪音、车声、人声和喇叭声，能看到这间吸毒房间里的刺目的日光。沃顿作为小费送给他的这一大团米黄色海洛因，被赫尔曼用得干干净净。他甚至都没往里面放柠檬酸或醋，以利于海洛因更好地溶解。他用虹吸管从脏兮兮的勺子上吸起海洛因，连过滤都省略了，直接注入体内。

当他卷起袖子朝静脉注射时，内心充满了绝望之情。这时旁边若是有人的话，一定能看到他脸颊闪烁的泪痕，认为他这是把自己往死里整。但外人又能做什么呢？一切都已经无法挽回。即使赫尔曼今天死不掉，他也熬不了多久的。所以那些只知道假设这个假设那个的外人指责他难逃宿命地依然赴死不是很荒谬吗？

一大针管药物就这样推进体内。赫尔曼一头扎向那最后的深渊。血液汩汩从血管涌出，充进他的内耳，那声音听起来就像合成鼓机的电子节拍。赫尔曼的死——难道是一种诡异的示警信号？这信号堪比当年的伦敦播报[①]——在向人民预示着有一场新的灾祸即将降临？

* * *

而此时沃顿却安逸地端坐在切尔西的家中。每次疯狂驱车后，他都要这样平静一下。他坐在客厅，手里握着果汁，眼睛盯着窗户外的摇摆人。不远处，一个电钻正在钻孔，将房间里的世界与现实紧紧扣在一起。“死亡，”沃顿大声地自言自语道，“是人生的头等要务。”

---

① 此处原文是 London Calling，二战时 BBC 电台在播送战时新闻时开场就是 London Calling。

* * *

在泰晤士河遥远的另一边，道连媚态十足地伏在家里的日式蒲团上。此时的他能听见索霍区那汩汩的血流声吗？不管怎样，他的面庞现在正随着血流声抽搐着。这抽搐要是能停止该多好，可惜不能；道连只好站起来。他有些痛心地发现昨夜的疯狂在他那副好皮囊上留下的印记。他悄悄地走进正厅：窗帘已经完全拉开，地毯上昨晚吸毒淫乱残留的痕迹暴露在日光中。放荡的一夜！ 他的客人们临走时甚至都忘了关掉那九台显示器。没错，这些显示器都依然开着，里面许许多多的那喀索斯正在旋转腾跃，让宿醉中的道连头疼得更厉害了。他走近屏幕，太阳穴里的砰砰响声更加强烈，大脑中像是有个窃贼正拼命捶门想逃脱出来。突然道连发现一个奇怪的现象：屏幕上他的面容全都扭曲变形。他那张无可挑剔的嘴异常夸张地噘着，匀称的嘴型歪得比兔唇还要难看。道连吓了一跳，朝显示器靠得更近一些，心里暗自思忖，莫非屏幕上有油污或是液体？可是没有。他靠得更近了，最后近到连屏幕里光点组成的线条都看得清清楚楚。道连的太阳穴像有个门铃在嗡嗡直响，那是良知在叩击着他的内心的心扉。

道连的脸。沃顿的脸。赫尔曼的脸。道连的脸。沃顿的脸。每个人的脸庞上，眼睛都睁得溜圆。老虎机的卷轴停了下来。赫尔曼吐了一脸。赫尔曼吐了一脸。赫尔曼吐了一脸。什么都是三个成组——用厄运之币慷慨支付。

第二部　广　播

6

跳起身来，从赫尔曼那张死亡面孔上移开，因为，呃，谁都会这么做。大家都不喜欢一个死人，都想离死人远一点。

他们倒着录像带——以为这样就可以留住岁月。录像带的好处是能留住当下——而留住当下比留住官爵要强。很少有死人能被上苍赋予一种能力，在临终前灵魂出窍，伸手去拍拍熟识人的肩膀。而现在有个大活人，大白天在熙熙攘攘的马路上走着，去赴一位老友的约会。整整十年了！ 假如有一台照相机，每个小时拍摄一帧照片，连续拍十年，也许可以摄取一座城市的若干魂魄。可对于十年间光阴的流逝，它能告诉人们什么呢？只不过是某栋建筑在人们的不知不觉中被其他建筑取代而已。不扯那么多了。白天与黑夜交替流逝，街上的车流是一条灯光的大河，而时间是调节这条河流的潮汐。

在夏洛特大街上，时间也过去了十年。咖啡馆里，客人高举的报纸标题赫然印着“南斯拉夫内战！”“密尔沃基杀人狂遇害者已达十八人！”

在大街上的人潮中，有一个匆匆的身影正竭力挤出人群。他整个人就像赌桌上被挖空心思的老千打出的一张假牌。这人就是巴斯·豪伍德。当然，他也老了十岁。他看上去瘦削、憔悴——身体也不是很好。不过另一方面，他却显得很正常：衣着整洁，穿着单排扣西服，白色衬衫，足蹬皮鞋，显然已经戒除了毒瘾。他戴一副无框眼镜，眼镜后的目光清澈直接。他的步履果断，让人觉得好像只要行动积极，就能换来健康和活力。

进入九十年代，巴斯在一群男同性恋者中颇享尊荣——希望“尊荣”这个词用在这里并不显得那么荒唐。他住的这个地方叫费兹罗维亚，附近有个很大的医疗中心和一个正不断壮大的同性恋社区。这里的居民以男同性恋为主。他们梳着油光锃亮的头发，蓄着线条清晰的胡须，戴耳环。他们穿着白背心招摇过市，借以衬托他们溜光水滑的肤质。有些人长着尖下颏，斜肩膀，像亚洲人，也有些人成天蹦蹦跳跳，热情过度。

巴斯从街角转向高志街，迎面撞见一个警察和一个保安。保安魁梧结实，戴一副摁扣墨镜，红耳朵上连着一根塑料绳接在蓝色衣领上。他俩正拦着行人不让通过。而在马路上，另一名警察在拦着车辆。

——能稍等片刻吗，先生？

——出什么事情了吗，警官？巴斯被这个条子彬彬有礼的口气搞得忍俊不禁。他不习惯警察这样客气地说话。

——没什么事，不用担心，先生，只要等一小会儿就能通过了。这时保安的耳麦又发出刺耳的响声，只见他用美国口音对两位同事大声嚷道，伙计们，他们马上就要过来了。

站在马路上的警察指挥车辆靠边。这时传来一阵短促的警笛声，两辆负责开道的摩托车从米德塞克斯医院的方向飞速驶来。跟在它们后面的是一辆车头插着星条旗的豪华林肯轿车。林肯后面是一辆定制的戴姆勒奔驰，车顶上立着一个皇室徽章，像个石化的供花。

过路的行人纷纷伸长脖子想看个究竟。林肯车上坐的是芭芭拉·布什，她和杰基·肯尼迪之后的美国所有第一夫人一样，像个变性人。她肤色红润，一头云雾状白发仿佛表明她更适合待在阿巴拉契亚山脉某个小木屋前的台阶上，嘴里叼着玉米穗轴烟斗，手上握着一杯威士忌。在奔驰车上，那位患贪食症的王妃苍白的侧影一闪而过。车子驶过之后，人群中传来一阵“嗨”“哎呀”的惊叹声。但巴斯对这个场面却不以为意。他抖擞精神，穿过已松开的警戒线，朝医院方向走去。他大步流星地迈过医院前庭。此时这儿空荡荡的，只有几个医护人员在抽烟，享受圣恩隆眷后的悠闲。

巴斯走进去，问接待员布洛德里普诊室在哪里，然后根据接待员的指示，沿着走廊，穿过门厅上楼。沿途所见的都是上班时间医院里的寻常景象：坐在推车或轮椅上的病人，介绍疾病的海报，医护人员，面色不安的就诊者。他所过之处，全都一尘不染。各种医疗标识用不同颜色显示。自从皇室那个喜欢和同性恋者厮混的娘们对同性恋有关的疾病产生兴趣，这家医院就特地找来专业室内设计者，在医院里推出了布洛德里普诊室。可就在距离巴斯几寸开外，通风管里塞满了各种带细菌的灰尘和污浊的液体，它们都是病原体。但巴斯不关心这些，只顾兴冲冲地往里走。

到了五楼，他轻盈地穿过光亮的地板，来到落地玻璃窗旁边的一张金色实木写字台边。一个面色呆板、皮肤白皙的男护士正气鼓鼓地坐在那儿。和布洛德里普诊室其他护理人员一样，他的怒气不会维持多久。他用揣测的眼神打量着巴斯。你这要去哪里？他问。

——我找一位名叫沃顿的先生。

——沃顿先生现在正和他妻子在一起。你是应约而来吗？

——我今天早晨给他打过电话，说我要过来看他。

——噢，想必你就是巴斯·豪伍德吧……这位护士好像还有话要说，不过他打住了。

——没错，就是我。

——嗯，他确实正在等你——其实他是在翘首以盼你的到来，说你会中和一下刚才那位皇室贵胄——

——对不起，我没明白？

——是戴妃，她几分钟前刚来这里——你没看见刚才那阵忙活？真倒霉，她还把那位战争贩子的老婆也一并带过来。

这位名叫凯文的护士还要往下说，蝙蝠脸来了。她手里乱七八糟拿着一堆东西，有塑料袋、手提包和车钥匙。在她身上，时间好像只过去十分钟，而不是十年。她还和从前一样，整个人浑浑噩噩，不着边际。当然，她看上去老了一些，但在穿着上比以前更讲究了。其实她这一身已婚妇女的行头——一套做工考究的两件套外衣，黑色紧身衣，庄重的珍珠项链——在视觉上居然能对人产生一种诱惑，令外人对她那疯疯癫癫、神神叨叨的举止勉强能够忍受。呃，凯文，对不起打扰一下……

——什么事，沃顿太太？

——瞧，被戴安娜·斯宾塞搞的——我们其实并不认识她，只是在某些场合见过面，根本没想到她今天会过来。我本想对她行屈膝礼，但亨利非常反对这些繁文缛节。他把屈膝礼叫“脱裤子放屁”——话糙理不糙。反正……亨利让我问问你们，他明天能不能出院……

——没问题。

——那我午饭后过来接他。上午我有事，有个研讨会，还要带菲比，我们家保姆去看牙医了……这些唠唠叨叨的事，你不会感兴趣的，凯文……不过亨利非要晚餐时来点福——福特纳姆饼干，他的朋友布鲁杰伊会带点过来——大概九点钟左右。

——是这样，沃顿太太。你知道我们不欢迎亨利的朋友布鲁杰伊来病房，原因显然是……

——噢，当然知道，他那人有时会做傻事。在我家，我对他就很冷淡。但亨利很固执，说如果布鲁杰伊不能来，他就要提前出院。还特地叫我来……

——反正这一切都是为你好，我可不管亨利什么反应，你明白吗，沃顿太太？

——当然，凯文。我心知肚明，感激不尽，太谢谢你了。我得走了……蝙蝠脸正要走，却发现巴斯。请问你是巴锡尔·豪伍德吧？

是我。他走上前去，两人不冷不热地贴了一下脸。

——五年没见了。

——十年都不止吧。

——亨利告诉我你要来；他正盼着你呢——自从生病后，他只想会会老朋友……他告诉我，你改行不搞艺术了，走上另一条路，生活变化很大……

——是啊，蝙蝠脸。我希望我也能帮亨利改变一些。

——噢，我想可能太晚了……她由于紧张，说话有些声嘶力竭。你能感觉到这样的话她说太多遍了，像是背出来的。你要在伦敦待一段时间，是吗？有地方住吗？

——我没问题。

——呃，要不……你来和我们吃饭吧——就明天怎么样？大多数时候……我知道亨利喜欢热闹。他还和以前一样。他要是对某人中意，就想整天和他待在一起。

——我很乐意，蝙蝠脸。

——那就这么定了，你明天来。再见，巴斯，再见，凯文，我得小跑着走。

——蝙蝠脸离开了。她出去的样子用小跑来形容并不确切，脚上的高跟鞋噔噔作响，走路呈内八字，双手叉腰。凯文和巴斯互相看了看，好像都在警示对方不要笑话她。

——嗯，巴斯，亨利现在有空。他在六号房间。你最好在布鲁杰伊那个混蛋来之前去见他。

这是一条浅白色单调乏味的走廊，两边布满了方方正正的小房间。一扇扇从墙腰高至屋顶的窗户将这些房间分隔开。窗户里镶嵌的金属线将窗户分成细小网格。走廊的窗台上铺着毛毡，上面安置着晒得掉色的杂志架或水灵灵的盆栽植物。这种环境氛围不出巴斯所料；他去过许多类似的地方。但此处永远让他接受不了的是，走廊里一张张面孔仿佛是爱德华·蒙克[①]作品《呐喊》的扭曲动画版。

当然，若换成旁人，对这种景象连理都懒得理；或者直接视而不见，反倒会觉得这些病人待遇不错，可以读到报纸上关于艾滋病的联合疗法。不过如果世界上还有这样一条仿佛由线条画中瘦得皮包骨的

① 挪威表现主义画家和版画复制匠。

人物充斥的走廊，大概也只能在金沙萨或基加利才能找到，或者存在于撒哈拉以南某个魔窟里。

但是身处1991年某月某日的布洛德里普诊室，走廊里走来走去的是蓄着轰炸机指挥官胡子的年轻人，而他们自己却成了艾滋病这种燃烧弹的目标。这些人胸廓里的肋骨一根根历历在目，宛若汽车散热器护栅，目光犹如集中营囚徒。他们这种外表传递出的信息是，这里不是治疗日常普通疾病的场所，而是距离死亡最近的伤员站。如果要表达得更明确一些，那就得借用时下最流行的病人分类法对这里的病人进行区分界定：他们脚上拖着爽健或勃肯鞋（普通鞋子无法减轻他们的神经症），手里拿着带轮子可移动的滴注器，脸上长满了卡波西肉瘤，眉心上有色斑沉积。有些人瘦削的胸膛上用胶布贴着希克曼输液管的肉色塑料接头。巴斯不得不放慢脚步，好从这些病人中穿过，刚才从夏洛特街走来时身轻如燕的步姿，现在在进入第六病房时变得蹒跚起来，好像他也被疾病感染了。

这个房间带有鲜明亨利·沃顿式的凌乱。那似曾相识的由烟圈、酒气和汗臭混合而成的腐臭渗入鼻孔。但这腐臭味终究敌不过医院消毒水味，就像病床上、福米加贴面锁柜上、托盘桌上虽然也摆满了烟灰缸和带酒渍的玻璃杯，但终究没法和切尔西家里那些豪华家具相比。

除了这些，沃顿病房里还有半瓶香槟，两个空红酒瓶，几张皱报纸，还有不少书脊开裂的图书；一块真丝方巾盖在一盏曲臂台灯上。灯臂被弄弯，射出的柔光照向天花板。还有人往这儿带来一个裤子熨平器，上面搭着全是堪称“沃顿流”的服饰：一件克龙比大衣、一件夹克、一条真丝领带、一件带血红色袖扣的亚麻衬衫。朝着门的壁架上溅满了鸟屎，一只鸽子软绵绵地站在那儿，对着从门里透过来的阴郁阳光咕咕地叫着。在这个方盒似房间的天花板一个角落，吊着一台电视。电视里一个女播音员用如丧考妣的调门正播放苏联的解体。房间里还有几个彩色玻璃花瓶，里面插着几支名贵花朵。这些花朵悄无声息地绽放，又悄无声息地败落腐化。枯萎的花朵令这个病房更显得病恹恹。

沃顿仰面躺在病床上，一副雷朋太阳镜扣在他眼睛上，令他看上去像卡通片里的蒙面大盗。凝视着沃顿瘦削的面容，巴斯身上的奴性又诡异地被唤醒了。他的心情放松下来，因为沃顿的情况不但不那么糟糕，甚至比他本人还要好。“亨利，”即便是现在，直呼沃顿的名字，也让他觉得有点别扭，就好像与某个公爵遗孀交谈时冒出一些粗鄙的话。

沃顿在床垫上扭动一下身体，说话时干涸的舌头从唇缝里微微伸出。“啊！ 巴斯！”他的声音低沉而沙哑。“就像我们身边总有穷人一样，同样也总不乏装腔作势之徒。我记得你以前分别说再会时，从不用英语，只用法语，说完就消失一段时间，以便重新惺惺作态。”他的身体在床上扭了扭。“你最近怎么样，老伙计？”在这句还算热情的问候中，巴斯还是听出了峻厉。不过不管怎么说，沃顿是病人。

“还好吧。总是不停地……”

“请原谅，我不能坐直身子面对面和你交谈。”沃顿的嗓音像是从长满荆棘的声道滑过。“我身上的软疣横向扩散，最近用冷冻除掉了。但我乳头这一块太好客了，所以软疣在这里还会卷土重来……看来我要是能分泌乳汁，乳汁里也会带病菌的。”

巴斯将一团衬衣和几只扁平的肾形盘从一张椅子上移开，坐了下来。“你的视力怎么样，亨利？”

“反正我内心亮堂堂的，亲爱的巴斯。现在只是外表的皮囊有些不听使唤。拜古老的巨细胞病毒所赐，我现在无论看什么，都像抹了一层凡士林。真是讽刺，现在我身上这两个窥视孔被弄花了，搞得我也无法再去抹黑别人了。不过这个毛病也有好处，就拿今天来讲，它让我少遭一次罪。”

“少遭一次什么罪？”

“不必向那位夜莺王妃和她那位美国肥佬朋友叩头行礼，也免得万一她搂着我像搂着隔壁傻子那样摇来晃去。”

巴斯起身想看看沃顿说的那个傻子长什么样。但透过加固玻璃窗，他看到的是一个凄惨心酸的场景，更不要说对沃顿这样同病相怜的人来说了：一个瘦得皮包骨的男子被捆绑得紧紧的，身上插满了维持生命的导管。“这个可怜的家伙活不长了，亨利。临死前让他享受一下来自王妃的温存，有什么不好呢？”

沃顿用他那标志性的口吻答道，“这是可耻窝囊的人生态度，和光着屁股没什么两样。对这个胖婆娘毕恭毕敬真是太好笑了，她越来越不像是个王后坯子。”

巴斯对沃顿这类疯疯癫癫的话置若罔闻。他来这儿另有目的，不是来和他闲扯的。“我刚才在走廊见到蝙蝠脸。”

“她还挺好吧？”沃顿的语气好像在谈论某个拐弯抹角的远亲。

“她当时正在和值班护士闹，要他答应让一个叫布鲁杰伊的人来看你。”

听到这儿，沃顿一下子精神起来；他用枕头撑直身子，问：“他们答应了吗？”

“她就差给护士下跪了，沃顿。护士只是不想让她太难堪，才勉强答应。”

“哈，只要他们肯答应就好。”

“我猜布鲁杰伊是个毒贩吧。”

“没错，不过只是客串，不是资深人士。”

“你好像还是没把这些问题太当回事，沃顿——亨利。你得了艾滋病，而你妻子好像还蒙在鼓里。而你还胁迫医院人员和你妻子让你吸毒……难道你就丝毫不关心蝙蝠脸吗？也不关心你自己吗？”

沃顿摘下雷朋太阳镜，用一只眼镜腿作教鞭开始教训起巴斯。“下面我按顺序来一个一个回答你的这些问题，这些问题都问得很好。首先，我还未确诊是艾滋病。我身上仅仅呈现一些艾滋病并发症的症状。”他用眼镜腿弯曲的尖头划了一条抛物线，“其次，医护人员对我施与的任何许可都有一套相应的奖惩机制。第三，你若把蝙蝠脸视为那种爱得死去活来的女人，那就大错特错。相反，她是个爱琢磨爱思考的女人，这也是我们婚姻能持续至今的原因。”

但巴斯并不罢休。“菲比是谁？”

“我和蝙蝠脸的女儿。”

“她今年多大？”

“六七岁吧，”

“亨利，你还没反应过来吗，我是艾滋病毒携带者，你也是，我听说阿兰·坎贝尔也是。道连·格雷我不清楚……但我心里绝对清楚，我们是什么时候感染的，被谁感染的。我清楚我身上何时发生血清转化，我猜你也清楚。就是去道连家参加展前观摩那天，话说到这分上，你还不明白吗，亨利？蝙蝠脸和你女儿十有八九也是艾滋病毒携带者，你不觉得有责任至少把情况向她挑明，好让她自己去化验一下吗？”

“噢，巴斯，你真是个迂腐的道德家。但既然你如此一再坚持，我也不妨向你透露一些事情。我给蝙蝠脸和菲比都化验过，由坎贝尔化验的，借口是给她们注射流感病毒。坎贝尔化验完告诉我，她们俩都是阴性。”沃顿指着自己苍白的病容，说：“既然蝙蝠脸心甘情愿把我这个病当作小恙，我也只好由着她。”

“由着她什么？她有情人吗？”

“巴斯！”沃顿放声大笑。“别他妈瞎扯了！”

“但我打赌你肯定有。”

“一夫一妻制对于爱情，就好比意识形态对于思想，都是一种束缚，是缺乏想象力的表现。”

“你现在和人发生性关系戴保护吗？”

“别逗了，巴斯，现在怎么可能？在医生眼皮底下达到高潮吗？”

“亨利，天知道你还有什么不敢干的。”

“那你呢，巴斯，你现在收收心了吗？我上次听到有关你的动向”——他特地把“动向”这个词说得意味深长——“你那时还是个马屁精，跟着鲍比、梅普尔索普[①]和安迪等曼哈顿圈里的人在混呢。”沃顿摸出一根烟，点着，喷出烟雾，好像在烟雾缭绕中细细品味当年的情景。

但巴斯却依然不为所动，不依不饶地继续追问，“这些你都是听道连说的吧。”

---

① 全名罗伯特·梅普尔索普，美国摄影家，以高度风格化的黑白摄影为主，题材集中在20世纪60年代末70年代初纽约的同性恋和其他地下边缘人群。

"嗯，他一直是你我之间的中间人。没错吧？我亲眼看到他在英国这边的一些事，不过我想是你带他混进纽约那边圈子的。"

"曾经一度是这样。八十年代早期，我对他比较有用。虽说他的长相和金钱可以敲开任何一扇门，但也得先知道门在哪里啊。所以那时他需要我。"

"这样吧，巴斯"——沃顿朝他靠近一些——"我们没时间闲扯，趁布鲁杰伊没来这几分钟，我们来谈谈近十年来商业发展带来的一个副产品，就是毒贩子中流行的送货精神。我知道这最初是从曼哈顿传来的。你对我说说那里的情况怎么样，顺便也说说道连。不过在开讲之前，先给我倒一杯香槟吧。"

7

“呃，曼哈顿，亨利。要知道，不过也不一定。你可能会瞧不上眼，你比他们猛。你自认为对各种烂事了如指掌，对吧？你已经把自己玩到快不行了，我姑且就先这么假定吧。但是八十年代的纽约，在腐化堕落方面可谓登峰造极。真的达到极致。亨利，在那里真是百无禁忌，最后竟然给人一种天真无邪的感觉。”

“我这么说，并不是指我遇事天真。我现在若回去过那种生活，一定会疯掉。不过即便如此，和伦敦比起来，纽约的这些糟粕还是小巫见大巫。我后来离开纽约回伦敦，是因为我在纽约和所有人的关系都搞砸了。我的人生故事就是身无分文地从一座城市流浪到另一座城市，毒瘾却越来越大。后来转了一圈又回到纽约，自然没人肯帮我，我又没能力独立支撑。我只好在B大道旁一家又脏又乱的旅店和三个异装癖者合住，过着痛苦而又难熬的戒毒生活。”

“等到好不容易戒除毒瘾，又到了还账的时候。我只好操起这世上最低贱的跑腿差事，我发誓，亨利，我要是知道自己……可这又是唯一一条谋生之路，况且路线固定：下午两点起床去小卖店取果酱馅饼和大麻。那时在纽约的东村，人人都送货——现在也一样——但和我合住的那几个异装癖者不想别人送货上门，他们打发我去取。”

“班格斯是我去取货那家杂货店的伙计，他觉得在我身上可以找找乐子。我记得他总拎个硕大的闪闪发亮的手提收音机，步步紧逼地撩我。他把少量大麻分成一小袋一小袋，引诱我去抽。他肯定不相信我这个来自英国的白鬼子是个不食人间烟火的怪物。他总爱一边拂着卷发，晃着腕上的饰物，一边对我花言巧语。我几乎每天都对他说：比这更猛的毒品我都戒了，班格斯；他说，是吗，不过你还是试试这些克利斯克起酥油吧。亨利，他们那时就用这个，这些美国本土大亨们不用凡士林，用这玩意。”

“每次我都得爬十一段楼梯才能到达和那三个伪娘合住的公寓。电梯虽然也能用，但出于安全起见最好还是别冒险了。爬楼梯对我无所谓，我身体棒，爬得动。替他们干这种活，我就像一个违心出家的和尚在进行剃度仪式。但那时我在曼哈顿走投无路，舍此别无他法。打开生活中任意一扇门，对我来说，都他妈的好像需要十一把钥匙。”

“雇我取货的这三个主顾分别叫黛泽蕾，小莉亚和戴夫人。黛泽蕾是个到处流浪的美国南方人，小莉亚是来自布鲁克林的犹太人，而戴夫人是个来自芝加哥的黑小子。这三个伪娘不是那种你在肉类加工区的售卖毒品夜总会经常碰见的、那类出卖色相的甜姐。不，他们都是顶呱呱的货色。为了使自己看上去足够俏，他们每天都花大量时间准备。我称黛泽蕾是布兰琪·杜布瓦[1]的洋娃娃，称小莉亚是芭芭拉·史翠珊，戴夫人是假戴安娜。我都怀疑戴夫人到底有没有听说过

[1] 美国南方剧作家田纳西·威廉斯代表作《欲望号街车》里的人物。

我国那位大名鼎鼎的威尔士王妃。估计他只会那些插科打诨的搞笑伎俩，对不对，亨利？”

“亨利，你自以为知道什么是邋遢，什么是污秽，其实你根本没见识过真正的邋遢和污秽。你最多故作不修边幅，淘气似的乱放东西，而那三位却对污秽有一种迷恋。每天我回到公寓，都被眼前的景象震惊。到处都是丢弃的匹萨盒子、踩扁的听装苏打饮料和不洁内衣。夏天室内雾蒙蒙的，那三个人赤身裸体，身上汗珠亮晶晶的，看上去活像海滩上的三只海豹，两白一黑。只不过身下压的不是岩石，而是肮脏的床垫。”

“窗沿上空调嗞嗞作响，向下喷着带结核菌的空气。室内蟑螂时不时从丰盛的午餐中抬起头来张望着，揶揄地笑着。这些蟑螂，纽约的蟑螂，看起来总是那么玩世不恭。每次人们从它们身旁走过，都像在提醒它们世道如何不公。它们用口器刮擦着匹萨盒子，就好像我们人在用电话订餐。这三位浓妆艳抹的异装癖者的脸上还留着昨夜的残妆。亨利，他们绝对属于异类。我常常走进鸽子笼一样小的厨房里，在苍蝇扑面的操作台上搓洗他们出门的行头……”

* * *

看来我们的巴斯口才不错，他讲的这些令亨利浮想联翩；在和亨利的交谈中，他表现得不仅像大问询官①，还像老水手②。亨利发着低烧，在香槟的微醺和可卡因戒断综合征的共同作用下，沉浸在一片并不那么美妙的幻想中。他现在闭着眼都能想到那间蟑螂横行的公

① 陀思妥耶夫斯基《卡拉马佐夫兄弟》里的一个角色。
② 柯勒律治名作《古舟子咏》里的主人公老水手。

寓，那几个沉闷的异装癖者；能想象巴斯摇摇他们的肩膀，他们睁开糊着厚厚眼屎的眼帘，伸出肥嘟嘟的手去接巴斯递过来的塑料咖啡杯和大麻烟卷。

突然他们坐起来，吧啦吧啦说起话来。

——我发誓，我绝不会让他有下一次，小莉亚说。那个男人不是什么好鸟。

——是吗？黛泽蕾插话道。

——门都没有，第二场结束后，他来后台伸出咸猪手摸我屁股，在化妆间就想硬上我，把我当成婊子了。巴斯，再给我添点咖啡。

——我觉得这个家伙就是个单身的变态，莉亚。不过他倒是对我从未动手动脚。

——那他到底什么意思？

——我也不知道——

——是吗，你这么快要干吗？

——去鹰巢酒吧。我有个约会。

——约会！ 和谁约会，是去陪美国海军陆战队大兵吗？

——就其中几个人。

这话引来一阵哄笑，连巴斯都忍不住笑起来。刚才还在卫生间的戴夫人手里拿着一个密封塑料化妆品袋出来了。他拿出洁肤霜、药棉开始给自己卸妆。

——你去吗，甜心？小莉亚问。

——没有更衣室的地方，我今后都不去了，戴夫人说，你知道我的习惯。

——嗯，但你要是去了，可能会觉得不错。

——不，我这个人要是觉得情绪不佳，就会不想吃也不想喝，也不想在没有更衣室的地方玩。瞧我身上这些玩意。他指着胸口和乳头之间星星点点的发炎的红色脓包。这些脓包在刮了胸毛的胸口显得异常显眼，像是被佐罗涂着毒药的剑锋划伤。

——噢，亲爱的！ 黛泽蕾走过来拥抱他一下。不要担心，很快就会好的。我告诉你的那种药，你涂了吗？

——涂了，但没什么效果。不过别担心，我心里有数。

接下来是片刻的有些紧张的沉默，接着沉默被突然打破。巴斯，宝贝儿，快去把我的衣服拿来，其中一人说道。另两人马上跟进：把我的也拿来，还有我的。

“亨利，和这三个家伙生活在一起，我有时会想起小威廉·巴克利[①]对男同性恋的一句评价，他们都是些话痨。不过这话也适用于你在我心目中的形象。虽然有各种不是，但戴夫人，小莉亚和黛泽蕾，他们三个却能使我免于沦落街头。他们给我吃，给我住，所以我为他们跑跑腿，打打杂，又有什么不可呢？他们多少对我显露出一点关怀，而这正是多年来我很少能从别人那里得到的。”

——我今天想穿那件颈部系带的上衣，巴斯。

——去把胸罩和里面的球形衬垫给我拿来。

——劳驾把那条有背带的长衬裙给我，巴斯。巴斯还负责拿剃刀、起泡剂和热水，好让他们把阴茎、睾丸和大腿上的毛全部剃净，这样就能穿上紧身服装。再戴上假发，把换下来的裙子、罩衫、衬衣洗干净。巴斯用行动证明自己是个高效能干的服装师，不费吹灰之力

---

① 美国作家、政治评论家。

就能让这三位异装癖者换上极其阴柔的装束，一个变成穿洒金衣的吸血鬼，一个变成穿雪纺绸的南方美人，另一个变成戴金色假发、穿花边衬衣的超级阿婆。

这时门口传来砰砰的敲门声。

——是你订的匹萨吗？

——不是，你们姑娘们还要赶一个午夜场，我以为你们来不及在家吃——这时敲门声还在继续。

——你去看看是谁，巴斯，戴夫人发话。

巴斯打开门锁，露出门缝，但门上还搭着三根门链。外面这位来客脚蹬牛仔靴，身穿蓝色牛仔服，一头金发，皮肤白皙。虽然透过门缝只能看到侧影，但巴斯一眼就认出他是道连。

——宝贝，是谁啊？小莉亚问。

——是……是……

——一个朋友，道连主动接过话头。

——一个朋友。

——噢，巴斯，瞧，除了我们三个老娘们，你也还是有朋友的。

——嗯，他是我来自伦敦的朋友。

——噢，老天！ 快请进来，让我们开开眼。

"道连跨过门槛，走了进来，投入到这三个异装癖组成的假胸里。道连现在有一大本事，就是他能随时随地摆出一副讨人喜欢的样子，从外表看也是一副少不更事的样子。而这正对伪娘三人组的胃口。他从屋子里狼藉不堪的垃圾上走过，却显得不以为意的样子。亨利，我猜他是和你混久了，沾染上了忸怩作态的脂粉气。他和那三个伪娘一见如故，尖声尖气地打着招呼，行吻手礼，嘴里说着'幸会，幸会，女士们。'”

“但即便如此，这三人对道连还是心存疑虑，因为他们对我的过去是了解的。他们认为像我这样混得这么水的人，是不会有朋友的。他们对道连一本正经的做派也不放心，不停地质问他，仿佛是三个未出阁的姑姑在质问侄女的追求者，以免玷污我的清白。最后当他们不得不离开时，他们要我保证第二天一准回来。可我没有再回去，从此一去不返。”

“亨利，我无法抵御道连，从来就是如此，我从内心也不想抵御——我只想和他再续前缘。我以为只要不沾毒品，就什么事都没有了。我当时能预见的危险就是毒品，我没有防范道连。于是在1982年的一个夏日，他把我接出来，带我去购物。”

“我们不停地换乘出租车往返城里，出入各种商场，就好比电影上那种懵懵懂懂的乡巴佬第一次逛大纽约的情景。道连恨不得一下子就把整个曼哈顿拿下，而我则是他的突破口；为此我需要衣服打扮一番。而只要是道连白送我的，我都一概笑纳。我当时对他发自内心地感激涕零，尽管后来发生那么多事情，我现在还是感激他。他把我从B大道救出来，带我到向北五十个街区开外的华尔道夫酒店的棕榈庭院。你无法相信经历那种巨变对人的心情是什么影响，亨利。真是巨变。”

* * *

在华尔道夫酒店的棕榈庭院，一个弦乐四重奏乐团整个下午像锯木头一样演奏着，锯出片片时间的飞屑。在玻璃桌面的圆桌旁坐着梳爆炸头的妇女，小口啜吸着英式马提尼酒。我和道连，看上去像个极不般配的二人组合——一个是光鲜亮丽的美男子，一个是浑身臭汗的窝囊废。一位身着白色制服的侍应生将我们领到一位衣着入时的小老头跟前。他上身那件绉条纹薄织夹克的领尖竖起，抵到那双小耳朵上。起皱的尖脑门上布满黄褐斑。他戴着一顶显眼的假发。此人正是老费。但巴斯见到他一点也不显得惊讶；他只是淡淡地感慨一句，世界真小。

——费格斯。

——啊，巴斯，我这位年轻朋友终于找到你了——关于你的下落，我们事先只是略有耳闻，那种最东方式的口耳相传。鲍勃告诉道儿，道儿再拍胸脯向史蒂夫保证，史蒂夫又把消息传给某个美国船长，反正就这样……挺不容易的。老费说话呼哧呼哧的，还用一大块方形丝帕轻轻揩着清鼻涕。

——他在曼哈顿东区下城，这时道连插话，给一群异装癖者打杂，费格斯！

——是真的吗，巴斯？

——真的。那三个异装癖者收留我，照顾我——他们还帮我戒了毒。

——噢，好事啊！瞧，又是毒品。这类玩意。

这时侍应生又过来了，问道连和巴斯要不要来点什么。道连点了波多矿泉水，但巴斯就顾不得颜面了，要了许多三明治，够一顿正餐的分量了。

——来纽约有事吗，费格斯？当侍应生的脚步远去，巴斯问道。

——没有，没有，就是来购购物。一年当中这时候也许比较热，但人也不算多，比较安宁。当然我还要带道连去拜会一些人。不过这些都得等到社交季开始才能付诸实施。

——那有我什么事呢？

——嗯，可悲的是，他的双亲在这方面对他不闻不问，撒手不管，所以得由我来领他进入富人区的社交圈子。而你呢，能帮他和下三烂打成一片。

——我不明白你的意思，费格斯。我好不容易洗手不干了。这里的同性恋圈子，和毒品——还有比毒品更狠的东西掺和在一起，比伦敦那边更乱。我认得的人都玩得很过火。道连要是去，很容易成为送上门的玩物。

老费开始呼哧呼哧直喘气，用丝帕揩着鼻子。巴斯的话虽然令他感兴趣，但背景音乐放的舒伯特，再加上周围嘈杂的环境，令他恹恹欲睡，头差点碰到织花台布上。不过他还是强打精神应付两句……亲爱的巴斯，纽约有多堕落黑暗，我心里是清楚的。

——现在又出现了新的流行病，正在扼杀西海岸的同性恋者。纽约这边我也听到了几例。

——同性恋，你非得张口闭口用这个词吗？这是个很荒唐的词，我宁愿将它换成委婉一些的“男同”……你说的这种新疾病，我也知道……有人说它是嗑药太多导致的……一些落魄潦倒的瘾君子。我们的道连可不是这种情况……巴斯，反正今后由你来照顾他，没问题吧？太好了……我在纽约还要待几周……你帮我站好岗……

道连和巴斯费力地听着老费的唠叨，他的声音边说边变得渐渐微弱，最后随着玻璃桌上传来哐当一声，唠叨声戛然而止。这声音像是个事先约定的信号。声音一发出，老费的一个大块头男伴就推着轮椅现身。他是个肤色黝黑的墨西哥人；拉丁裔的面颊上留着一个旧刀疤。这刀伤是当年和美洲印第安人搏斗留下的印迹。他朝道连和巴斯草草地点点头，用力将老费搬到轮椅上推走。边上几位举止怪异的女人在这个小老头路过她们身边时，朝他投去同情的目光。

——天呐，巴斯惊呼，他入睡得可真快。

——嗯，他在这儿弄不到苯丙胺[1]，只好用可卡因代替。帕布洛给他货。即使在华尔道夫酒店这种档次的地方，对客人吸食毒品也是睁只眼闭只眼。

这时侍应生推着银餐车回来，上面盛放着各种吃食；他给道连和巴斯上餐，把各种餐盘摆好后就走开了。

——怎么样？道连搓着手，像个快活的孩子。

——什么怎么样？巴斯一次将三块三明治塞进嘴里，像在小人国王宫里的格列佛[2]。

——介绍我认识认识沃霍尔、巴勒斯，还有那个搞摄影的家伙怎么样？当年你对我提及过的那几个人。你现在是不是还和他们在这儿厮混？我带钱过来了，我甚至可以出资在这里帮你建个工作室——我们携手闹出一番动静。

——噢……嗯……我觉得可以试一把。

这真是个可悲的回答："我觉得可以试一把"。实在难以想象这句话能引领某个前卫的事业，难以想象这样一句底气不足的话会成为东海岸乃至全世界桀骜不驯的年轻人的一句战斗口号，同样难以想象两人这次低调的见面有朝一日会被视为当年兰波和魏尔伦那样历史性的晤面。很难想象——因为压根就不可能会发生。因为在八十年代

① 又名安非他明，中枢神经药，可治疗发作性睡眠症。

② 乔纳森·斯威夫特游记体讽刺小说《格列佛游记》的主人公。

初，前卫潮流正忙着推销自己，向各种高档品牌和定制店兜售，候司顿[1]，古驰[2]，芙蓉天使[3]。只有道连·格雷这样孤陋寡闻的年轻人才会以为在曼哈顿还有一番事业可以开创。

而美国国内那些肆无忌惮的同性恋者，骄横自大的黑人，狂妄不羁的瘾君子，就这样被消费、包装、零售，和其他一切人或物品一样，成为商品。八十年代的美国，反正统文化令人作呕地沦落为彻头彻尾的交易文化，而安迪·沃霍尔——也就是可怜的巴斯还挂在嘴边用来抬身价的家伙——就是这股风潮的集大成者。而当美国市场被这些品牌充斥饱和，他们又一股脑儿将这些回吐到欧洲，反正那儿的消费者钱包不具备抵抗力。

至于什么“一番事业”，那是笑话！无法想象巴斯·豪伍德这样留着落伍的披肩长发，满脑袋迂腐念头的家伙会在54俱乐部[4]的舞池里搞出什么花样来。不会的。想取得大成就，现在太迟了。巴斯现在手里只有一张牌，就是作为引路人带着俊俏的道连去鲍比·梅普勒索普的阁楼里。此人以惊世骇俗的言论和行为著称，且说到做到。

“不说你也能想到，”巴斯又重新拾起话茬，继续回忆起那段纽约光怪陆离的往事，“鲍比为道连摄影时让他摆出各种诗意的造型，站立的道连，被夜莺环绕的道连，被黑人阴茎插入时脸上露出满足表情的道连。通过这些照片，道连给人们留下了一点印象，也收到一些艺术家和文化人举办的社交晚会的邀请。他被这些人操……还很享受。

---

① 以女装高级成衣和香水著称的美国奢侈品牌。
② 意大利奢华时装品牌。
③ 意大利时装品牌。
④ 1970年代纽约市传奇夜总会，也是美国俱乐部文化、夜生活文化的代表，于1979年关闭。

我跟你说，亨利，道连主动请求那些人搞他，弄他，榨干他。所以他最后居然没被搞残，也算是个奇迹。”

“我一开始晚上陪他出去，去位于第十二街的矿道夜总会。他身着男同的典型装束——自行车骑行衫，白色T恤，牛仔裤，梳着油亮的背头，还戴一顶鸭舌帽。他不但这么穿，还把这套行头变为自己的标志。就是从那时起，我见到的男同——甚至就刚才我来这儿的路上经过索霍区碰到的那些同性恋——似乎都是道连的翻版。纽约商业区的马路实在是乱，到处是无家可归者，可卡因正在泛滥。走在第十二街上，空可乐罐被我们的靴子踩在脚下嘎吱作响。第十二街位于肉类加工区，空气中全是血腥的气味，路面上都有血，黏乎乎的。我还告诫他……”

“我能想象……”沃顿拖着调子说。

“能想象？想象什么——矿道夜总会吗？”

“不，不，我从未去过那儿”——沃顿又摸出一根烟——“不过我敢打赌，我有本事能把你说的话惟妙惟肖地用语言写出来，而且会比你在曼哈顿说的话更显得真实。”

“你在这儿抽烟，他们不阻拦吗？”

“我在这儿无论做什么，他们都会阻拦，巴斯。说来也怪，自从得了绝症，我竟被管得这么严，难怪那些英勇就义的烈士说死亡是一种‘解放’，是吧？请把烟灰缸给我拿来，我还要继续借着你讲的故事在脑海神游一番。巴斯，你继续讲——我洗耳恭听。”

道连和巴斯当时站在矿道夜总会外，在黑暗中感受到这座城市沉重的心跳声。听着，道连，巴斯告诫他，在酒吧里，你想怎么玩都可以，但即使有人陪你，你也不要去楼下和后头，因为在那儿什么事都可能发生，是男同找妓的地方——我不跟你去了……我不想——

——我也不想让你去，巴斯。我已经是大孩子了——要知道——我会照顾我自己。

——不行，道连；这儿可没有鲍比那儿的护栏，万一发生什么事，完全无法控制——

——闭嘴！

——什么？

——你他妈的给我闭嘴！ 闭上你的臭嘴！ 你什么也不懂，巴斯，狗屁不懂。我想怎么干就怎么干——老子想怎么搞就怎么搞——我不受他人干涉，巴斯——老子不是凡夫俗子！ 说着道连开始狂笑起来，揪住巴斯的外套将他拽入眼前这座冥府——有点像希罗尼穆斯·波希[①]担任艺术指导、肯尼斯·安格[②]执导的影片里的某个场景。

在一段短短的楼梯顶端，影影绰绰立着一个阴森的幻象。它是个穿皮装的男同性恋。此人看上去萎靡不振，饱受摧残，像是男同性恋中专门给人口交的性受虐者。他正在对排队等待进入房间的人群进行检查，示意某些人可以进，而另一些人不能进，因为后者无视此处的着装要求。你不能进！ 你们都是些混场子的！

道连和巴斯通过了检查，走进大厅。大厅里光线昏暗，四周斑驳的墙壁散发出刺鼻的硝酸戊酯的味道。在房间的一个角落，有个由塑料箱和木盒临时搭建的吧台。吧台后面有个剃光头的大高个在卖烈酒

① 希罗尼穆斯·波希（1450—1516），荷兰画家，以恶魔、半人半兽等形象表现人性的恶，被认为是20世纪超现实主义的启发者之一。

② 肯尼斯·安格（1927— ），先锋电影大师，创作不受传统的制片规程限制，题材大都表现人的性欲世界和幻觉，情节充满魔法和宗教仪式。

和啤酒。在大厅的另一个角落，拴着一个简陋的布吊床。一个人光着屁股趴在上面，发出呻吟声，正被一伙卡车司机模样的胖家伙们轮流狠狠地操着。这伙男人是这个被操者的固定主顾。他们都是蓄小胡子、穿皮衣的男同性恋者，个个显得异常兴奋。房间里唯一的声响就是窃窃的私语声，没有音乐——而且这个酒吧间没有舞池，偌大的空场倒是适合自由式搏击。几个穿皮外套、留长发的男子互相抓着对方肩膀，举着盛伏特加和波旁威士忌的小酒盅互相敬酒，一饮而尽。他们摇摇摆摆模仿正常社交场合的交流，但其实更像英式橄榄球里的并列争球。酒吧里充斥着汗味和皮革外套摩擦发出的嘎吱声响。这些光头男子吵吵嚷嚷，聚光灯的光线刺破香烟辛辣的烟雾，令整个场面呈现出一种强烈的醉醺醺下的勾引诱惑，仿佛睾酮化作泡沫四散开来。

道连径直冲向这间销金窟。他不但不阻拦别人摸他的裆部，还将塞到嘴边的酒一饮而尽，听凭他们的舌头伸到他耳朵里乱舔，整个人陶醉其中。巴斯竭力待在他身旁，不离左右。别忘了，道连。鲍比说，如果我们午夜前能赶回他的工作室，他将带我们去见几位来自富人区的朋友。

——别傻了，巴斯——一个将自己变成畜生的人已经没有时间概念了。说着，道连用行为践行刚才的话：他解开手腕上那块硕大昂贵的潜水表表带，扔到一个正在舔他脸的同性恋疯子手里，这个疯子贪恋道连的美色。巴斯见事已至此，只好放弃劝说，挤开一条道路走到吧台，站在那里凝视吧台后面镜子中自己憔悴的面容和立在一群西哥特人中间自己被矮化的身形。

忽然巴斯感到自己膝盖后面的裤子好像被什么拽了一下。开始他没在意，但对方一直拽着不松手，他只好转过身朝下看。原来是一个穿皮装的侏儒，项链、皮夹克、皮裤一应俱全，但他的身高只有三英尺。这个侏儒举着一张五块钱的票子伸向巴斯，可怜兮兮地恳求道，你能给我买杯酒吗？

“好了，亨利。”巴斯说到这里停了下来。说了这么多令人作呕的内容，总算可以松口气。他从一个看似洁白的烧杯中啜了一口凉茶，又继续往下说。“现在人们常说，从石墙事件[①]之后到艾滋病出现之前那短短几年时间里，同性恋群体中涌现出一股日益高涨的扬眉吐气感。同性恋者觉得属于自己的时代终于来临。他们可以畅所欲言，想怎么活就怎么活，不必再怀着负疚之情，不必墨守成规，不再受人干涉。如今他们又认为艾滋病不过是一出丑陋的独幕剧，是个子虚乌有的上帝强加于他们这些快活的阿卡迪亚人[②]身上的难以理解的讽刺剧。他们说那些潮湿的更衣室、恶臭的健身房、同性恋舞厅、污秽的小屋是滋生复制这种病毒的绝佳场所。他们说艾滋病毒在西方早就存在许多年，只是由于喷气式飞机的发明，大大缩短了地理的距离，旧金山的阴茎可以接上纽约的肛门，而纽约的阴茎又对上伦敦的肛门——就这样才使得艾滋病失控的。这些人说了许多废话，但对像我这样在那儿待了很多年的人来说，事情其实很简单——不过是一群费尽心机获得自由的人，很快又重新被套上新的枷锁……”

道连和巴斯在矿道夜总会酒吧那如同阴曹地府的房间里挤推着，枷锁发出叮当声。道连仿佛刺透了黑暗的括约肌。他一会儿停下来将

① 又名石墙骚乱，是指发生在纽约同性恋者和警察之间的一系列暴力冲突。骚乱起于1969年6月27日，石墙旅馆外。石墙事件是同性恋历史上标志性维权事件。

② 阿卡迪亚是古希腊一个城邦，位于伯罗奔尼撒半岛，和希腊其他城邦隔绝，所以在古希腊和古罗马诗歌中被描绘为世外桃源。

鸡巴试着放进一个口淫洞里，一会儿又停下来看旁边两名男子合操一个人。他还加入到一伙鞭笞者的行列中。他挑衅地朝浴缸里一个赤裸的表演者身上撒尿。他就这样在这个夜总会里一路走着，越往里面越黑越潮，一个个被歪斜的隔墙分开的小隔间都通向门口的大厅。里面越来越污秽，空气里充斥着粪便、精液和毒品的味道。满耳朵都是肉体的撞击声，伴随着性交时特有的呻吟声。

但不管道连如何从一伙人中挤到另一伙人里，后面总有三个家伙跟着他。他们的头目是中间那个穿皮装的脂粉男。此人长着一张满月脸，脸上有许多小坑。他的两个手下都是矮粗的光头男，穿着盖世太保的长皮大衣，脖子上戴着金属链。等走到一个四下无人处，这三个家伙把道连这个猎物围住。其中一个色魔递给道连一支大麻烟，另一个上去就来摸他的裤裆。两人合力帮他脱掉牛仔裤，并摁他跪下。两人把道连的头控制住，那个满月脸就从后面插入。但就在满月脸的那张戴满璀璨手链的大手抓住道连油光的金色卷发时，道连突然站立起来，抓住面前两个色魔的脖子，将他俩的头狠狠撞到一起。

——你干什么，混蛋，其中一个家伙叫道，老子砍了你。他掏出一把刀，那是一柄六英寸弹簧小折刀。

——不料，道连却咆哮起来，看来你是肚子有货却没有口子取出来啊。他一把抢过刀，调转方向，动作华丽却又丝毫不拖泥带水地在那人腹部划了一道口子。血一下子喷出来，把道连的衣服和肉体全溅湿了。那个色魔像条受惊的狗，向后退却。道连不知从哪里又掏出一些毒品；只见他用一个芭蕾舞中单脚着地旋转，旋到满月脸跟前，把毒品塞给他。接着粗暴地抓住这个穿皮装的脂粉男，狠狠地操他。这个脂粉男因为穿着皮裤，动作本来就不利索，现在更想不到自己居然被这个英俊的白人少年给强奸了。道连奸完他后，揌着他的脑袋狠狠撞向地板，反复地撞击，直到空气中溅出粉色血雾。道连这时脑海陷入一片疯狂，血液流淌的节奏加快一倍，身体里的血互相冲撞，心脏跳动得像交响乐定音鼓的鼓点，渐渐增强，直至高潮。他对世界的认知和意识开始膨胀，颤动，扩大。整个人就像一粒硝酸戊酯在地表反气旋作用下打旋。

8

下午三四点钟的太阳照在里维埃拉一个小巧而精致的港湾。在半圆形码头上，只听见刺耳的刮擦声，那是地中海北岸特有的西北风吹打游艇的金属索具，拍打着船帆，激起的水波撞击着船壳发出的声音。光线在浅绿色水面上反射开来，照在任何反光的表面都显得熠熠生辉，无论那是窗户、玻璃杯还是刀叉。

尤其是那些迟到的食客在丰盛的午宴上高举的刀叉。其实午宴的高潮已经过去。这样的午宴一般都设在露台，铺着白色亚麻桌布，典型法国式的，既讲究形式也看重内容。午宴上食量固然很足，也不会少了傲慢自大的侍者总管，但真正的豪奢之气还体现于那些需要用闪闪发光的工具去捅去刺，把内容物剜出来的甲壳纲动物，体现于那些放在冰桶里的特级白葡萄酒和香槟，体现于四处摆放的餐盘里的食物。最主要的，还是体现于这些食客本身。这些食客都来自北方，更适应北方的气候。可一旦戴上太阳镜，将皮肤晒得黝黑，身上再裹上米色亚麻衬衫、颜色更浅的真丝裙，他们就显得比在老家待得更滋润。

“我敢百分之百保证，蝙蝠脸，”亨利 · 沃顿说，他此时正坐在这种午宴的一张桌子的桌首，“我不想去拜访那位意大利公主。这么好的天气，干吗要顶着烈日去土伦就为了一点小钱？况且，”他大口吸着一根高斯巴雪茄接着说道，“一个美第奇家族的人待在土伦干什么？没有人会选择在土伦定居，那儿是法国海军的军港。”

“呃……呜……对，你说得对，亨利，”蝙蝠脸在桌尾答道，“但她绝不是那种你所想象的美第奇家的人，身上没有架子。是不可救药的资产阶级。和一大群猫住在一个小公寓里。当然关于她的流言蜚语也不少……主要来自邻居们。我和妈妈说了要去看她——”

“那你去好了。我可要去水上乐园玩玩。去那里来点迷幻药，再乘坐微型潜艇出海去岛上，然后再回水上乐园玩潜水。道连，你呢？”他转向他的门生——“是去参加革命阶级的潜水还是去见资产阶级的贵妇？”

道连旅居欧陆这段时间，他依旧需要亨利·沃顿——这里面有一种情结，因为他曾经一度视沃顿为情人。道连对沃顿或许只是一种单纯的迷恋，抑或想从这个比他年岁大的男人身上重新温习一遍那些妙语警句。这些妙语警句像回飞镖那样飞到他嘴里，日后在合适的社交场合他再把它们抛出来。当然，到了八十年代中期，道连已经跻身上流圈子，交往的人都是艺术界的名人和前卫人士。他想结交谁，都不会遭到拒绝。这些名人自己也搞不清楚，为什么看道连这么顺眼。当然“财富”和“美貌”这些真实的原因是无论如何不能说出口的，因为那样太俗。当然道连有他自身的魅力，但光有魅力远远不够。

反正在那些年里，当沃顿两口子夏天去法国蓝色海岸位于一片灰蒙蒙的葡萄园的别墅消夏，道连总是陪他们一起去。道连胳膊上总是挽着一位佳偶。此人有时是一个俊俏的小伙子，本来为人规矩，却被他潜移默化地带坏了；有时是某个被他勾搭出轨的外表体面的有夫之妇。道连渐渐暴露出他的本色。他在性口味上是个杂食动物，男女通吃。

他向沃顿讲述了在矿道夜总会杀死的那个家伙，只是没有用“杀死”这个字眼，而是用了“谋害”。沃顿对此不太相信。他觉得道连属于那类比较少见的人，喜欢从他们自己无法创作出的小说里虚构出一个现实出来，不过这总比装腔作势者只会虚构小说而不敢设身处地生活要好得多。所以沃顿怀疑道连讲的不过是一场普通的室内斗殴，只是玩得有些过火罢了。沃顿总喜欢把道连想象成一个爱说大话的人。他觉得自己这个门生和他一样，虚荣心极强，受不了被人戳穿奚落。

那天下午在卡西，道连俨然是简化版的沃顿。他面色苍白，脸上带着过度摄入尼古丁的病容。他身着亚麻西装，里面是柔滑的真丝衬衫，系着松垮的软绸斑点领带。他的一头金发像泡沫般从洁白的巴拿马草帽下檐伸出来。他的侧影看上去优雅而高傲。他小口啜吸着白葡萄酒，敲碎一只龙虾的螯，将里面白色细长的螯肉推到同伴跟前，大声道，“吸，吸它！”

他的同伴是个曼妙的尤物，一头淡褐色卷发，脸上有些雀斑，鼻尖向上翘。

“什么？”她惊讶的样子也显得优雅迷人。

“吸——吸这只螯，只有吸才能把肉吸出来。”

没等他说完，简·纳伯勒就打断他，“亲爱的，反正我是不吃这些玩意，它们就是海里的耗子，都是腐食动物——”她穿着海滨度假服，一头灰色头发，像个海难幸存者。

“不过，”道连有意想逗逗这位素食主义者，“这可是有灵魂的腐食动物。简，你不是相信灵魂吗？”

“是啊，灵魂是确实存在的。”

“那你看这像不像能吃的灵魂，”这时说话的是沃顿，他是绝不会放过这样嘲弄的机会。

道连没接他的茬，而是继续对她说，“简，你认为龙虾具有灵魂，就像人这种腐食动物有业障？”

“我不……呃……我不知道……”

这时蝙蝠脸过来替她解了围。“我觉得灵魂转世不是像你们所说的那样，道连。”

但道连压根底没有认真讨论的意思。他再次转身把白色龙虾的螯塞进同伴的嘴里，说：“吸，快吸，奥克塔维亚……快吸，看看有没有。”

“我倒觉得”——蝙蝠脸这时说话不再结巴——“我还是去看望那位意大利公主吧。你为何不和我一起去，简？我们回来的路上可以去费拉角[1]看看——”

“既然这样，那好吧，维多利亚。”

“你去不去，奥克塔维亚？”

“我想和小伙子们待在一起。”

满面红光的大卫·霍尔，那位政客，坐在蝙蝠脸旁边，头上一绺栗色头发搭在鼓凸的脑门上，松弛的眉毛在炎热的下午汗津津的。既然来到蓝色海岸，他也就入乡随俗，穿一件玛丽勒旁板球俱乐部上装，白色板球裤。他边大口喝着白葡萄酒，边说：“我愿意和你去，

---

① 法国滨海阿尔卑斯省一个市镇，是欧洲贵族和富豪喜爱的度假胜地。

维多利亚夫人。我有二十多年没去费拉角了。”

沃顿在一旁小声对道连嘀咕，“他上次去还是给快要死的老毛姆吹箫呢。”

“如果这样，那我得开那辆捷豹了，亨利——你们三个人开大众坐得下吗？”蝙蝠脸低头看她的丈夫，一脸的关切。

“只要道连不介意坐在奥克塔维亚大腿上，就没问题。”

“那好，等我们回来后，再一起喝两杯。”

霍尔和两位女士起身离开，沿着露台一会儿就不见了。沃顿向侍者招手，又点了三杯马克香槟，三份特大杯的美式咖啡，并结了账。他仔细地重新点燃高斯巴雪茄。饮料送上来后，他和道连把香槟仰脖一饮而尽，而奥克塔维亚则慢慢细品——对于她这样弱不禁风的女郎，这倒也正常。“你和蝙蝠脸是真心相爱吗，亨利？”她沉吟片刻后问道。

“奥克塔维亚，我跟你讲，人一旦恋爱了，就加入了自欺欺人的队伍了。”——沃顿说到这里顿了顿——“即使一段感情结束，也要再找个人来填补空缺。”奥克塔维亚并不理解沃顿的话什么意思，只是当作不疼不痒的废话。

“我想我是爱上杰里米，”她若有所思地说，“但也许我的性格并不适合婚姻。”沃顿对奥克塔维亚说什么也并不关心，他只顾找个话头大放厥词。

“婚姻适合我这类性格的人，”沃顿拉长声调说。“自从结了婚，我至少已经获得四种人格表象。”

“你爱我吗，道连？”奥克塔维亚用指尖碰了碰道连带酒窝的下巴。

“我愿意和你做爱，就现在。”他接过奥克塔维亚的手，轻轻用嘴唇擦着。“就现在，我仰慕你。”

“好主意，”沃顿插话道，“但干吗不先来点这个？”只见他掌心攥着三支迷幻烟卷，出示给他俩看，像在展示圣伤痕[①]。“这些烟卷是上帝赐予的——瞧，上面用希腊文、拉丁文、希伯来文分别写着上帝。它们的劲很大，但味道也醇厚，正适合水上乐园那种地方。”

“噢，我不太懂……”她摆弄几根纸盒装的正规香烟，“你这个含有致幻剂，是吧？我从未抽过你这种烟。”

“那就先抽半支尝尝，”沃顿显得十分体贴的样子，“凡事先来一半不会有什么害处，相信我。”其实但凡稍知沃顿底细的人，都知道这话荒谬绝伦。但奥克塔维亚一向不善察人，于是接过沃顿递过来的半支烟卷。沃顿把另一半给了道连。沃顿自己更不必说，就着喝剩的马克香槟抽了一整支迷幻烟卷。

不多久，沃顿、道连和奥克塔维亚这个看起来并不般配的三人组合就身处一个内部空间。他们三个像约拿，待在一艘微型潜艇内部。这艘潜艇负责往返于港口和外海的人工岛之间。这个人工岛是面对地中海的屏障。他们排成一排，坐在一张铁长椅上，晃荡着腿。这张铁长椅差不多和艇身等长。其实这艘潜艇和普通潜艇不太一样，更像是正常潜艇浮在水面的样子。透过艇身舷窗可以望见海面游艇上穿比基尼的女孩和坐在充气船上的孩子。而通过艇身底部的潜望镜，则可以看到位于海底淤泥中挂满海草的老式依云矿泉水瓶。驾驶这艘宰人的

① 根据基督教传说，在虔诚的修行中，双手双脚和胸肋等五处会突然出现五处伤痕，形状酷似耶稣基督被钉上十字架留下的伤痕。这些伤痕不会愈合，鲜血长流，称为圣伤痕。

鹦鹉螺号潜艇的尼摩船长也坐在长铁椅上靠近艇首的位置。两条黝黑的大腿晃荡着，帆布平底鞋乱踢着。而奥克塔维亚则聚精会神看着外面绿色阴影区的黄色轮生体，它们忽左忽右地动着。

“你们过一会准备去别墅吗？”沃顿用漫不经心的口吻问道。

“我不知道这样好不好，亨利——霍尔或者那位公爵夫人靠得住吗？”

“可靠到让你烦。”

“那你怎么还能忍受他们？”

“原因很简单。蝙蝠脸喜欢他们。他们在一起尽谈论历史、宗教、哲学。他们是很好的幌子——而霍尔是内阁大臣，可以作挡箭牌。有他在，一些健康领域的事就好办了。”

“那你现在戒毒了吗？”

“我在夏天度假时还吸吸，道连——这你是知道的。根本不是什么毒品，就是一点大麻，一些致幻剂，再配点美酒。在乡村，自我约束总归要容易些，因为闭塞啊。”

奥克塔维亚从潜望镜里看到的东西全是朝她镜头游过来的。她看累了，也加入到他们的聊天中。“霍尔认识杰里米——他们在一个俱乐部。”

“他们都是俱乐部动物，”沃顿说。

“道连，”奥克塔维亚在一旁催促，“也许我们还是去酒店好一些？”

“胡扯，”道连呵斥她，“在这儿，我们是名正言顺。我们是朋友。杰里米要过几天才飞过来看你。是你自己决定陪我来见沃顿和维多利亚。我俩各开一个房间。噢，上帝，奥克塔维亚，人们都以为我们太保守了。”

“像你和亨利这种人才不会顾忌人们怎么评价你们呢，对吧？”

可惜她这话还没来得及说，艇身便颠簸一下，嘎吱一声碰到混凝土防波堤上。船长用法语说，“先生们，女士们，本得岛到了。我们到地方了。”这三个乘客从一个舱口鱼贯而出。潜艇内部原本像电影院一样黑暗，现在被下午刺目的日光一扫而光。三人来到码头上，一时没缓过劲来，站着有些发愣，身子有些摇晃。这时潜艇已经调转头往回返了。

道连和亨利都很喜欢本得岛。他俩经常带着宾客去享受那儿的俗艳虚华。小岛是用水泥填海造地形成的。岛上有几个仿摩尔式的亭子，种着一些棕榈树。岛上还有个网球场大小的庭院，上方是绿树掩映的阳台。阳台背靠的建筑，外观上看是一层套一层。这种愚蠢的设计是一个靠法国茴香酒发家的百万富翁想出来的。他把房子设计成洋茴香球的形状。没办法，这就是法式风格，世上最时髦也最笨拙的风格。

但这么说，并不意味着那天下午岛上有任何法国人；这个小岛现在只属于他们三人。这样也好，三人嘻嘻哈哈手拉手朝小岛深处走去。两个男人拉着在中间的奥克塔维亚荡秋千，好像她是孩子。药性在他们身上开始显露。他们停了一会，对这种明显不属于他们的游戏咯咯地互相取笑着。他们顺着一条拱道，靠着扶手向前走。这条拱道俯瞰一个四面围墙的封闭庭院。

“我有种强烈的异样感，”奥克塔维亚说。

“我也是，”沃顿附和道，说着掏出一盒博亚德马吕斯[1]香烟，用

---

① 法国香烟品牌，以生产无过滤嘴豪华香烟著称，现已停产。

他那苍白薄薄的嘴唇叼出一根粗大的、黄澄澄的香烟。

“你总有异样感，”道连在一旁插嘴。

“除非……”沃顿自豪地喷出一口烟，“我觉得有人比我更古怪。”

这时奥克塔维亚在全神贯注研究自己伸开的手指，好像从未见过它们，也不知道它们是干什么的。“你们觉得……？我的手……现在感觉就像是里面塞了肉的皮手套……”即使在强烈的阳光下，她的瞳孔也剧烈地扩张，完全盖住了绿色的虹膜。“我们人是不是就是填充着一堆肉的皮囊？”

“不要和简这么说，”沃顿咯咯地笑道，“她才不这么想呢。你最好跟她说肚子里填充的是粮食——这样她就会破开我们的肚子，将里面的东西掏出来，用麻袋装好，运给埃塞俄比亚饥民。”

“没错，他们就缺……”道连用手撩起奥克塔维亚衣服的前襟，放肆地摸着她赤裸的肚皮。

“我觉得很不对劲……”她呻吟着。“什么东西都要么过大，要么过小，而且伸伸缩缩，像伸缩长号。”

“那就对了，亲爱的”——沃顿也拍拍她的肚子——“这是个很有意思的幻象。”

“我以前从不知道——”她一个趔趄，赶紧去扶道连的手“——这个世界居然有脉搏。”

“也许，亨利你”——道连有些小气地将沃顿的手从奥克塔维亚肚子上移开——“要是识趣的话，最好现在先回避一下？”

要按沃顿的性格，在这节骨眼上，他会赖着不走的。打个不恰当的比喻，这有点像中世纪的索要处女初夜权。既然是他带奥克塔维亚来到本得岛，他理应有权享用她首次吸毒致幻的“处女膜”。可他却一反常态，头也不回地信步走开，穿过荒废的庭院，越过微型灯塔，再下几级台阶，一直来到布满岩石的海岸。此时他也深陷疯狂的幻觉之中。他蹲下来，注意力却被拍打双脚的细浪吸引。在沃顿的内耳，呼啸的风声和尖厉的电子吉他声冲撞着，交织着，仿佛吉米·亨德里克斯[①]的庞大交响乐队在演奏齐格弗里德田园曲。

回到道连和奥克塔维亚这里，令人作呕的事正在发生：

——大多数人都是行尸走肉，对吧，道连？

——他们当然是废柴，道连边说边爱抚着她，劝她脱掉真丝内裤。他把她的衣服撸到腋窝处，打个死结固定，然后轻轻抚摸她赤裸的乳房，就当它们是寻常物品。

——但你不是行尸走肉，道连；你这么英俊——充满活力；她怔怔地注视着他的面庞，仿佛世上只有他英俊的外表才能阻止她的本我消解。正因如此，当道连将她从面前推开，把她上身摁向栏杆，这样的动作尤其显得残忍。她的脸好像对着地上的苔藓道不清地呓语，你怎么这么绿，这么小，长得这么慢，这么老，这么老。

不过等道连在她那头忙活开，奥克塔维亚像是意识到什么，面容扭曲起来。她那因嗑药显得空洞的表情顿时写满了最粗鄙的猥亵。

* * *

现在是医院里的黄昏时分。沃顿掐灭他这辈子吸的第无数根香烟，把烟蒂捻搓成一团，像是给自己刚才讲的故事收尾。“我本意当

---

① 美国吉他演奏家，被公认为摇滚音乐史上最伟大的电吉他演奏者。

然不想压制道连身上的本能冲动。说真的，奥克塔维亚当时情绪低落，不过这也正常，完全是那该死的毒品起作用。巴斯，你肯定记得，在那时，艾滋病还是新鲜玩意。全英国死于艾滋病的人只有寥寥几十例。死者大多数是男妓和街头瘾君子。我想不到会将她后来的死和道连联系起来。我还以为她死于肺炎。”

“但事实是，两者确实有联系，对吧？”

“那天我们没去成水上乐园。我当时给那可怜的小妞喂白兰地加安定，才把她弄进微型潜水艇里。”

这时一个肥硕的拉斯特法里[①]教徒走进病房。此人一只手上拿着福特纳姆·玛森食品袋，另一只手抓着一块手帕盖在嘴和鼻子上。这人留着一头小辫，用一条红黄绿三色吸汗带系着；他戴一副墨镜，上面镶着犹太狮子饰钉，穿一身反光的田径运动服。

“嗨，布鲁杰伊！”沃顿见了他高兴地叫了起来。“快过来，让我看看你给我的野餐带来了什么点心。”他调整了一下曲臂台灯，让灯光照在盖在叉开的两腿上面的毯子上。

但布鲁杰伊在门口却表现得明显不想再往里走。他只是用力将袋子扔过来。袋子软绵绵地落在沃顿躺着的床上。沃顿拿过袋子，从里面倒出五六个小块海洛因和上等的可卡因。它们全部用塑料纸紧紧包着。巴斯起身走到那扇极小的窗户前，故意不去看两人的交易。

“实在抱歉，亲爱的布鲁杰伊。你瞧，我这样斜躺着。”沃顿挣扎着想用肘部将自己身体支撑起来。

“不要靠近我，伙计。”布鲁杰伊抱拳做推开状，并且半个身子向

---

① 1930年代兴起于牙买加的黑人基督教运动，对雷鬼乐有着深刻影响。

门外闪躲。

“过来，布鲁杰伊。你不会真以为这么容易就能传染……随便碰碰，”沃顿轻轻呼口气，“或噗……像这样我呼口气。”

布鲁杰伊躲得更远了。“我什么都不懂，亨利，我就是不想和你离得太近，伙计。把这些玩意收好，把票子给我。这地方会吓着我。”

“我觉得你这种做法很多人会不以为然。不过，好吧，就算是吧，给你钱……”亨利拍出一沓票子，扔到床上。“我敢保证，下次见面，我会更强健。”

“反正我是再也不来这儿了，亨利。”

“哼，你这家伙和医院里管我的人都是一路货。回见！[①]”

这位拉斯特法里教徒一走，沃顿用颤颤巍巍的手去拆一块海洛因。巴斯这时从窗户转过身来。“我简直不敢相信，都到这个时候了，你还在吸毒，亨利——你难道不知道这会破坏你的免疫系统吗？”

“妥协[②]？这词用得荒唐——我的免疫系统怎么会妥协？这又不是一个丈夫脱了裤子在卧室偷情被当场捉住？对吧，巴斯。”

“听着，亨利，你现在活下去的唯一希望就是尽量保持健康的生活方式，多吃有机食品，喝纯净水，有规律地锻炼。”

“噢，巴斯，我跟你说，我的身体就像一个神殿。只不过这个神殿的祭司在祭祀时有点纵酒过度，用了点提神的毒品。”沃顿模仿祭司在这种场合主持仪式时一本正经的语气说。他的手虽然抖得厉害，但还是将托盘里的几片毒品移过来。“巴斯，你不来点吗？”他眉毛一扬，用询问的神态看着老朋友。

---

① 原文为法语。
② 此处作者使用 compromise 一词的语义双关，既指“破坏”又指“妥协”。

巴锡尔·豪伍德听了一惊。“我已经五年不碰这玩意了，亨利。现在我也不想再碰。”

“我知道了；难怪你现在这个样子。那么来一杯如何？”他晃晃自己杯子里剩下的香槟，一饮而尽。

“我也有五年没沾酒精了。”

“太荒唐了……”沃顿边说边把半块海洛因狼吞虎咽地吞下去。“简直难以理解，”说着又把另外半块吃了。

巴斯却不依不饶，继续盘问沃顿他所关心的问题。理智告诉他，这是令他在这间充满疾病和令人发狂的狭小病室里保持清醒的唯一办法。“你不光只在里维埃拉见过道连，对吧，亨利？”

“当然不是，我在城里也见过他。他不仅对我来之不拒，在社交界他也是条变色龙，非常擅长见风使舵。那年圣诞节在伦敦——此后的圣诞节他一直在伦敦过——他是社交界的焦点。那时他搬到格洛斯特街对面一间不起眼的房子里。不知道从哪里搞到一辆样式很蠢的小跑车，在鹅卵石路面上蹦蹦跳跳地开着。他开得很野，好像自己死不掉似的。不管什么天气，顶篷总是拉下来。但真正令他出彩的是混进了一个男同性恋圈子。这个圈子里的人和皇室走得很近。你知道，道连和女王的关系可不仅仅是见面行屈膝礼那么简单。他还颇讨那位令王室反胃的时装王妃的欢心。”

“道连说到底，就是个上上下下通吃的混世魔王。无论是在考文垂花园黑乎乎的包厢里，还是在斯特兰德大街后面的公共厕所小隔间里，他始终如一地勾搭放荡者。他和斯宾塞[1]家的傻妞关系不一

---

① 戴安娜王妃娘家姓斯宾塞。

般，因为他俩一样，都有暴发户心理。在时髦的上流社会，两人都以待人真诚著称。其实他们更喜欢做戏，他们觉得那样比现实更真实。”

“就我自己而言，我从不向皇室行屈膝礼，那样太荒唐了。但道连的目标是做个彻头彻尾的男同性恋，而那位王妃想做个彻头彻尾的男同性恋的玩伴。事情就是这样。道连明白王妃那一套在这个时代就是吃得开，一方面撕心裂肺地嚷着受到伤害，另一方面，身边的侍从武官一个接一个落马。你要记住，道连十分善变，你想让他怎么样，他就扮给你看——阿飞或暴发户，小滑头或马屁精，恃才傲物的少爷或都市里的雅皮士。我告诉你，巴斯，整个八十年代是属于道连的。他醉心于伦敦提供给他的任何一个招摇撞骗的机会。有时候我在想，”说到这儿他的口气很轻蔑，“道连才是真正的逆转录病毒。因为凡事他都能将自己立于不败之地，百毒不侵……嗯……假如道连真的长着一颗心的话，他的心像这样，一座用可卡因做成的小冰山。”

巴斯最后还是没忍住，坐到沃顿的窗沿边。他低头看着沃顿。沃顿吸毒后现在进入迷糊状态，下巴搭在胸口，片片烟灰纷纷落下。沃顿举着冰山形状的可卡因块，摇来摇去，这样曲臂台灯的光线可以从上面扫过。“上帝啊，亨利”——巴斯的惊叹声中透着不以为然——“你吸毒都吸傻了。”

“哦，那就更像你老巴斯了，那个我们敬而远之的巴斯。你难道不想来点吗，巴斯？”

巴斯一言不发，将那支快燃尽的香烟从沃顿嘴里拽出来，刺啦一声丢进他喝剩的香槟里。“你真是顽固至极，”他说，“听不进任何好话。”

“巴锡尔，我内心对这个既憎恶又不舍……不过你还是帮我再点一根吧。我想你一定看出来了，我是个合格的倾听者。跟我讲讲在美国的事情，巴斯，因为道连一直两边跑，对不对？”

9

并不灼热的阳光照着宽广的沙滩，波涛滚滚的海洋，沙滩上一簇簇的沙丘，还有向远处铺展开的松林。一群几近赤裸的年轻人像古代善良的普罗米修斯（此地正好名叫火岛），围着一个小火堆。用来生火的是漂流木和浸了油的原木板。只有他们古铜色肩膀上映着蓝蓝绿绿的光晕，才表明他们是现代人。一个老式电烤栅支在木头燃烧后的灰烬上，供这群年轻人烧烤。

道连·格雷也来到这片海滩上。他的头发在篝火的映照下散发着光辉。他的皮肤光洁无瑕，即使在这个由自恋狂们组织的露天狂欢中——这些人的胸膛统统剃去胸毛，抹上油彩，腹部平整而健美——他依然披靡众生。他随便一个不经意的动作都在昭示，他与旁人都不一样。

道连加入到这群现代柏拉图者组织的这场简陋的海滩聚会中，和他们攀谈起来。鲍威拎着一个黑人音盒[①]，对着同伴大大咧咧道，“我们跳舞吧。”他们重新排了队形，将道连接纳进来，但看得出比较勉强。

——真棒，道连，人群中一个叫罗伊的说道。他生着一双低垂的浓眉，肩膀宽厚，蓄着高卢人的小胡子，怎么看都像一头分不清公母的海象。

——对不起，你刚才说什么来着？道连不明就里。

——我说“真棒”，老兄——这不是你们英国人的口头禅吗？

——嗯，随你怎么说，罗伊。

——你参加今晚的聚会吗，道连？一个叫斯坦的人在一旁插嘴。他骨瘦如柴，神情紧张兮兮，一双直角三角形的耳朵被太阳晒得通红，而胳膊肘和膝盖部位一小块一小块兽皮一样的皮肤表明，他患有湿疹，甚至更严重的疾病。

——什么聚会？

——守灵，老兄，妈的给布鲁斯守灵——斯坦说着身体抽搐着直立起来——我跟你说道连，这个地方当年就是他找的，这种狂欢也是他创立的。天呐，你肯定认识他。我以前看过你和他在一起聊天——我甚至还见过你和他跳过舞、做过爱，道连。

——我一般不把那个叫做爱，斯坦；大伙儿聚在一起是为了交媾，不必你争我夺地交媾。他没经同意，自顾自地从塑料架上拿一听啤酒，拽开拉环，摆出一副人生导师的语气给众人上起课来：当一群富有侵略性的捕食者被集中到一起，就会迅速建立起一种等级制度；各种统治与臣服的仪式也应运而生；模拟交媾也是其中之一。你们这群在火岛上的同性恋者，怪就怪在偏偏没有模拟交媾这种形式。我可以来一块鸡翅吗？他不由分说地拿起一块鸡翅，对于自己刚才这番挑衅性话语在众人当中激起的敌意，故作视而不见。

---

① 指黑人青少年手提过市大声放送音乐等的收录机。

——你在鬼扯什么，伙计——罗伊拿起短棍——我真的不喜欢你说话的派头。这是守灵，布鲁斯死了；我们大家正在悼念他，在怀念这个人。

——对我而言，这听起来有点病态，罗伊；我倒愿意谈谈我自己，用现在时态。

——你他妈的给我闭嘴好不好，道连？斯坦震怒了。你对患病的人什么都不做，也不检点自己的行为——你到底想怎样？

——你们全都是纤弱的花朵，小伙子们。死个人就把你们吓成这样。你们总爱扯什么大多数人都是好的，只有一小撮人道德败坏这样令人作呕的话。可你们干的尽是舔肛、鸡奸这类事情，令亲爱的耶稣和他那个脾气乖戾的父亲蒙羞。今后他不会再眷顾你们了。而我和你们不一样，尤其和你不一样。我不是一思考就抽搐，而是尽思考那些让人抽搐的事。道连，这个外表看上去健康而充满活力的人，确实会抽搐。他咀嚼着油腻的、火烤的鸡翅，匀称的肩膀也优美地扭动起来。

道连一席话彻底激怒了罗伊。他跳将起来，举起拳头。我可不是连架都不会打的变态。你快给我滚，道连——给我他妈的滚出去。那些本来在周围懒洋洋闲荡的其他人见此情景，也都挺直身子，形成一幅整齐划一的肌肉和筋腱图。

道连当然不为所动，依旧笃信自己对火岛社会阶层的那一套动物学分析。他冷峻地保持着外表酷酷的样子：我不受欢迎，这点我自然知道。他把没吃完的鸡翅扔进火堆，慢腾腾地站起来，沿着沙滩悄然走开。

这群人目视他走远，融入氤氲的热气中。只见他在另一个人群中停了下来，和一个年轻人随便寒暄两句，就伸出胳膊，两人勾肩搭背，像一对情侣一样，遁入虚幻中。

* * *

在布洛德里普诊室，现在夜幕已经降临。凯文告辞，而接他班的护士也过来打过招呼了。这两人看到沃顿和巴斯谈得这么投机，也就无意去打扰他们。况且还要换喷雾器、滴注器、生理泵等一大堆东西。

“八十年代纽约的男同性恋者抱团取暖，融合成一个更紧密的圈子，”巴斯继续说道，“这样可以更好地应对厄运。道连干成了一件大事。他尽管富有、英俊，外表看上去永远不老，但人们对他的口碑极差。大家都对他的丑事有所耳闻，他的名字总和一些不光彩的事件联系在一起。甚至有人说道连是艾滋玛丽，心肠歹毒，故意传播这种病毒。”

“你那时是什么情况，我亲爱的巴斯？道连有没有像他当初说的那样，在艺术界替你闹出一番动静？”

“他在格林威治村帮我建了个工作室——这也许就是你所谓的动静。他也四处花钱，找来一帮搞艺术的，举办一些群体展之类。但没过几个月，我又沾上毒品。整个八十年代中期对我来说，又是人生一大黑暗时期。到 87 年年初，安迪[1]去世，事情变得愈发糟糕。糟透了。”

确切地说，事情都发生在梅萨街的一幢通透式公寓里。这所公寓

---

[1] 此处指安迪·沃霍尔，死于 1987 年 2 月。

有高挑的窗户和巨大的天窗。透过天窗映入眼帘的是曼哈顿市区令人眩晕、直插云霄的建筑。而世贸中心双塔像个冷血的钢铁之神分开的双腿，正接受周围新古典风格的低矮建筑顶礼膜拜。这些建筑所占不止一两条街道，而是长达二三十条街道。

公寓内部是一间方方正正、刷得雪白的大房间，看上去新潮、整洁。但这些只不过是附庸风雅的伪饰罢了。因为在房间两件开裂的人造革沙发、窗棱和水管下面都藏着一层污垢。甚至就连房间的角落也堆放着垃圾。

巴斯和道连就在这间简陋的工作室内站着。巴斯和从前一样，浑身冒汗、发抖，嘴里语无伦次、结结巴巴地说着什么，体内的各种化学物质在折磨着他，排斥着他。而道连穿着一身午夜蓝天鹅绒外套，一条爱马仕方巾从胸前口袋里伸出，像嘴里吐出的白沫。两人凝视着一尊放在胶合板基座上的雕塑。这尊雕塑是由一堆弯曲烧焦的汤勺焊接在一起，看上去像是极其复杂又极不稳定的分子模型。

工作室的一张沙发上坐着一个叫加里的黑人小伙子，头发像乱蓬蓬的天线直立着。他正神情阴郁地用一个汤匙调配一份毒品的量。这个行为和刚才那件艺术作品显得不怎么搭界。一个紧张兮兮的拉美裔少女正用贪婪的眼神看着他。她的衣服上粘着血渍。房间里一个巨大的扬声器传来手摇风琴弹奏出的怪异的音乐声，把这个污浊之地俨然变成一个不是很热闹的露天集市。

——这件作品他像是花个把小时就能搞定。

——别说疯话，道连。光这里面焊接的活儿就很费功夫。

——那好，如果他花一百个小时搞出这玩意，那他也太笨了。

——不对，道连，这次是你不对。你对曼哈顿还不了解。在这里，外表和美感是一回事。在这座城市里，衡量艺术品的标准就是能否批量生产。既然一次能复制一百份，干吗还要费力地做一份呢？既然一次能弄弯一千把勺子，干吗只弄弯一把？

——对呀，既然能从我这里诈去一万美元，干吗只诈一美元？

——关键是这个加里现在很红——他是让-米切尔的好友；他在切尔西的第七美术馆举办过个人展。他是这儿的宠儿，在这儿如鱼得水，游刃有余。

——照你的意思，他不过是安迪·沃霍尔掌中的玩物。

——我只是说，他确实和安迪合作过，就像他和米切尔合作过一样。

——我也没别的意思，就是调侃一下曼哈顿的这些帝王们。巴斯，你知道吗，五年前当我听说你在伦敦追随安迪·沃霍尔，我心想，此人及其作品或许真有一套。可现在当我亲眼看后才发现，他的那些东西和世界各地那些老变态们捣鼓出来的无聊玩意没什么两样。他不过就是个干瘪老头，脸上坑坑洼洼，一头白色拉斯特法里式的假发，拎个磁带录音机和拍立得相机，嘴里含混不清地嚷着这个名人那个名人："哎呀，道连，你难道不认为某某如此神奇……"他有个鸡巴品味——他所提到的都是最末流的演员，自己嘴里却馋得流涎液。

——我想你不是太清楚这些事，道连。

——不清楚什么？不清楚他现在是死而不僵？去年他演的那个烂片子叫什么？《爱情漫游》？

而那个加里，现在已经过足了毒瘾，看什么都顺眼了。他在沙发上插一句，那片子叫《爱情小舟》，伙计，叫《爱情小舟》——他演得棒极了。他是个花花公子。

——这人是个花花公子？巴斯，我怎么总是听到这种废话？

——道连，我觉得你当年在这里的时候，是六七十年代吧——时代在前进。

——嗯，没错，直接前进到停尸房里了。

——搞艺术的现在过得都不好，道连。他们觉得日暮途穷。但我听说你现在四面出击，干得很好。

——那么，巴斯，你希望成为什么样的人？像安迪·沃霍尔那样，清洁工没把他的电话听筒擦干净就暴跳如雷的那种小人吗？

——他确实有他的怪癖，

——仅仅是怪癖？他像个邪恶的疯老婆子，看到一只蟑螂往屁股爬，就吓得不轻。

——道连，你现在变成另一个人了，变得我已经认不出你了。

——你是指我不再是你片子里那个愚蠢、猥琐的道具？

——嗯，如果你想让那些美术馆再火起来，可以反复在那儿展映《阴极的那喀索斯》。借着你现在的名声，一定会大赚特赚。

——比你从我这里赚到的可卡因和白面还要多吗？

——道连，你这屁话什么意思？哪怕是亨利，现在也没你变得坏？

——亨利，就是亨利也不像你现在这样，成了窝囊废，吃软饭的，巴斯。

巴斯这时软了下来，没有将刚才这番唇枪舌剑继续下去，而是又说了一些蠢话，像“道连，我俩当年毕竟有过一场……我们过去经常做爱”，说着竟然要落泪了。

“为了和你做爱，巴斯，我差点把自己变成了性受虐狂。”

道连绕着这一堆勺子走着，这三十多把勺子横亘在自己和巴斯之间。

——道连，把《阴极的那喀索斯》再带来吧，它会使我俩重回过去，和好如初。

——巴斯，我现在已经有心无力了。我俩之间已经结束了。这些年来，我对你这张神经质的脸越来越腻味。我还要告诉你一件事，巴斯。等你从这里搬走——因为我已经退租了，你明天就得搬走——请帮帮忙，将这堆勺子餐具给我一并带走。说着，他将加里雕塑中伸到外面的一把勺子用力拔出来，这一下让整个雕塑叮叮当当坍塌下来。

——嗨！那位艺术家大叫起来。你毁了我的雕塑，伙计——快住手！

——是吗，可是该死，我已经干完了。你想怎么办，伙计，打电话给安迪·沃霍尔抱怨吗？

加里从深陷的沙发里一跃而起，两人弯腰屈膝，摆起格斗的架势，围着这座雕塑绕起圈来。后来还是道连打破这幕闹剧。他狂笑着走了出去，将那把勺子照着加里的脸扔过去，然后甩门而出。他戏谑的浪笑声和脚步声沿着楼梯直传到楼下。加里又坐回沙发里，那个拉美女孩在一旁抽泣着。巴斯一屁股坐在地板上，手摇风琴的音乐声再度响起，衬托出虚空无聊。

* * *

谈话再次告一段落。巴斯轻柔地将烟蒂从沃顿的嘴唇摘下，扔到茶杯里，又想起一阵刺啦声。他低头看沃顿那张苍白的脸庞。眼前这个病人布满血丝的眼睑抽搐着，嘴唇一咧，露出焦黄的门牙。他的嗓子发出呜呜声，像一只熟睡的狗在梦中追逐猎物发出的叫唤声。“我刚才说的这些事，不知道你听见没有，老朋友？”巴斯喃喃地说。“我称呼你‘朋友’，亨利，因为我还认你这个朋友，不管我们之间发生什么事。我把你看成一个即将撒手人寰的伙伴，就和我自己一样。”

巴斯叹口气，站起身走到玻璃隔断前，透过玻璃朝隔壁房间看。那里躺着一个年轻人。他剩余的生命只能通过呼吸机发出的机械突突声来标记了。看了一会，巴斯又回到沃顿床前。他伸出手摸摸沃顿的平头，拳头正好填满沃顿深凹的眼窝。巴斯仿佛想通过这种动作平复他和沃顿那些被勾起的狂暴往事。他觉得自己现在需要一种自我保护，使自己免受这位老朋友疯狂境况的影响。至于未来，更是想起来就不寒而栗——最糟糕的事都集中在将来。一想起那些事情，他像是患上了情感消化不良症，怜爱、悲悯、恐惧自我保全，百感交集。最后巴锡尔·豪伍德总算平静下来；现在是进无可进，退无可退，他开始自言自语起来。

“也许现在正是和你说话的好时候，亨利；要是等到你清醒了，我可能就没有勇气开口了。不过说不定你现在能听见我说话呢。好的——相信我——我选择这时和你说话，不是单独为了你或我，而是为了我们两人的好。”巴斯深吸一口气。而沃顿虽然神志不清，但脸上依然挂着嘲讽的表情。“瞧，我觉得我了解你，我明白你愤世嫉俗的面纱下隐藏着什么——你就是个孩子，被自己感知与被感知、爱与被爱的能力吓坏了。在这点上，我也像你，但面纱终究要摘去，要摘去……就像……就像我们新愈合的伤口上的硬痂。而藏在下面那个易受伤的巴斯终究也要暴露出来。”说着他又站起来，在沃顿的床边走来走去。

“我后来从纽约逃了出来，亨利。一个圈子边缘的朋友——他是个经济宽裕的男同性恋者，道德上无可挑剔，这种人确实是存在的——他资助我前往中西部休养生息。我不是说这种事情很惬意——妈的其实一点都不爽——但这确实让我走上了康复之途。我到那儿后发现，亨利……好像一觉醒来，来到一座具有超现实色彩的孤儿院……周围人来人往……这些家伙在外头都是十恶不赦的瘾君子和惹是生非的酒鬼，但进来后都成了孩子……个个都是自高自大、吵嚷抗拒的孩子——我要毒品点心！ 你能想象到，我就是其中嚷得最凶的那个。”

沃顿的眼皮动得比刚才要快一些。他是睡着了，抑或是在做梦——只是这种受毒品麻醉状态下的幻想和巴斯口述的景象交织起来，共同构成了一本只能从特定角度才能看清楚的电子书。这个角度在他和巴斯之间，横亘此时和彼刻，此地和异域。

* * *

这是间木房子，里面住的都是瘦骨嶙峋的家伙。房间四壁用的材料是北美油松，地板是抛光的松木。屋外常绿树的树阴将房子一分为二，完全遮蔽了后半部分。房子的前部连着许多棚屋。这些棚屋和这间房子显然构成了一个营地。在这个营地里，墙上到处是各种口号——“一个人不能，大家一起就能”，“过简单的生活”，“只为今天”——这些口号合在一起不由得让人觉得这是在推销一种类似蛇油的子虚乌有的神秘商品。营地里放眼望去，到处都是带形照明灯、灭火器、指示人们如何挤出泡沫的告示牌。这些物品无不在呼唤一个词“秩序！”而屋内每个人都紧闭其口，身体却能看出坐立不安。这十个背景各异的二流子坐在塑料椅上，围成松散的一圈。他们在椅子上抓挠、摇动、揉弄身体。显然这是戒毒后的反应。这些人当中，身子倾斜扭曲程度最大的就数巴锡尔·豪伍德。

一个叫比利的家伙终于开口了。他戴着顶棒球帽，头发被帽子挤成弯曲的一绺一绺，脸上的粉刺像灭火器一样红。巴斯，你肚子里装的其实都是屎。你总爱谈论交往过的那些名人，那些傻瓜——

——你得的艾滋没准就是这些傻瓜中的某个传给你的。你是想带着这些烂事下地狱吗？是不是，巴斯？一个绰号叫大熊的家伙也加入进来。他的块头、气色和浓密的胡子让他这个绰号恰如其分。

亚诗礼，一个外表看上去像私立学校学生模样的阿司匹林戒断者也尖声尖气地插话。你说你爱过别人，巴斯——可我不认为你会爱上别人，哪怕是那个迷死你的道连。我觉得你根本不懂得什么是爱。

斯韦恩是这组人的管理员。他留着短短的棕色头发和齐整的棕色胡子，从外表看是个标准的北欧人。他看上去极其正常，正常得在这群人中显得不伦不类。让人难以相信的是，他自己居然也是个正在康复的成瘾者。可什么能让他成瘾呢？木头吗？他走过来打圆场，说："好了，伙计们；巴锡尔的故事我们都听完了，各位伙伴都发表了自己的看法。巴锡尔，我现在想听听你对大家的观点怎么看？"

——你问我怎么看，斯韦恩？我感到有些作呕。要不是非要荒谬地将这帮家伙当成我的伙伴，我一定会被激怒。很愤怒。不过，主啊！原谅他们吧，他们不知道自己在做什么。此时眼角的泪水推翻了巴斯刚才这番义正辞严的话。

斯韦恩想，这种同伴评价法向来屡试不爽。不管你是什么样的成瘾者，聪明伶俐也好，凶恶残暴也罢，在这里都要过同伴评价这一关。你觉得自己是耶稣吗，巴斯？你是在向你的病殉道吗？

——什么病，斯韦恩？

——吸毒成瘾的病啊，巴斯。

——啊，妈的，又来这一套。既然它是病，怎么没通过病毒传染给你啊？

——不是所有的病都是靠病毒传染的，巴斯，这点你知道。

——就算是吧，那你说这病怎么治？

没等斯韦恩开口，那个凶神恶煞的奥丁就在一旁动作夸张地弯曲他那强健的二头肌，显示自己结实的体质。没有药可医治，巴斯，你在这里待这么长时间应该知道。假如你从自欺欺人的迷雾中走出来，也许就能发现我们能给予你的东西。我们无法帮你医治，但我们能给予帮助，对不对，伙计们？

* * *

"反正我跟你说，亨利，无论是吸毒成瘾还是艾滋病，谁知道有没有一种治疗手段呢？我不想劝你采取我这样的康复疗法，现在回过头想想，就算我一开始就采用在康复疗养院那样的生活方式，也难保自己不走上邪路，说不定那还是诱因呢。不过康复疗养院给我一个机会，让我变得井井有条。"巴斯边说边践行自己的话。他把烟灰缸里的烟灰倒进垃圾桶，将酒瓶里的残渣倒进水槽，把医院里的瓶瓶罐罐放到医用托盘里，将沃顿的衣服叠好，放在裤子熨平器上。就算巴斯这番柔声细语的讲述根本无法改变像亨利这样愤世嫉俗者的性格，他的举动至少表明，他自身发生了积极正面的变化。

"你如果神志清醒，就会发现那儿的人们使用的是可笑、甚至说是令人作呕的语言，但我在康复村却经历了心灵的苏醒。”巴斯说着竟笑出声来。“人要是一旦悟道，哪怕死期大大提前也不怕，那总比懵懂地长久活着要强。而且在康复村，你还会收获浓烈的友谊，亨利。在那儿，你会遇到三教九流的人。你要么喜欢上他们，要么发疯似的恨自己。我和一个叫大熊的家伙交上朋友。他曾是黑道上的人，手上有血债。他是个黑人，从芝加哥那边的康复项目转过来的。他的性取向正常，却在监狱里强奸过几个男同性恋者——不过我在治疗时，他对我的帮助最大。”

就像那种为癌症临终关怀医院拍摄的宣传片那样，两个病人在湖边散步，灿烂的阳光照在碧蓝的湖水上，让两个人都显得虚幻。巴斯和大熊漫步在这一派田园风光里。大熊这个大块头的黑人用胳膊紧紧搂着巴斯狭窄的肩膀。听着，巴斯，他说道，这儿真是好极了。

——你是说自己待在这里很爽，是吧。

——我记得当初刚来时，同伴们用语言折磨我，我尖声叫喊着，脑子里闪过一幕幕过去混乱的生活。那些生活片段像箭一样刺着我。我叫苦连天。他们只好把我送到县里去住一晚。康复专员亲自开车送我去的。

——什么？斯韦恩亲自送你？

——是的，我跟你说，巴斯，斯韦恩是真关心人。真的。

——呃，他关心也好，不关心也罢，反正我们得了绝症，免不了一死，大熊。我们还是会死——所以洁身自好，参与这个项目，有个屁用，到头来还不是难逃死劫？巴斯一副自暴自弃的样子。

——死亡配不上你，巴斯，死亡配不上你。死亡配不上我们大家……他用大手搂住巴斯的头，就像一位母亲在保护婴儿的头颅……

我准备照他们说的做，他说，我准备洁身自好。我不想死的时候还是个自怨自艾的瘾君子。

巴斯帮沃顿收拾完病房后，坐在床边椅子上，低头看他的朋友。进行这样的值夜，不禁令巴斯又忍不住想起先前守护沃顿的几次值夜。还和以前一样，沃顿静静地躺着，情况不是太好。不过或许他并没睡着，只是在那里一动不动，生怕万一听进去巴锡尔·豪伍德的话，会令自己的豪迈气概在死亡面前坍塌。

“他后来果真死了，亨利。我就在跟前。那个地方不像这儿，有风骚的护士和人模狗样的医生。那是个位于芝加哥南部的一个破败的康复病房。那里的男护工还没等那些患肺炎、卡波洛氏肉瘤等艾滋病并发症的病人咽气，就赶紧将他们塞进运尸袋，拉上拉链。因为他们知道这些病人肯定活不成，而到时他们又不想碰他们。那些被装进运尸袋的病人在里面哀嚎尖叫，屎尿全堆积在里面。我和大熊那组的伙伴们坐在一旁为他值夜。我们将他浑身擦干净，向急救医生吵着要止疼片。总之是我们在照看他。我跟你说，亨利，大熊最后死得很有尊严，很体面。他生前是个没有前途的贫民窟男孩，一个瘾君子，一个毒贩子，一个杀手。最后死得却很有尊严，因为他学会了一点自爱，也让别人喜欢上自己。我在想，我们是否也能像他这样，亨利？我现在给自己制定了一套饮食起居制度。我每天花一个半小时熬中药——现在我只将这玩意推进体内，不玩别的了——我做针灸，并且服用各种预防药。但每天的病毒数都会增长一些，这些病毒比我聪明，在我采取各种措施前先下手为强。每年我住院的时间都会延长一些，和你一样，将齐夫多定、双脱氧胞苷、双脱氧肌苷这些抗艾滋药物通过注射点滴输入体内。但每年体内病毒——我戏称是软体动物——还是会成倍增加，带状疱疹在我结肠内激增，我的体重不断下降。我们已经足够幸运了，亨利，我是指你和我。但是死亡毕竟不是件好事。”他俯身关掉电灯开关；整个房间一下子陷入黑暗中，夜晚的医院像个不安分的坟墓。“那就这样吧，亨利，晚安。我想说的是，我一点也不羡慕你，时不时还能从那群混蛋那里搞点白面抽抽。不过这种事时不时……我也干过。”巴斯最后离开病房。不过若是他在门外驻足片刻，就会听到里面传来抽鼻子的动静，说明他刚才的话被亨利听到了。但这只是或许。

10

米德塞克斯医院的岩石混凝土门脸前，汽车喇叭声和救护车的警报器声齐鸣。黑色出租车老旧的刹车片发出的嘎吱声，风钻的轰鸣声，仿佛一个个能看得见的惊叹号，向街道两边扩散。这座城市的地形向东逐渐变低，仿佛早晨人们见面躬身致敬。从亨利·沃顿那间小病室门外，传来橡胶轮胎在亚麻地垫上滚动发出的吱吱声，陶瓷瓶罐在塑料箱里的碰撞声以及盛放药品的手推车由远及近的叮当声。沃顿费力地睁开眼睛，却发现门口走道里挤满了医科学生和实习大夫。他们和各行各业里的年轻人一样，脸上带着书卷气，白大褂的口袋里鼓鼓囊囊塞着传呼机、听诊器、圆珠笔和口香糖，而眼神像好色之徒那样睁得大大的，只不过蒙上了一层职业性的漠然。

沃顿将眼缝撑到最大限度，才发现有两名男子居然勇闯进来，面带愠色地看着他。这两人面相凶恶而狡黠。他俩一定是趁沃顿被视野中的灰色斑块遮挡，才走近而没被发觉。但现在沃顿看清了来人是谁：一个叫斯皮托，是名医学顾问，也是肿瘤专家，另一个是凯文·斯特鲁德，高级护理主管。“我亲爱的，”斯皮托的声音像猫叫，“沃顿先生，今天你的狗窝怎么收拾得这么整洁？”他是个高个子，弓背曲肩。他那前伸的下颏在脸上如同炭画在纸上留下的印迹。他还真把自己当成个猫咪，说话像猫一样叫唤。

沃顿动了动身子。“是吗？”他转动眼珠子朝周围看看巴斯昨晚收拾好的房间。“噢，是这样。”

“是你或其他医辅人员收拾的吗，凯文？”

“不是，大夫。”凯文双臂交叉，放在胸前。“是看望亨利的人收拾的。”

说话的工夫，沃顿从床上探下身子，发疯似的打开床头柜的抽屉，翻找起来。最后他显然找到了要找的东西，重新瘫在枕头上，长嘘一口气。

“你是在找藏着的毒品吧，沃顿先生？”斯皮托现在又变成了一条蛇，说话的样子像咝咝吐着信。

“我没你有福，能用手推车把药品送过来。”

“沃顿先生，你能不能给我一个不去报警的理由？”沃顿在专心致志忙自己的事情，对这个警告置若罔闻。他拿着一个梳妆镜，仔细端详镜中自己憔悴的样子。“我跟你说话呢，沃顿先生。见鬼，能说说我为什么不该去叫人把你抓起来？”

“你还没走啊，斯皮托？对不起，每次别人指责我时，我都要照照镜子——瞧，连我负疚时的良心也这么自恋。”这话完全是答非所问，像是学生情急之下口不择言——斯皮托的怒气可想而知。

“看来今天早晨我非赶你走不可了。鉴于你现在的情况，我准备让你……”学生中传来如释重负的叹气声：“直说吧，到现在这个程度你居然还在吸毒，你也活不了几周了，就算你不死，我也不会让你回病房了。”

学生中传来悄悄的争论声——希波克拉底[1]的徒子徒孙们并不想真正做些康复工作。和那位康复顾问不同，他们不认为大规模强制性戒毒以及禁止同性恋会解决艾滋病的传播。但现在他们不必担心了，因为沃顿接下来的话进一步表明了态度。“既然如此，你们不妨送我到伦敦的医院。在那儿我会顺其自然地了结生命。”

“你愿意在哪儿死，我管不着，”斯皮托厉声说。“只要别死在我的病房里。”

“当然，我不会拖累你们的数据的，对吧？不过假如你这里的病人全都老实听话，且怀忏悔之心，最后却都死于吗啡中毒，你就统统撒手不管，对吗？”

“你胡扯什么，伙计？”斯皮托面露不悦，脸色涨得发紫。“这儿不是餐馆，你可以自带酒水。”

“你手下这帮混蛋倒是允许自带酒水，”沃顿轻蔑地哼着，“但却把顾客的瓶塞摁紧不放。”

“你是在暗示”——斯皮托一时语塞，显然强忍怒火，“你一直在贿赂我的员工吗？”

但沃顿由于在这番唇枪舌战中占据上风，志得意满，反而闭口不言了，把斯皮托晾在一旁，像岸上的鱼，张大嘴喘着粗气。

凯文在一旁清楚地觉察到房间里的权力平衡发生倾斜，于是插话道，“我觉得，你不该告诉某个病人他将不会被收治。”

“什么！”

“只有圣玛丽医院和这里才收艾滋病人。如果他去了那里，就会

[1] 古希腊医师，被尊为“西方医学之父”。

把这里的情况抖搂出去。”

“在老子的病房里，用不着别人告诉我什么能做、什么不能做！”

沃顿心满意足地看着眼前的争吵扩大升级。“一旦大夫们彼此观点相左，”他暗自思忖，“病人就得自己拿主意。”他本可以就这点大肆议论一番，但就在这时，巴斯来了。他剃的平头沿着走廊一点一点移过来。“啊！”沃顿大声叫道，“接我的人来了。”

斯皮托正好利用这个机会，借机脱身。他直起身子，阔步走出沃顿的病房。那群未来的大夫们，毕恭毕敬地小跑着跟在后面。

“你是来带我出去吗，哈哈，呵呵，嘻嘻？”那伙人一走，沃顿就对巴斯打趣道。

“对，我上午给蝙蝠脸打了个电话，她让我——她自己今天在学校有节讨论课。我去切尔西把你那辆捷豹开过来了，现在就停在外面。”

“那好，我们出发吧。”沃顿开始把床头柜上那些毒品和香烟往一个超大号的盥洗用品防水袋里装。“我妻子就是个好大夫，比这帮家伙们强。”

“噢？据我所知，她只是个历史学博士。”巴斯在床边扶沃顿下床。

“嗯，不过现在医学既无法治愈绝症，也无法治愈粗鲁。”

十年对于汽车的轮毂罩实在是太漫长的一段时间。这辆捷豹车的三个轮毂罩都丢了。暴露在外的轮毂螺栓赋予了这辆车某些构成主义[①]的气质，像是被一个喜爱捣鼓机械的小孩从路边捡回来，并用黏

① 艺术上的一门流派，对现代雕塑有决定性影响。

糊糊的手把轮子卸掉。或者还有可能，就是这个小孩一直在沙坑里玩这辆捷豹车。因为这辆车现在不仅仅是保养不周，而且遍身污秽，上面覆盖的不仅是泼溅的鸟屎，还有已经硬化的排泄物。某个怀着嫉妒心、带着孩子气的家伙野蛮地用钥匙在这辆捷豹车的侧身刻划，留下一道道长长的带弧线的划痕。车子内部，十年的光阴在车座上留下厚厚的淤泥层。这辆可怜的捷豹车，当年宛若一位肥头大耳的爱德华时代绅士，手握猎枪，站在一堆刚打到的猎物后面张狂炫耀，不可一世，现在却在公园大道被红绿灯困住，四周挤满了四四方方、油光锃亮、像一个模子造出来的汽车，就好比狩猎雉鸡时，突然涌进来一群俗气鲁莽的黑手党。

沃顿现在虽然瘦脱了形，身上却和当年一样，披着三件套花呢大衣。“今晚你会见到他。”他坐在副驾驶上，推心置腹地对开车的巴斯说。

“今晚？”巴斯并没问他是谁。

“板上钉钉的，还有一帮老哥们——老费，坎贝尔，简·纳伯勒。对我来说，就是个小型的回家欢迎会。但你也可以利用……”

“我——我不知道你什么意思。”

“噢，得了吧，巴斯，你说你需要他帮个忙。况且，我确信，你会忍不住想了解他的境况。”

“嗯，见了他会是什么样的场景呢？”这时交通信号灯转入一闪而过的橙黄色。巴斯把挡位扳到驾驶挡，小心翼翼地开着这辆昂贵的破烂货，向前驶去，绕过海德公园演讲角，沿着骑士桥，驶向远方。

“有谁能想象到呢？”沃顿在一旁说。“八十年代末是道连在风月场上的全盛期；他的花瓣在炎炎夏日爱的微风中摇曳。他彻底膨胀开了，时代像条肥大的内裤，被他穿得大小正合适。他用大哥大喋喋不休地打电话，摇头晃脑地戴着棒球帽，嘲笑挖苦年轻人，当然还耽于各种幻想。他带着惯有的漫不经心，和他那些心血来潮的伙伴们一道成为时代弄潮儿，当然也经历种种风险。我想他甚至还用‘道’这个签名到处招摇。他欺骗人们，令他们误认为他的家乡是梅德斯通，自己是出生在早产儿恒温箱里。其实他和他的伙伴们毫无二致，都是伦敦郊区的孩子。”

“他曾亲口告诉我，当年在牛津环城公路的高压钠灯刺眼的强光下度过的那些噩梦般的夜晚。他和他那帮头戴风帽的哥们一到晚上就暗中监视加油站加油处的动静，等着某个马大哈下车不熄火，便一个箭步冲过来，手忙脚乱地捣鼓一通，开车就走，只留下一道车辙和傻乎乎的车主在后面尖叫。他们通常绕着英格兰中部开上几百英里，从满是红鹳的田野，开到放着电子乐的喧嚣的剧院入口处。”

“啊，巴斯，我们都生早了，没赶上好时候，对不对[①]？要是生晚一点，我们也能玩玩那些数不清的年轻尤物们汗津津的身体，他们就像是激素和汗水的欲海里的海草那样颤动着。要是生晚一点，我们就能像道连那样，在肉体的曼荼罗[②]里起舞，汗水就像某个印度大神的精液在眉间划出一道弧线。”沃顿这番华丽的抒情，在动作幅度上把握得恰到好处，正好让叼在嘴唇间的香烟不至于掉下来。

令沃顿吃惊的是，巴斯此时突然开口道，“给我来一支，亨利。”

“什么？我以为你戒烟了呢，伙计。”

“嗯，有时来一支便宜的也无妨。”他拿过盒子。

---

① 原文为法语。

② 佛教和印度教修法地方的圆形或方形标记。

“这里面的可都不便宜，巴斯。这些是土耳其国家烟草专卖产品，是世界上道德含量最高的烟草。每次你点燃一支——一个库尔德人就会死去。[①]”

“抱歉，我又扯远了。还是说说道连吧。道连就是为青年量身定制的崇拜偶像。这种崇拜必须要有兴奋剂、毒品和歌舞调制而成的鸡尾酒助兴。他在这方面如鱼得水，巧舌如簧，像一只猫在一片大腿的灌木丛中……他成为这种场合不可或缺的‘一景’，以至世人以为他只有这一面。但道连这样有才的人，行事一贯变幻莫测。他永远将自身各不相同的层面展示给这个世界。巴斯，想想他躺在邦瑞式[②]尽头房[③]的父母卧室乱糟糟的羽绒被上，周围是一圈十几岁年轻人的胴体。这样的景象，谁不嫉妒他——年轻人谁不爱腥味？”

他们开到哈罗德百货公司附近，遇到交通信号灯，又停下来。这家百货公司就好像一个巴比伦式的跳蚤市场。巴斯盯着橱窗里一个身上裹着价值一千英镑范思哲圆筒装的人体模型无生命的双眸。那些冷冰冰的数字从橱窗玻璃后面向他招手，仿佛在召唤他过去。他转过身对着沃顿，把那包香烟还给他，同时用僵硬的手指接过沃顿递过来的打火机，点燃香烟，脑子里竭力不去想，这样做无异于用一张导火纸点燃自己一触即燃的本性。“你的意思是，亨利……”他想把注意力集中到刚才谈论的话题，但香烟的烟雾却使他感觉嘴里像架起柴堆，生起了火，使他无法呼吸。“……难道就没有一个孩子感到毛骨悚

---

① 此处是讽刺，由于土耳其政府长期与库尔德人作战，而烟草业在土耳其是国有垄断，所以抽土耳其香烟，等于变相给土耳其政府捐款。

② 全称是 Barratt Homes，邦瑞集团，是英国最大的房企。

③ 尽头房是指一条死胡同中最靠里的那栋宅子，由于位置靠里，环境宁静幽雅，房价通常较高。

然——甘愿被一个二十八九岁的男人这样玩弄？”

“他的长相具有欺骗性，巴斯——这是问题的关键。时间在我们脸上会留下刻痕，就像酸会腐蚀金属，但道连的面容却像素描人物般清纯，看不出任何腐朽的气息，再说他本来也不显老。有时我突发奇想，到底是谁巧施魔法，把道连从画里变出来。”

“别忘了，巴斯，八十年代中期袭击我们这个海天岛国的各种浪潮中，除了艾滋病，还有一样东西，那就是你的美国朋友们带过来的新风尚——发达的胸肌和三角肌。城市里无所事事的混子们都在‘苦练’，好像要通过提高肌肉质量来抗击艾滋病对人体的侵蚀。而没人比道连更擅长有氧运动了。他永远那样光彩照人，好像在试验风洞里整夜跳迪斯科。到了滑雪季节，人们总能在克劳斯特[①]——英国皇室用他们的急剧衰落在这儿换来个速降比赛的观众席——附近看见他在玩直线速降。他把双腿紧绑在滑溜的滑雪杖上。道连那不明不白的社交轶闻和性事谣言产生了扑朔迷离的效果，让人们觉得他捉摸不透，无法理解。他是男同还是直男？是纨绔子弟还是市井混混？噢，对了，他年纪到底多大？”

“他对这些揣度应付裕如，表现得极其冷静，巴斯。我原本想做道连的引路人，但他却比能设想教出来的门徒更出位。那时人们普遍认为同性恋这个群体有可能会无声无息地自生自灭。但就道连而言，他反而会过于招摇而使外界对他熟视无睹。真的，他总是适时适地露面。记得有一次，我去观看一场前卫艺术表演，台上雷·波维瑞[②]在模仿女人流产的样子，我突然萌生出一个想法，觉得道连正在为八十

① 瑞士滑雪胜地。
② 雷·波维瑞（1961—1994），行为艺术家。

年代后期男同性恋者示范精神上的拟娩[1]。如果说波维瑞可以算是男性中的母亲，那么道连就是这种母亲中的母亲。他展示的是男同性恋者如何向公众分娩出自己的形象。”

说来也巧，沃顿这一通长篇大论刚说完，他们也到地方了。随着嘎吱一声，巴斯将那辆捷豹车停在路边，熄灭引擎。车厢里一片死寂，气氛极其压抑，只有金属冷却收缩时发出的守灵般的嘀嘀声。车厢外面，沃顿的家还和当年一样，被树荫遮蔽，看不出什么季节：绽放、盛开、结果、坠落，全在同一个季节里体现。这是一种超自然式的拟娩。樱桃树和苹果树的花朵飘过人行道，而花园里的百花——从雪花莲到蔷薇，从丁香到飞燕草——正在盛开。而十年前长得不过半层楼高的紫藤，现在已经覆满临街房舍的门脸，像是给这些房子加上了植物胡子。而巴斯和沃顿如同两个小丑，阴沉着脸坐在绿色车厢里，沉思着生活导演的这场丑角戏。

“好了，进屋吧。”沃顿开口，“我们还是进屋吧。我从米德塞克斯医院出来，可不是为了坐在车里。”

“再等等，亨利——”

“还等什么——我现在就想进这该死的房子。我——”

“亨利，你还在瞒着我。”

“你这是什么意思？”

“你没告诉我全部实情——关于道连的全部实情。”

“我想我已经说得够明白了，巴斯；我确实不知道所有关于道连

① 来自法语中的couvade一词，表示男性在配偶怀孕期间经历类似怀孕的症状，是男性想要下意识参与怀孕的表现，表明男性潜意识里想分享怀孕女性所受到的注意。

的事情。没有人知道那么多。我知道一点，你知道一点，还有其他人肯定也知道一点，但没有人知道全部。就是道连自己也一样。”

“道连认识赫尔曼吗——知道他的下落吗？”

“赫尔曼？”

“别他妈跟我装，亨利。”没等亨利说话，巴斯拿起放在两人之间的香烟盒子，用力抖出一根烟来。“你心知肚明，知道我在说谁。赫尔曼，就是把道连迷得神魂颠倒的那个黑人小伙，这家伙把我们全感染了！”

“啊！那个赫尔曼啊，嗯，没错，不过我想他已经离开我们了。”

“死于艾滋病吗？”

“呃……不，还真不是。据我听道连说，赫尔曼那小伙子戒毒失败后，觉得人生无可救药，于是选择自裁，像高尚的罗马人那样。”

“亨利！你说什么，那小子自杀了？”

“没错——就在你们的那部装置作品预展前没多久。好了，把香烟还给我吧。”

两个男人坐在车里抽闷烟，都憋着一肚子气。他们抽得很凶。巴斯本来准备破口大骂这个赫尔曼，但他死了都有十年了。这十年间，人事倥偬，无数因吸毒而瘦得皮包骨的年轻人，因共用注射器而同赴黄泉，他们的尸体被铲进时间的沟壑。

“那道连是怎么知道赫尔曼自杀的？”巴斯最后咕哝道。

“呃，是这样。”——听到这话，沃顿的面色明显舒展开来，因为他可以借这个话头再扯点闲篇。——“这里头有个故事。有次道连去他偶尔光顾的一个毒窟问赫尔曼的下落，结果毒窟里有条毒蛇，一个个头不高但很凶残的老嫖。此人也看上了赫尔曼。他告诉道连赫尔曼死了。但他告诉道连的方式很特别，是扯着嗓子喊叫着，并挥舞着一把刀子满索霍区追着道连砍。此事过后，道连变得十分谨慎。这个老嫖名叫姜头。他一时找不到道连，就放出话来，道连一旦被他逮到，他一定要动用尘世各种污秽手段，宣泄到道连天使般的身体上。”

“问题是”——沃顿将烟蒂从车窗弹出去——“这并非两人最后一次见面。”

“不是吗？”

“不是，后来姜头在别处见过道连，好像是某些聚会场合，俱乐部狂欢派对之类的。每次姜头一见到道连，就像一只罗威纳犬一样朝他扑去……巴斯，时至今日，这些危险的猎犬也在全英国肆虐。我甚至都动了心思，也想搞一只，这样我以后和布鲁杰伊打交道时，就可以硬气一点……这么说吧，这头刻耳柏洛斯要是逮住我们的奥菲士[①]，那后者就玩完了。道连再厉害，也扛不住刀、拳头和枪。”

如果沃顿想用这些话来激怒巴斯，那他注定失望。道连会遭遇什么不测，巴斯根本不关心。巴斯透过这个带铜臭味的豪车的挡风玻璃，望着外面上午九十点钟的和煦景象。一群在校生两个一排地穿着过时的灯芯绒灯笼裤，从车旁走过，一位老师拿着一把伞在前面领着他们。一个女邮递员步履蹒跚地走上沃顿家门前台阶，放下帆布包，从里面抽出一叠长方形信笺，将它们塞进门上的黄铜投信口，然后离去。

巴斯一言不发地下了捷豹车，绕过车身走到副驾驶一侧。他用手

---

① 奥菲士是希腊神话中的诗人与歌手，为了复活亡妻来到冥府，用琴声驯服了长有三头的看门恶犬刻耳柏洛斯。

揪住沃顿那件克龙比大衣的天鹅绒翻领，将他拖起来，拽到车外。他感觉沃顿的身体就像一捆束在粗花呢大衣里的杆子，而粗糙的面颊上散发着恶心的汗臭味，这两者都让他无法忍受。

巴斯像一个从旧货市场买来的柱式衣帽架，用身体将沃顿支正了，让他靠在那辆捷豹车布满浮灰的腰部。“上帝啊，亨利，”他喘着粗气，“我现在和你一样虚弱。我不该拖着你到处走动。你要是想去哪儿，就自己去。不—要—再—他—妈—地—吸—毒—了。巴斯对着车门，将这最后一句话一个字一个字地吐出来。”

“稳当点，巴斯……”沃顿说话的样子，好像巴斯是个新郎，或者是匹马。“……稳当点——这次我们没有迟到。”

“是吗？我本来以为你和布鲁杰伊安排的是早晨会面。昨晚我替你收拾东西时，你只剩一点可卡因和海洛因，肯定不够你维持较长时间，对吧？”

“噢，我不知道，巴斯，虽然我肉体有一点戒断反应。至于布鲁杰伊——他不是拉斯特法里信徒，他故意搞得那副样子——留着雷鬼式长发——结果那帮小混混们就真以为他是个抽印度大麻的高人。”

“难以置信。”

“你说的对。但他这一套就是管用。而且正如你所料，他马上就会赶过来。在他的客户中，我岁数最大——年纪大就该享有特权。去年我过生日，他就给我烤了一块蛋糕。”他们走到沃顿家大门口。沃顿手伸到大衣下摆下的口袋里摸钥匙。“该死的钥匙！”他抱怨道，“捣蛋的钥匙！ 总是离不开这些该死的钥匙！”他好像被小小的钥匙烦得要死，几乎快哭出来。

“平静些！ 亨利，”巴斯在一旁劝他。“钥匙我拿着呢，我不是一直在开车吗。”他打开门，领着沃顿进了屋，把包扔在门厅。沃顿蹒跚着朝客厅走去，巴斯在后面跟着。沃顿一屁股坐到躺椅上，巴斯因为脚上穿着便鞋，走起来有点笨拙。

距离巴斯上次来到这所房子已经过去十年了。房子有一些变化，但不如预想的那么大。当年乱糟糟的客人座位区，像是经历了一场十年之久的抢椅子游戏。椅子变少了。空出来的地方正好位于这一长条形房间的首尾两端，体现着两种截然对立的文化。一端是以体现华丽的法兰西第二帝国风范的写字台为代表。写字台非常有利于节省纸张空间，一个个隔层分门别类地盛放着书本、码得整整齐齐的请柬和黄色法律信笺信封。另一端是截然相反的文化，以一张活动靠背扶手椅为代表。主要功能是供人休闲或进行毒品注射。扶手椅前方六英尺处有一台大电视和一个盛放盒式磁带录像机的柜子。录像机顶部和柜子里堆满了录像带。与之相对的是壁炉台上和两个邻近的书柜，里面摆放的全是各种药物，常见的、不常见的、处方药、违禁药，应有尽有。录像机和壁炉中间是一溜孩子的玩具，这儿一只泰迪熊，那儿一本图画书。

“怎么，”巴斯开口道，“家里没人等你吗？”

“嗯，蝙蝠脸今天在学校上讨论课——她在伦敦大学学院兼职教书，同时她还在写一本书，是关于塞维涅夫人[①]的……”

“你对有这样的老婆引以为荣吗？”

“那当然。我一贯尊重知识；有知识的人总是要比没知识的人少一点愚蠢。”

---

① 法国书信作家，其作品生动反映了路易十四时代法国的社会风貌。

“你俩真不可理喻，亨利。真的不可理喻。你俩的关系是怎么修炼到今天这个境界的？你们在一起幸福吗？”

“男人只要没爱上女人，那么随便跟哪个女人在一起都会很快乐。”

“哈！得了吧——这么多年了，你说话还是毒舌。凡事喜欢用你那套格言体残忍地解读一番。”

“巴斯，要不是在手术台上一个施虐狂式的大夫恰巧碰上一个闵希豪生式狂想症[1]病人的话，我不会变成现在这个样子的。”

巴斯看着地上那些玩具。“这些都是菲比的吧。你那时怕她染上艾滋病，带她去做化验。那时她多大？六岁还是七岁？”

“被蝙蝠脸养得像六七十岁。蝙蝠脸还沿用二三十年代那一套方法养育她。把她头发弄成垂下的长卷发，给她穿小背心，请个北方的保姆照顾她。”

菲比的这个保姆还真不经念叨，正说着就来了。她一路沿着散放的玩具走过来，边走边收拾。她一看就像个保姆，厚厚的褐色刘海修剪得直直的，搭在粉红明净的眉宇间，将下方每根眉毛都映衬得清晰可辨。两个胖嘟嘟的脸颊中间各现出一团红晕。她的穿着也滑稽——天鹅绒发圈、褶状衬裙、粉蓝色紧身衣、加厚无袖夹克背心、双色条纹上衣。“噢，天呐！”她一看见这两个男人就吃惊地叫了起来。“亨利——不，沃顿先生……对不起——我不知道您回来了。”

“没关系，克莱尔，我回来了。在大城市度过一段激动人心的时光后，我又回到可爱又封闭的小地方。这位是豪伍德先生。”

---

① 又称“人为混乱综合征”，是一种病人不断地编造夸张的病情并不断求医的心理疾病，病名来自小说《闵希豪生男爵自述》。

“您好！”她伸出一只铲子形状的手。这只手长期接触各种污秽物，有马的，也有人的。

“嗯，我很好。我觉得——”在美国待久了，巴斯习惯于把客套寒暄当成是真切的询问。

“他的意思是——”沃顿插嘴道，“虽然染上了高速传染病[①]，但和我一样，目前还不错。不过最好不要靠近他，克莱尔。他哈口气都会传染给你。”

沃顿要是想用这种小伎俩调侃一下克莱尔，那他注定会失望的。她将铲子般的手扣在沃顿的前额上，鲁莽地嚷道，“你在发烧，亨利，我来扶你坐下。从医院带回来的药是放在客厅的小旅行包里吗？”

“是的，”巴斯说，“是我放的。”

“我去取。”

她一走开，沃顿朝巴斯不怀好意地看一眼，意思是这套虚情假意的关心你也信？但巴斯对克莱尔得体的举止很满意，因此没理睬亨利。他从躺椅上站起来，信步走到飘窗前，看着远处的病房。在他身后隐隐传来新一轮唠叨声。

“让我来[②]……对了……真的，你的衬衣湿得都能拧出水。我帮你脱下来吧。西多福韦[③]是不是还是三小时服一次？”

“我才不吃那鬼东西——那玩意不好。等布鲁杰伊来了，他会帮我弄。”

“连治疗由疱疹病毒引起的眼睛发炎的药也不吃？”

---

① 此处原文是“the dreaded lurgy”是一种虚构的疾病，系英国广播公司娱乐性节目 The Radio Goons 中的用词。

② 原文为法语。

③ 一种治疗艾滋病并发症的药物。

“我不想病得连饭局也无法消受。”

“可你要是不吃药，就不可能出席饭局。”

巴斯心里暗想，亨利真有本事，还能在身边笼络这么多对他百依百顺的人。其他男同性恋者要是像亨利这样，伪装婚姻，无节制地嗑药，现在又染上艾滋病毒，那他们能得到的最好下场就是没人搭理。但亨利却能将生活维系得和往常一样；艾滋病毒这种致命的灾难，不过是他用来吓唬他最讨厌的资产阶级分子们的又一个手段而已。这种态度是不是有些贵族气？或者有点看破世事后的超脱？是的，亨利一直就很超脱，超脱于社会，甚至可以超脱于时代，这不仅是由于他的性取向和吸毒使然。究竟是什么东西能令他这么多年来秉持这样一种超脱？他以往从这扇窗户往外看，到底看的是人还是东西？“原来是他！”巴斯目光定格在对面公寓第五层楼上，“摇摆人。”就是这个摇摆人，他还在那里，摇呀，晃呀，既像一个被囚禁在自我脑海里的自闭症患者，又像是动物园里被圈在笼子里焦躁的狗熊。

巴斯盯着这个摇摆人，心里充满着惊惧和怜悯。在他身后，亨利和克莱尔的拌嘴还在继续。上帝啊！这么长时间，这么孤单，这个摇摆人怎么受得了。光阴荏苒，摇摆人这个城市隐者要是没有随时光流逝而和外界一样急速变老，倒也能让人有些安慰。但事实却相反。十年间，摇摆已然让这个人面目全非。他的头发变得灰白，面色粗粝显出斑点，V形领的套头衫穿得很旧了。巴斯就这样盯着摇摆人继续在那里摇摆。亨利曾说什么来着？是说摇摆人用自己摇摆的动作，来衡量时间分分秒秒的流逝吗？是说摇摆人像个女巫，预言总有一天他们都会死去？反正看看摇摆人自己恶化的面容，就知道这一天离现在也不远了。

11

暮色像一张猎人的网，将黑暗罩在夏日的伦敦。伦敦呜咽着，扑击着，然后彻底被缠住，安静地躺着不动，蓄积力量等待下一次挣扎。在沃顿这所令人恍若隔世的房子里，天还没黑就开灯了。这么早开灯与其说是为了驱走黑暗，不如说是祛除黑暗带来的恐惧感。巴锡尔·豪伍德一连数小时，心不在焉地看着沃顿经历如过山车般的药物反应后，又来到飘窗前。

对面那个摇摆人的家里，灯也亮着。虽然巴斯没有一直在看他，但他可以肯定，这个摇摆人不会停下来给自己上弦。那么他吃饭、睡觉、拉屎怎么解决？他如何把日常生理代谢与无休止的摇摆融合起来？有没有一个值班天使，像保姆克莱尔那样照顾这个摇摆人？谁会为他缝补脱线的毛衣，安抚他受创伤的神经？有一点可以肯定，在正在前往沃顿家出席宴会的宾客中，摇摆人不在受邀之列。

巴斯从飘窗前转过身来。刹那间，室内落地灯、壁灯、各种悬挂的吊灯和不带灯罩的灯泡，将从飘窗渗进来的暮色冲得一干二净。客人们交谈的姿势各色各样，像纹章里雕刻的动物，或抬头蹲伏，或后腿跃立，扬起前爪。今晚的宴会宛如鸡尾酒大比武。巴斯觉得自己仿佛手无寸铁，来时忘带了道德的盔甲。那他能做什么？他原本打算和亨利·沃顿顶多在一起待一天，问问他康复的情况，叙叙旧。亨利·沃顿的生活环境对他有毒害，他对此心知肚明——一次的剂量还可以承受，但再多就危险了，会造成情感上的过敏反应。瞧，他又开始抽上香烟了！他喷了一口烟。自己怎么这么荒唐！他又喷了一口烟。烟是各种毒品中最无用处的，危害大，最易上瘾——抽烟有什么好？他还是喷了一口烟。

这时一个八九岁、个头矮小的女孩来到巴斯身边。她穿着老式的连衣裙，棕色头发扎成小卷。她那醒目的地包天下颏和龅牙刺破了巴斯沉思自责的外表。她动作娴熟地托着一个盛放笛形细长香槟酒杯的托盘。要一杯香槟吗，豪伍德先生？她尖声问道。

——不，谢谢，菲比。瞧，我是不喝酒的。

——您是什么意思？您是机器人吗？

——不，不，我只是不喝酒，没别的意思。

——我爸爸说，凡是冒气泡的都不能算酒。

——对他来说，也许是这样。但对我来说，这确实是酒。你能给我来杯橙汁吗？

——噢，您既然这么坚持，那好吧。

菲比刚步履轻盈地走开，巴斯身边就出现一个矮个子。这个人算是男人，岁数不小了，外表的皮肤满是皱纹，内在的心理更是浊臭不堪。此人正是老费。久违了，巴斯。我从东道主那里获悉，你现在已经洗心革面了。

——我快要死了，费格斯。和亨利一样，活不了多久了。你就不要再挤对我了。

——是吗，巴斯？鉴于你一贯直言不讳，所以现在你掉进的这个坑，也是当初你自己挖的。

——听你的意思，我是因为直言不讳才走上绝路，而不是因为感染上艾滋病？虽说是老费主动挑衅，但巴斯还是后悔不该和他斗嘴。

——我也不知道。老费吭哧吭哧地说道。不论在辩论方面，还是在医学方面，我都没有发言权。你认识凯文吗？

凯文是米德塞克斯医院的护士。他曾告诉巴斯，自己如何熟稔沃顿圈子里的人。他那白种人俊朗的外表和彬彬有礼，同老费的粗鲁龌龊截然相反。今天他穿戴一新，在这种主流社会社交场合，比巴斯和老费更显得游刃有余。很高兴能在这里又见到您——他主动问候巴斯——我知道您是从事哪一行的。

——真的？这话令巴斯没法不受用。

——真的。我在圣马丁艺术学院修过一门基础课；我的导师十分仰慕您的装置作品。您现在已经功成名就，是英国的比尔·维奥拉——不过这些我不说，您也知道。

——嗯……是吗……巴斯有些激动起来。同样的溢美之词，从杂志上看到和亲耳听见还是不一样的。那你自己后来在艺术上发展得怎么样？

——噢，我退学了。凯文装作一副古今中外所有退学者都惯用的那副无动于衷的样子说道。

是为了我，为了爱情，老费在一旁说。

——不，才不是呢。老费，你别这么说。我退学后，改学护理，但国家卫生服务中心不给我开支，所以我才受雇干起照顾特殊病人的私活。

真是匪夷所思，巴斯心想，但嘴上却大声道，你看上去比我印象中的要精神多了，老费。

——是吗，这个小矮子傻笑着；我现在可以在人前毫不费力地表现得精力充沛——为什么呢，因为我养成了黎明即起的习惯。

——你最近经常见道连吗？

——噢，不，不……小伙子，道连现在可不比当年，他成了名人，不是我们这些糟老头子想见就能见到的。坦白地说，他今晚若是在这里出现，会令我大吃一惊的。他现在有点狂了，毕竟是亨利把他带出来的，他怎么能忘本呢？

这时客厅门口传来一阵骚动，沃顿和蝙蝠脸从各自的谈话圈子里抽身而出，去迎接大卫·霍尔。大卫·霍尔虽然一手拄着三叉的铝合金手杖，另一只手搭在一个年近四十、婀娜多姿的金发碧眼女郎身上，但依旧步履蹒跚。

——啊，老费对巴斯道，来的这位是住房与建设大臣，你认识他吧。

——不，不怎么认识。他这是怎么啦？

——噢，他去年中风了。这中风来得正是时候，神奇地提高了他的知名度。他蹒跚地迈向未来的姿态，活脱脱是这个政权的化身。

——和他在一起的那位是不是就是那位海斯特·华顿？

——正是她。人们说她嫁给他，是看中了他的权势和威望。可惜他是个衣冠禽兽的变态，对吧？

巴斯发现，每次都是这样，只要身处沃顿周围，人们都会不由自主地变得毒舌起来，抓住一切机会贬损别人，用油嘴滑舌的插科打诨把好端端的谈话给破坏了。巴斯自己也不由自主地刻薄起来，说我认识她的时候，她已经和纽约一半的男人睡过了。

——那她现在就在和伦敦的一半男人睡。正在这时，一个闯入者爽滑的嗓音传了过来。巴斯、费格斯和凯文闻声转过头来——

——道连！ 原来是你！ 巴斯激动地叫起来，但心里却暗自鄙夷自己太过热情。

——我亲爱的亲爱的巴斯……巴斯直到听见第二个“亲爱的”从道连嘴里说出来，才意识到这句称呼并不饱含着恶毒的讽刺。其实这称呼里充满了纯真的爱意。巴斯早已忘记纯粹迷人之美为何物，或者更确切地讲，他已经尽其所能地重新调整了自己的审美感官，一般的美色不再能够打动他。然而，这些对道连都不起作用。他再次陷入道连的诱惑之网……意乱情迷[①]。外形俊朗的道连走上前，亲吻了巴斯的面颊；而他转过来对老费和凯文仅仅只是打个招呼，这更衬托出他和巴斯不一般的亲密之情。

巴斯紧紧打量着道连。只见他衣着光鲜，从头到脚都是最新潮的扎眼服饰。他的西服翻领上别着装饰性的锥子，好像是随时用来防范有人来揪他领子。道连的一头金发像一顶金色帽子搭在光洁褐色的脑门上。道连和老费站在一起，后者脸上的皮肤像是透过打碎的汽车挡风玻璃看到似的。就连凯文的面容也如同剥了皮的松树，透露出树木年代学的信息。可道连的皮肤却光洁无痕，连毛孔都看不到。一别五年了，道连，你一点也没变，巴斯大声道。

——噢，只是外面的包装没换，里面的货色早变了，巴斯。你呢，你从里到外全变了。一些消息灵通的朋友告诉我，你就像水晶在

① 原文为法语。

洗洁剂里浸泡过一样，脱胎换骨地清白洁净。恭喜你啊！

——我也是身不由己的，道连。

——胡扯，巴斯，你是真正的艺术家。艺术家首先应该创作的是自己。要想创作时的创造力越狂野，那么重新塑造自己的愿望就必须越迫切才行。

他还要继续长篇大论下去，但这时临时雇来的宴会男总管从房间远端的双开门推门进来，高声宣布，女士们，先生们，宴会正式开始。来宾们没有表现出过多的骚动，纷纷卸下刚才纹章动物般的谈话造型，朝外走去。巴斯在后面磨蹭着，目视道连先和沃顿，再和阿兰·坎贝尔打招呼。坎贝尔费力地从硕大的皮坐垫上站起来。他还是一如既往地衣着整齐，面色苍白，光洁的脸庞上留着一个褪色斑。巴斯发现他那细长脖子围着一条与之不相称的围巾，怀疑围巾下面是否藏着数个 KS 项链垂饰。在沃顿和坎贝尔身边，道连显得像个另类存在。巴斯觉得，道连不仅摆脱了艾滋病毒的魔爪，好像也从各种乏味的肉体欲望中解脱出来。当然，这只是他的瞎猜。在清醒冷静时，巴斯是不会这么想的。道连在门厅遇见蝙蝠脸，和她握握手。她还是和从前一样，可笑而又可怜。接着道连转过身，匆匆向道连一笑，笑得勉强而做作。这个笑容在他走后似乎还像一片羽毛在空气中飘荡。

一个小时后，来宾们已经把第一道菜吃完，相应的餐具也被撤下，而第二道菜也已进行过半。沃顿家的餐桌，又长又弯，像蛇形般纵贯这间兼做餐厅的地下室，一会儿在这里碰到一件家具的突出部，一会儿又在那儿绕过一个壁炉腔或尺寸正巧合适的某个书架。这个铺着白色台布的蛇形餐桌分成一段一段，而即使座位相邻的食客，座位高矮可能也会稍有差异。结果有人就像在小小舞台上表演就餐给其他人看。餐桌上刀叉、汤匙、陶罐、玻璃器皿，和宴会男总管一样，都是临时租来的。这位总管在两个助手协助下，正忙着给客人续杯、上菜。

而对于并不经常参加沃顿夫妇举办的宴会的客人来说，最令他惊讶的事，莫过于发现沃顿夫妇正在从上流社会滑向肠肥脑满的资产阶级。在这间地下室里，软木公告板上钉着幼稚的涂鸦作品和一些快照。家具和客厅里的一样，个个形状奇特，且里面塞得满满的。虽说也有交叉，但主要是男宾和沃顿聚在一起，在餐厅的餐桌边闲聊，而蝙蝠脸和女客在厨房不太舒适却更显正常的氛围里攀谈。

餐桌上杂乱地摆放着一堆酒瓶，红酒、啤酒、波多矿泉水，还有花瓶和蜡扦。食客们的谈话像发射出来的连珠炮，而它们就像从食客的猛烈炮火中侥幸逃出的逃兵。“现如今，”沃顿对坐在右首边的简·纳伯勒说道，“我希望我自己的罪孽能像这盘中的寿司，新鲜、小巧而原汁原味。”

“可是，亨利，你要是透过显微镜看寿司，我想你就不会说这话了。”简挑起一勺奶酪蛋奶酥，比划着以示强调，“它们上面遍布细菌。”

“我也一样，现在浑身遍布细菌。”亨利简洁地回应道。

与此同时，道连正用他一贯的毒舌来调侃那位新晋升为霍尔夫人的海斯特·华顿。她是一位外表冷艳的金发美女，穿着灰色真丝宽松直筒连衣裙。整个人像水蒸气冷凝而成。她的乳头从衣服里向外挺着，就像冰箱里挂着霜的樱桃。“显然，”道连拖着调子说，“海湾战争从未真正打过……”

“你在胡扯什么？”她嫁给霍尔就是看中他说话直来直去，结果却发现她丈夫的这些朋友说话个个都油腔滑调，实在让她吃不消。

“不好意思，”道连让她先别激动，“我看出来让你生气了——”

“那倒没有，我只是想知道你到底什么意思？”

“我的意思是，从来没有什么海湾战争。”道连举起双手，用他那指甲修剪齐整的手指，一五一十地信口开河起来。“没有入侵科威特这档子事，没有紧张的僵持对峙，没有建立军事同盟，没有飞毛腿导弹袭击特拉维夫，没有灵巧炸弹定点清除阿拉伯复兴党人和共产间谍，也没有约旦边境的难民，没有巴士拉马路上就地埋葬的共和国卫队士兵，没有施瓦茨科普夫和什么笨熊瓦斯科普夫，没有英国皇家空军飞行员被俘受虐，没有胜利，一切都是子虚乌有。根本不存在海湾战争。难道我说得还不够清楚吗？”

“如果你有孩子在盟军空袭中丧生，或在萨达姆飞毛腿导弹袭击中遇难，你就不会再说这话了。”和所有的自由派人士一样，她善于利用他人的苦难为自己的论点占据道德制高点。

“就你所知，谁的孩子在这场战争中死去？”

“你什么意思？”

“就我说的意思，谁的亲属死于这场战争？”

“噢——我是不知道，但我不知道，并不意味着这种事情没有。”

“那么你知道谁的熟人的熟人的亲戚死于这场战争？”

“看在上帝分上——”

“看在所有人的分上。关键问题是，霍尔夫人，你和这场‘冲突’隔着十万八千里远，所以它对你来说基本上意味着不存在。”

“你真疯了，”海斯特伸手抓起一只酒杯，咕咚喝了一口——“我们可以现在就从这里出发，去机场，坐飞机飞到那里，看看这场战争的物证，那些尸首。”

“可我们有这本事吗？我想，说不定各方都会千方百计地阻止我们前往。反正还是别谈这个了；凡事只要不挂在嘴边，就可以当它从未发生过。正如亨利所言，事物总是存在于表达之中。”

与此同时，在餐桌远端，老费也在高谈阔论，边说用手戳着自己西服的翻领说，“你知道吗，我并不总戴着这条象征艾滋病的红丝带。”

“为什么？”他的谈话伙伴，曼纽埃拉·桑西打断他。她是个搞拉美艺术的女同性恋，为人僵化刻板，抽方头雪茄烟，戴单片眼镜，穿红色猎装，系一条黑色领带。

“我亲爱的曼纽埃拉，因为这条红丝带有时会和我穿的衣服不搭配——这点审美效果你一定懂。”

“我觉得红丝带和时装无关——它代表着一种政治宣言，对吧？”

“哈，但别忘了，曼纽埃拉，二十世纪末告诉我们，一切政治宣言都是时尚的，正如一切时尚宣言都是政治的。我预言有朝一日，这些丝带会各种颜色齐备，每种颜色对应一种疾病。戴什么颜色的丝带，就说明支持患有这种疾病的患者或易感人群。”

“哼，”她朝他喷了一口烟，“你们英国人从来不说心里想的。”

“我恰恰相反，”他轻蔑地反驳道，“我是有什么就说什么。”

在蛇形餐桌更远处，凯文正在告诉巴斯病房里的那些生生死死。谈起一位病人，他说，“他的肛门曾被某个混蛋用拳头伸进去，最后撕裂了。”

“上帝啊！”巴斯惊呼道，“那个畜生的手难道是鹰爪吗？”

“当然不是，”凯文冷笑道，“除非你相信婚姻能让你像鹰那样翱翔。那个混蛋当时已经结婚了，将拳头伸进肛门时，连结婚戒指都没摘下来。”

在离沃顿最远端的那段桌子旁，他妻子蝙蝠脸正在和大卫·霍尔谈论国际大事。“大国从来不是由……由……由……谈……谈判形成的。大……大臣先生，”她结结巴巴地说，“而……而是由法令。这是历史告诉我们的。”她边说边在空中挥舞着双手，好像在比划那些正遁入历史尘埃中的伟大帝国。

“那么，您究竟是什么意思，维多利亚夫人？”他将餐桌上的调味品搁架朝她推了推，好像它是承载着一大批官员的官僚体系。“你觉得欧盟应该派一支远征军前往巴尔干半岛吗？”

“天呐，不是这个意思，我绝不是这个意思。我的意思不是该不该怎么做，我讲的只是一己之见。”

“嗯，你作为历史学者可以强调一己之见，但我和我的同行们却必须做出决断，就是说我们作为一个国家在这次冲突中该如何行动。现在巴尔干半岛的乱象……”他说到这里停了下来，想故意凸显他难得一现的诙谐，“非关个人喜好。”

蝙蝠脸出于礼貌，假装没注意。“我倒认为，我们在处理问题时不是决……决断，而是迟……迟钝。”她笨嘴拙舌地强调着。

这两人之间的谈话真是异常搞笑，堪称这次聚会上最搞笑的谈话。但和一切车轱辘话总要有结束一样，这个交流最后也是无疾而终。大卫·霍尔身边坐着克洛伊·兰伯特。她也是那种庸碌无为的贵胄后代，不过倒不完全是绣花枕头。她在和阿兰·坎贝尔窃窃私语，向后者描绘一位朋友周末度假别墅的确切位置。“我喜欢他那地方；别墅在他私人庄园的树林里一个人迹罕至、与世隔绝的地方。在那儿建别墅真可谓是劳民伤财。"

"据吉卜赛人说，通向那地方有两条路？"这话从坎贝尔嘴里说出来，显得不怀好意，带着某种不祥的暗示，好像在策划一起谋杀，而此地则是处理遇害者尸首的绝佳场所。

坎贝尔身旁坐着两个和其他来宾格格不入、十分另类的家伙。两人都留着雷鬼式辫发，在谈论共同感兴趣的话题。其中一人名叫安吉拉·布朗瑞格，是个出身优越的小俏妞。她爱臭美，又没摸着门，在自己金黄色的直发上缀上各色的木珠。"是啊，我爱牙买加，"她的声音宛如鸟鸣，"可现在就算我去加勒比，也没地方待，所以如果您的旅店要是开张……您怎么称呼来着？"

"布鲁杰伊，"她这个谈话伙伴长得五大三粗，酷意十足，一头雷鬼式辫发远比她头上的显得更正宗。"就叫布鲁杰伊。"

"好的，布鲁杰伊——现在全世界的人们都往牙买加去，真的。现在马斯蒂克岛[①]已经不吃香了。"

"我才不管什么全世界不全世界，不过就算如此，也不是什么大事。"

"请告诉我，"安吉拉还是保持自己向来答非所问的谈话风格，说"你有一个私人植物园吗？"

这时布鲁杰伊那身田径服的肩头冒出一个小脑袋。是菲比。她胆子小，不敢去看自己盘子里那条扁鲨的阴郁眼神。

"它不是在看你，菲比，"她的保姆道。

"是在看我，克莱尔，"小姑娘表示异议，"虽然它的眼神死气沉

---

① 属于圣文森特和格林纳丁斯群岛一部分，是摇滚明星和皇族成员经常光顾的景点。

沉，但它确实在看我！”她把这盘鱼推到远处，用餐刀捅戳着。

“今晚你本该在你自己房间里用餐。”

“可我想看看爸爸妈妈的客人。”

“你现在已经见过他们了。明天还要上学。你要是不吃这条鱼的话，那就去上床睡觉吧。”

“你应该像我这样，来点奶酪蛋奶酥，菲比。”简·纳伯勒说。“你做得对，把所有动物都看成是朋友。我也和你一样。”

“你家大业大，简，”沃顿说，“你又有产业，可以保证自己过着富足的生活。”

“瞧你说的，亨利”——简一副有钱人由于肩负的担子重而经常表现出来的那种厌倦无奈——“不过说真心话，纳伯勒公司的运营成本一直在攀升。”

“总不会像这个吧”——沃顿指了指她手上的奶酪蛋奶酥——“这只蛋奶酥，由于长时间存放，受潮，已经不新鲜了。我敢保证，通胀率就是降为零，也无法挽救这个已经坍塌的蛋奶酥。”

“来吧，菲比。”克莱尔站起身。她魁梧的身板打破了这几个人之间俏皮机灵的相互调侃。“现在真到你睡觉的时候了。”

“那好吧。”小姑娘答应了。“但我想亲吻大家，和他们道声晚安。”

于是她绕着圈子，先从她父亲开始，然后依次是海斯特、道连、曼纽埃拉、老费、凯文、巴斯、蝙蝠脸、霍尔、克洛伊、坎贝尔、安吉拉、布鲁杰伊、克莱尔、简，最后又回到她父亲身边。就这样，她走了一圈又一圈，吻了一轮又一轮。沾过她白皙额头的嘴唇，有的带着猥亵意图，有的带着挑逗意味，有的粘着残羹冷炙，有的涂着粉色唇膏。最后克莱尔总算说服菲比就此打住，上楼睡觉。但是在她走后，那些大人们还在继续着无聊荒唐的谈话，一张张嘴嘛起来一分一合，把香烟烟雾和喋喋不休的废话喷出来，吹得面前的蜡烛摇曳不定。他们谈话的语速愈来愈快，最后变成了市井鼓噪。最后还是夜晚的威力发挥作用，大家的谈兴渐渐变淡。

夜已经很深，早已过了人们正常的就寝时间。蜡烛已经融化成高迪风格[①]的烛油。装满租来餐具的塑料箱堆在楼梯旁的过道里。晚宴雇来的人早已离开。宴会的来宾彻底分化为两个由核心成员构成的小集团。它们井水不犯河水，各自占据蛇形长餐桌的两端。蝙蝠脸身边的是霍尔夫妇、简·纳伯勒和凯文。他们谈话态度十分认真，谈及的人名都是像叶利钦、戈尔巴乔夫、拉吉夫·甘地这些与他们没有私交的大人物，地名都是像莫斯科、萨拉热窝、新德里这种地方。

而桌子另一端沃顿身旁的是老费、阿兰·坎贝尔、布鲁杰伊、道连和巴斯。巴斯不知是不是出于自我防范，和另外几个人保持着一个空位的距离。其实要隔个乌拉尔山脉才更安全些。这伙人和刚才那伙人截然不同，谈话充满了戏谑和讽刺，涉及的人名和地名都是他们极其熟稔的。

“再来点白兰地吧，巴斯，”道连拿着一个晃悠悠的酒杯，带着挑逗意味对巴斯说。今晚早些时候，他对巴斯洗心革面表现出的兴趣现在已经烟消云散。

“我不能再喝了。因为这些年来我滴酒不沾，今晚已经算是破例了。”巴斯说。

---

① 高迪风格又称西班牙加泰隆现代主义，以反功能主义和追求建筑精神力量为特色。

“你现在真是个正人君子，巴斯。”沃顿在一旁调侃道。“既然你现在和别人交换针线活，成了一个维多利亚时代的闺秀，那你能不能帮帮我绣一下这个玩意？”

“什么玩意？”

“我的艾滋丝巾。”他从口袋里掏出一块和吧台垫大小形状相仿的破方巾，高高地挥舞着。

“这是什么鬼东西？”巴斯有些犯难的样子，其他人一副事不关己的超然模样。

“一块方巾。这本来是个吧台垫，我要把那些我希望能得上艾滋病的家伙的名字都缝在上面。”

“让我看看，亨利……”沃顿把它递给道连。“噢……你把她的名字已经绣上了。我不知道你居然这么讨厌这个婊子。”

“在所有嚼我舌头的人当中，她是最坏的。因为就数她说得有鼻子有眼。”

阿兰·坎贝尔在一旁打断他们，“我们换个地方吧，”他口齿不清地说，“我的酒杯里只剩点酒渣了，我想去那边换个干净的杯子。”于是众人都起身绕过去，连不饮酒的巴斯也跟在后面。其实他只要守住自己洁身自好的底线就可以了，本身已经不需要什么干净的东西了。“住手，布鲁杰伊，”坎贝尔突然呵斥那个伪拉斯特法里信徒，“不要把那根大麻烟带走，谁坐那儿让谁抽。”说着，他一把抓过烟卷，大口吸着，领带后的喉结随着吞吐的烟雾剧烈地颤动着。巴斯这回看清了他的喉部原来受过重伤，这验证了他先前的怀疑。

这时道连又开口了，“我临时插一句，是你们勾引他上道的，他本来没机会接触毒品，这辈子从未静脉注射过，他也不乱性。”

巴斯在一旁忍无可忍。他提高嗓门，把人们注意力吸引过来。“本周的一篇报导披露，到本世纪末，将会有四千万人感染艾滋病毒。其中通过异性之间性传播是不争的事实，所以……”

“噢，巴斯，别这么无聊好不好？”沃顿大声道。

“亨利，你真这么不长脑子吗？”

“真正献身艺术就好比给大脑动过手术——我是在说你呢。”沃顿反唇相讥。

“巴斯，”道连拉长声调说，“你搞的艺术怎么啦？你是我们这群人中唯一宣称玩艺术的，可现在你自己发起的这场洁身自好行动，是不是把你的才华和幽默感也一并消灭了？”

巴斯还没来得及反驳，老费就用他那特有的怪异尖嗓门发话了，“实在抱歉，我太困了，太困了……”话音未落，脸已经趴到面前吃剩下的苹果蛋糕上。

沃顿坐在老费旁边，见此情形，伸手将后者一只眼的眼皮向上翻翻。他一松手，眼皮就像窗户上的卷帘一样耷拉下来。这一幕极富动画感。“给老费来点可卡因怎么样，布鲁杰伊？”沃顿说。“最好带他到卫生间办这事；我不想让我妻子和她那位大臣朋友扫兴。”

“那你买单，亨利，是你要求的，伙计，”布鲁杰伊这个老江湖骗子说，接着又阴森地跟了一句，“现在就付。”说完，他照沃顿的吩咐，将老费从椅子上拽起来，拖到后面的房间。

“你继续说，巴斯，”道连说。

“我这次来伦敦，部分原因是搜集一些过去的作品。因为圣保罗的沃克博物馆正筹划举办一场我作品的回顾展。”

“圣保罗？”沃顿很是不解，博物馆怎么会建在圣人肚子里。

“位于明尼阿波利斯双子城。”

“明尼阿波利斯？”沃顿还是有些不解，“那种地方有艺术吗？”

“估计巴斯的回顾展开完就有了”——道连还是那副特立独行、深沉多思的样子——“只是不知道那里的观众看到录像装置作品会有什么反应？”

“录像装置作品也许是我艺术生涯的跳板，”巴斯言辞恳切地说，“如果人们对我过去创作的那些作品依然有兴趣，我可以去联系艺术馆，建工作室，重新创作……”

说到这儿，他停下来。原来布鲁杰伊和老费从后面回来了。老费和刚吸食大量可卡因的人一样，步履带着刻意的镇定。这个小矮子重新回到座位上，摆弄着自己刚才一头扎进去的那堆甜点。“噢，”他看着自己拿的勺子，尖声道：“这上面是糖蜜吗？”

“不是，”沃顿尖刻地说，“我猜那玩意是你固定头发的发胶。”

“你的那部作品我丢了，或许是我不喜欢当初放它的那个地方，”道连说。

“你说什么？！”巴斯惊呆了。“你把那部《阴极的那喀索斯》销毁了？”

“你那部录像作品把我的屁股拍来拍去。噢，应该没有销毁……还在我那儿呢。”

“太好了，因为我需要那部作品里的几帧照片作为这次回顾展的主题照片。”

“我也不敢十分肯定……”道连有些心事重重地说，“如果真的找不到了怎么办，巴斯？”

“怎么会呢？”巴斯的语气变成了央求。围坐在桌边的众人都严肃起来；他们都不喜欢央求；他们都求过别人，知道央求别人时多么没有面子。“你一定不会让我失望的。”巴斯厉声恳求道。

“我当然不会不给你，但那玩意用几个盒子装着，堆在我阁楼上。要把它们拿出来挺费事。”

“我来干！ 我不怕费事！ 天呐，道连！ 这个理由太荒谬了——我要看那部作品！ 我要拍几张照片！”

“而我要，”沃顿接过话头，专横傲慢又不屑一顾的样子，“抽一口。把你的烟管给我，布鲁杰伊！”

“那你老婆那边呢，亨利？”

“她，她还沉浸在巴尔干局势里呢。填满递给我，伙计——她会以为我在抽玻璃管雪茄！”布鲁杰伊十分熟练地完成了沃顿交给他的小任务，将一根三英寸长、用派莱克斯耐热玻璃做的管状物递给沃顿。沃顿随手将烟管放到嘴边，用打火机点着。他喷出一口，只见一大团可卡因烟雾在桌子上方袅袅升起。

经过这片刻的吞云吐雾的小插曲后，道连好像换了一副心肠，“那好吧，巴斯，妈的，就依你。你现在就可以过去看看。”

“现在？”

“对，就现在——不好吗？”

“有点太晚了——”

“我倒觉得眼下任何睡眠都无法给你换来一个美人，巴斯。”道连开玩笑说。“再说，你现在住哪儿？到时我可以送你回来。”

“是这样的，蝙蝠脸很好心，给我提供一张床。”

“那就把你的铺盖带过来吧——你去我那儿挤一夜吧。”

“你那儿？”

“就这么定了，巴斯，”沃顿过来给巴斯打气，让他不要再犹豫不决，“你开始说想看，现在怎么又不想了。我觉得道连提的是好主意——你干吗还婆婆妈妈地拿不定主意呢。”

巴斯环顾一下四周，看了看带着睡意的沃顿和他那些又是艾滋又是吸毒的伙伴们。自己干吗还要再推脱？对他来说，此处十分凶险——那么去道连家会不会更糟？没错，道连也有恶习，但至少他不像亨利那样吸毒。巴斯拿定主意。好的，那咱们就此告别。我这就去取包。

巴斯离开房间，道连绕了一圈，和各位道别，一如他来时那样，彬彬有礼，泰然自若。其实蛇形餐桌另一头那伙人兴头也不在巴尔干了，而是转到杯中物。蝙蝠脸醉醺醺地和道连告别，其他人挥手致意。等巴斯取东西回来，大家以为他早走了，还以为道连在替他们两人和大伙告别的。巴斯又逗留片刻，心里隐隐盼望沃顿或蝙蝠脸会注意他——叫他回来，甚至邀请他重新入座。但这对夫妇谁也没注意他。过了一会，巴斯穿上外套，随道连一起朝楼下走去。离开这个长条形餐厅之前，借着黯淡的烛光，他最后一眼看到的是老费又睡着了，而沃顿在布鲁杰伊帮助下，还在昏昏沉沉地抽着烟管。

12

两人从沃顿家一出来，来到马路上，巴斯的谈兴就起来了。这也正常，人们刚参加完一场欢宴后，总是有许多话要说。但道连却一声不吭，什么也不想说。他把巴斯推到自己名爵跑车后仰式副驾驶座位上，然后将车子的帆布顶篷移开收好。在这座夜晚的城市里，一切都很静谧，但通往国王路的方向，巴斯能听见散发着铜臭味的喧嚣。再仔细谛听，里面有发动机的轰鸣声，粗鲁的谈话声和人群的喝彩声。巴斯感到疲惫，疲惫极了。今天他已经没有时间进行摄神、冥思这样例行的日课了。他对这些自我修行的外在形式并不太看重。从事这些功课，只是一种心理暗示，表明自己在照顾自己，自己关心自己。但今晚临时决定留宿道连家，这会意味什么？反正不会是什么好事，不那么健康。本来巴斯已经过起了持节有度、简单有序的生活，可今天是五年来第一次，他感觉自己又一头撞入过去那种冰冷坚硬的肩膀上。

在眼下现实场景里，所谓撞上冰冷坚硬的肩膀并不算是修辞表达，而是写实。只见道连跃入驾驶座，启动发动机，跑车的后背弓起，如离弦之箭疾驰而去。巴斯发现，道连和沃顿相比，沃顿开车反而更细心体贴。在第一个拐弯处，车子颠簸了一下，巴斯本能地向后伸手去护自己的包，将它紧紧摁住；在第二个拐弯处，车子戛然而止，巴斯手忙脚乱地扣紧安全带。妈的，快减速，道连，巴斯喊道。

——为什么？

——你这样开车会害死我们两个。

——你反正要死了，巴斯。不过你崇奉的精神信念会在空气中留下一点点巴斯主义的味道。人们要是闻到了，会打喷嚏的。

——道连，你真是个冷血的畜生。

——冷血，也许吧。不过我可是精力十足——这点你比大多数人都清楚。

他们接着开车又来到哈罗德百货的红绿灯。很奇怪沃顿、道连这种人总是喜欢把他们之间重要的交易安排在这座奢华的百货公司的阴影中。现在这个时候，这座百货公司，像是从黑暗中隐隐现身的一只庞然大物，轮廓镶嵌着闪闪发光的金边。一种可能的解释就是主宰道连、巴斯和沃顿的神是个睡神。它就像老费一样，当它的子民在它附近小圈子里活动，鸡奸乱搞时，它正呼呼大睡，充耳不闻。在黑暗的车厢里，道连的手像一只灰白的狼蛛，伸向巴斯的裆部。你这是什么意思，道连？巴斯一把握住道连的手。

——是性啊，巴斯——你把它忘啦？艾滋病和精神信仰是不是像两条大蛇箍在你的鸡巴上，把你那玩意变成一个不中用的摆设？这时交通信号灯变换，车子重新启动，但道连的手还放在巴斯那儿。他用另一只手开车。该由我来照顾你，巴斯，道连对他说。

——你什么意思？巴斯几乎不相信自己的耳朵。

——我有的是金钱和时间。过去我在纽约的所作所为，或许让你觉得我很脏。事实确实如此，不过也有亨利的影响——你知道他是什么样的人。

——他是个满腹牢骚的人，他一直在伤害别人，靠谎言生活。不过我认为亨利内心埋藏着善。

——那么你觉得，你能在亨利入土之前，把他内心的善挖掘出来吗？

——不，我不能。那得靠亨利自己。

——我要为我在纽约的所作所为道歉。

——不，道连，我也同样有责任；我那时狂妄自大，满心嫉妒，各种人格弱点大爆发——我还吸毒。

——那么……道连借着汽车行驶时的晃动向巴斯逐步靠近……你愿意我来照顾你吗？

——不行，道连……我这辈子被富人包养的时候太多了。

——你是艺术家，我是赞助人，你的作品也许会惊世骇俗，但却养活不了自己——特别是现在，你还生病了，伦敦现在也许只剩我以在艺术上撒钱为荣。

——是吗？也许吧……道连？

——嗯？

——我能问你一件事吗？

——想问就问吧。

巴斯让道连那只狼蛛手先移开；现在谈正经的。你还记得1983年在矿道夜总会那晚发生的事吗？

——我怎么会忘记！道连咯咯地笑道，那是我人生第一次大开眼界，第一次见识花花世界。

——你知道吗，道连，有曼哈顿的人……当时在场……他们说你那晚杀了人。是这样吗？

这时他们到了格洛切斯特路的路口，在交通信号灯前停下来。道连打开转向灯，然后转过来面对巴斯。我像个杀人犯吗，巴斯？

道连当然怎么看也不像杀人犯；他纯真得像个雏儿。在巴斯眼里，道连就像个唧唧叫的小精灵，在无尽的午后阳光下，小嘴欢快地说个不停。

性格的坚强永远只是一定程度上的。只要在恰当的位置施以施当的压力，最坚毅的性格也会像易拉罐那样被压扁。想想可怜的巴斯这么多年的经历，我们就会明白这个道理；而对于他坐上道连的车，我们就会不禁报以一丝理解。

巴斯心想，当内心渴望多年的爱主动送上门来，为什么还要拒绝呢？他用自己粗糙的双手捧起道连年轻俊美的脸庞，亲吻他的嘴唇。啊，如此甘美，如此甜蜜。道连的味道和感觉——巴斯贪婪地吮吸着，噬咬着，巴不得把眼前这位阿多尼斯吞进肚子里。这时信号灯变换，后面的车开始鸣笛催促，喇叭声引得一家肯德基快餐店外面的人行道上几位夜行人停下脚步，驻足观看。他们开始起哄，骂道：两个变态！ 男妓！ 其中一个胆大的冲上前来，用油腻腻的手使劲捶着这辆名爵车的侧窗。车内这对如漆似胶的情侣听到敲击声才分开。道连一把抓过方向盘，像疯子一样狂笑着，猛地扭过头，越过旁边有车辆迎面驶来的三个车道，向北疾驰而去。

很少有人亲眼见过道连·格雷这所名叫皇家马厩的住宅。就算有人来过这里，他们也都是无一例外地在夜晚只身前来，当然道连自己除外。道连是个不太爱待在家里的人。那些被邀请来过夜，将自己身体像解剖模型一样贡献出来供道连玩乐的人，觉得道连的这所宅子像一个小巧而奢华的旅馆，处处透着矫揉造作，亦像个废弃的舞台背景。室内家具是红木和真皮的，落地灯是黄铜的，就连镜子外形也是带斜边的。壁炉台上的请柬摞成一沓。还有个别家具是中式的。主体颜色是黄褐、紫褐和棕褐。地板上覆着地毯，地毯上又覆盖着一层波斯花毯，这就令室内显得臃肿局促——虽说他的宅子整个一楼就是一个通透的大单间。室内的物品偏古旧，但装饰风格显得推陈出新，当然细究也没有什么太多新意。

道连和他的客人进屋就像两个滑稽剧演员登台。由于巴斯像一条七鳃鳗死死贴着他的脸蛋，道连被楼梯绊了一下，后仰摔了一跤。他们走到壁炉台前，巴斯用力吮吸着，咀嚼着，揉搓着道连，而道连则尽力迎合他，显得一副顺从的样子。

过了一会儿，巴斯松脱开来换口气。他贴着镜子，看见镜子里自己的脸扭曲得像个冰冷的灌肠器。他伸直身体，用力擦擦脸。你有烟吗？他问。接过来一支点着，深深吸了几大口。他环顾一下四周，打量着这间带有小英格兰情调的房间，鼻孔像耗子似的一张一合。道连，他说道，亨利告诉我当年在蓝色海岸有个女孩……确有此人，对不对？

——那种地方不是总有女孩吗？道连从餐具柜里拿出一个雕花玻璃酒瓶，给自己斟了一小杯雪莉酒。

——亨利……呃……的意思是你令她感染了艾滋病毒——众所周知，后来她死于肺炎。

——太荒唐了。就算我和她做了——其实这也是亨利的想象——那也是巧合。

——但你是阳性，对吧？

——那当然。来杯雪莉酒？

——不，不。巴斯挥手拒绝，一屁股坐在一把扶手椅上。你知道，我现在戒酒了——可你为什么还要这样呢？

——我没明白你的意思。

——你清楚得很，我说的是既然是阳性，为什么还和她做。道连，做人要坦诚些。

——哈哈，这句话真是金玉良言，巴斯。做人要坦诚些——这句话应该成为道连家族的座右铭。没错，我知道你的意思。不过你要相信我，我对你，对亨利，对阿兰·坎贝尔都是真心的。我有时也在想，该不是我自己没携带病毒吧。你们称这个叫什么来着——幸存者负疚感？

——可……可是怎么……？怎么可能？巴斯站起来在房间里走来走去。你和赫尔曼发生了关系，你和我们大家一起共用那些针管毒品……可你却——

——听着，巴斯，那有什么？事情或许就这么巧。听你这口气，是希望我得上，是不是？

——不，不，当然不是。那样太卑鄙了！巴斯来到道连跟前，毫无顾忌地捧起他的脸颊，用大拇指抚摸他那完美无瑕的鼻子。对不起，他说，对不起，我错怪你了——这些年来各种谣言太多了。

——巴斯，你有没有想过，谣言大多数是出于嫉妒？瞧，这次正好有机会，所以我对你和盘托出……

——是啊，是啊，我相信你说的是真话，对不起。好像觉得光这样说还不够，巴斯又伸手去爱抚道连的嘴唇。两人脱下对方的外套，解开衬衫扣子。正当巴斯想再进一步，道连却停下来，伸手去壁炉台上取一个木盒。我要再来一次注射，他说。

——什么？巴斯惊呆了，简直不敢相信。

——我要来一次注射，搞一个混合的，然后再用嘴让你舒服，从未有过的舒服；瞧我的。

——噢，天呐，噢，不要，我怎么敢……巴斯喃喃自语。

——我搞到极纯的货，有好几安瓿，里面有纯可卡因和纯海洛因。

——可我已经有五年不碰它们了，道连！ 巴斯哀求道，现在为什么要到这儿再作孽呢？

——你孤孤单单一个人待了五年，巴斯，没人关心你。道连边说边动作娴熟地打开毒品瓶，将它们填充进注射器。如果你想回康复中心，没问题——我来给你付钱——但今晚我们要好好放纵一下。等明天我们再改邪归正，怎么样？

——道连，如果今晚我来这么大剂量，我会万劫不复。我就死定了。

但现在说这话太晚了。巴斯已经身处险境过久，他对毒品的感觉又被重新唤起，而这和重新吸毒已经没什么两样。巴斯现在已经毫无抵抗力，如箭在弦，不得不发。

——你看给你留多少合适？道连问巴斯。一半怎么样？道连和老沃顿一样，动作轻盈地解开衬衫，留一条袖子做压血带。他将针尖直接刺入静脉。随着针管的活塞向血管推入，针管内红色柱状液体不断伸长，在两人之间晃动，道连的嘴唇上也渗出汗珠。巴斯被这次注射彻底刺穿了。你来，道连边说边把皮下注射器递给巴斯；接着他把巴斯脱个精光，连内裤也扒了，用他那老式伊顿校服领带做压血布，给巴斯注射进去。“就像一只小跳蚤，先叮叮你，再咬咬我……”他边干边哼着小曲，眼睛紧紧盯着巴斯。巴斯在他眼神里既看不到兴奋，又看不到厌恶，只看到窥淫癖者那种冰冷的色欲和若有若无闪现出的征服感。

——老天……噢——天呐！ 太让人受不了了。巴斯一阵阵作呕。

——我跟你说过，这是纯的，比圣婴还纯。

——噢，我操，我快要吐了。

道连拽着巴斯连跑带颠地撞开卫生间的门。这个卫生间很隐蔽，门涂着清漆，伪装成一扇屏风。还带着沫子的矿泉水从巴斯嘴里喷出。没关系，巴斯……不碍事的……道连在一旁安抚他。很快就好了……你感到发麻，对吗？

——没错。

——这是好现象，道连安慰道。

——嗯，对……这种发麻感觉还不错。

——是吧——感觉还不错，对吧？

——是的。

巴斯裤子的拉链被用力拉下来。道连背部曲线像史前怪兽的脊梁，在性欲的沼泽里吃草。巴斯的胯部随着道连的头一低一抬而震颤着。道连对着巴斯的阴茎，仿佛对着生殖图腾顶礼膜拜。而巴斯喘息着，呻吟着，最后实在受不了这强烈的爱抚，终于大声叫出声来。道连亲吻着巴斯的双唇。你的嘴唇比大多数男人的咸，巴斯。

——你不害怕吗，道连？

——怕？

——不怕被我传染上艾滋病毒吗？

——我想我要是能得，早得了。或许我对这种病毒有免疫力。

——我感觉快到高潮了。我都不太记得了，过去你注射毒品到高潮时，躺在卫生间的地上，怎么还能那么镇定自——

——镇定自若？

——对，就是这个词，镇定自若。

道连站起身来。他好像没有受刚才注射毒品的影响，还和先前一样头脑清醒。他走到房间另一头，把刚才脱下的衬衫拿过来。巴斯跟在他后面，也开始穿衣服。你还想看它吗？道连边穿衣服边问。

——它？

——就是你那部录像装置作品，《阴极的那喀索斯》。

——那当然，当然想看，那还用说。那些箱子在哪儿？

——在楼上，跟我来。两人顺着无扶手的楼梯，拾阶而上，两旁的墙上画着隶农[1]和天使嬉戏题材的画作，宛若置身于一幕中世纪神秘剧。在楼梯最顶端是一扇不锈钢铁门，上面的锁孔比当年巴斯住在B大街时见过的那扇门上的锁孔还要多。巴斯脑海没来由地一阵刺痛，闪现出当年和他一起合住的三个异装癖者。巴斯想起当年三人见到道连时，本能地泛起狐疑之色。现在三人都已离世；他们也无法再异装了——除非用裹尸布。

道连拿出沉甸甸的一串钥匙，开始挨个开锁。干吗要上锁？巴斯问。道连说，过一会你就明白了。门悄无声息地开了，展现在巴斯眼前的景象和刚才在楼下见到的陈腐的古典风格截然相反。楼上的房间

---

① 西欧封建社会中介于自由农和奴隶之间的依附农民。

空旷简约，透过窗外照进来的月光，呈现出灰白色。月光在长方形天窗正下方飘浮着，宛若几何课本里的一根直线。不知从何处传来一个沉郁浑厚的男高音，在吟唱咏叹调“今夜无人入睡”的高潮部分。道连旋开开关，镶嵌在壁凹里的针孔光源霎时间照亮黑暗的房间。房间内唯一的摆设就是播放《阴极的那喀索斯》的那九台显示器。这九台显示器放在齐腰高的钢制底座上，呈新月形排列。显示器正前方是一把埃姆斯椅。其中一台显示器是开着的，正在播放海德公园的一场音乐会。只见在一个巨大的舞台上，帕瓦罗蒂边用一块硕大无比的白色手帕拂拭他那堪比抹香鲸的前额，边向舞台底下癫狂的人群行额手礼。接着镜头又转向戴安娜王妃，她端坐在专为王室成员保留的观众席。

——原来是这儿！巴斯站在门口，激动地浑身发抖，失声叫道。太棒了，道连；这儿像是专为陈设《阴极的那喀索斯》而建。

——的确如此，道连一边应和，一边拿起遥控器，将显示器上戴安娜的画面消去。当初我刚搬进来，就让人把楼上改成这样。你瞧，巴斯，当年我还寄住在亨利家时，对你的作品还很不以为然。可是现在，何止是喜欢，“那喀索斯”简直成了我的命根子……说到这里，他顿了顿，以示强调。巴斯，你知道吗，发生了一件神奇的事。

——你说什么？什么神奇的事？

——巴斯，我第一次看《阴极的那喀索斯》是在你的工作室里，那天你把我介绍给亨利。我敢肯定，这些细节你都不记得了。但当时我心里暗自希望，这部录像装置作品能代替我个体的衰老。虽然我预感到今后也许会过放浪淫逸的生活，但内心还是希望那些伤风败俗的丑态只属于录像中的那些道连。而且我那时若有先见之明，我一定希望录像中自己那些搔首弄姿的形象染上艾滋病毒而死。

——你在胡扯什么，道连？我操，刚才我毒品来多了，脑子现在不清醒了。

——要不再来刺激一下。道连说着掏出一个纸包，从中抖落一小堆亮白粉末于一个显示器顶端。他递给巴斯一个用来卷毒品的便条。再来一点。和刚才没什么区别。

——不见得吧，巴斯边用鼻子吸食，边哼哼着。

道连将巴斯拉到埃姆斯椅子上坐下，在这位唯一观众注视下，继续自己刚才那带有超自然色彩的夸夸其谈。我企盼的最后都应验了。《阴极的那喀索斯》里的道连变得衰老，饱受摧残，而我却永葆青春。看看我，巴斯，看看我！ 我今年三十一岁了。我干过的男人女人成百上千。从未用过套子。有时候我一晚和多达二十个大人物肛交。至于酒和毒品，我更是百无禁忌。但放荡生活并未在我身上留下印记。我还和十多年前刚从牛津出来时一模一样。

——你不是疯了，就是在装疯，道连。

——我没有疯，巴斯，我是你见过的最清醒的人。真的，我说的是实话。你提到的那个姑娘，奥克塔维亚，亨利说的没错……你要是有兴趣，我可以把那封信拿给你看。那是她临死前写给我的，那时她孑然一身，在马赛一家公立医院等死。她在信上唠唠叨叨地诉说当年在旅行时如何被我奸污……她说的全是真的，千真万确……矿道夜总会里发生的也是真的。但我身上毫无半点瑕疵。我外表看上去并不像个凶神恶煞，对不对，巴斯？不像个衣冠禽兽？我像颗晶莹剔透的珍珠，一个胖乎乎的天使，一个活蹦乱跳、胸无城府的年轻人——你当初不也这样认为吗？错的是你，是你看我看得太肤浅，就像你进入我身体的深度只有肛交时插入菊花那点浅。浅的是你，巴斯。是你。

——不是的，道连，巴斯总算等到开口机会。一直以来我都是爱你的。在制作“那喀索斯”时，我就爱上你。你如果仔细品味这部作品，就能够体会出其中我对你的爱意——至今不渝。这部《阴极的那喀索斯》就是一封情书。情书，你知道吗？不是他妈的什么能让你青春永驻的恋物图腾。我都不知道你刚才在鬼扯什么，道连。

——噢，是吗？道连的语气里含着讥讽，伸手去拿遥控器。他拿起遥控器，摁下一个按钮。来，来看看你的情书，巴斯；我现在物归原主。这些显示器嘶嘶地发出声响，闪烁地现出锯齿状波纹，最后出来画面。可是这些画面是真的吗？和站在巴斯面前那个青春永驻、一如当年两人在菲丽斯·霍特里家初见时的道连相比，如今画面中的道连反映出的才是他这么多年来真正应该变成的模样——一个保受摧残的家伙，脸庞、脖颈和双手全长满了卡波济氏肉瘤，口水里含着胆汁，眼神魔怔而绝望，光秃秃的脑门上冒出散发着恶臭的真菌似的东西。这九台显示器的画面就像九个自己活动的病理学托盘，在那里挨个炫耀展示自己。又像一群集中营的受害者被某个疯狂的纳粹大夫逼着在那里跳舞。

——啊！巴斯不由自主地吐了出来，并感觉还要吐。太恶心了，道连！这是对我原作的亵渎——你从哪里搞到这些东西？

——全是你的作品，巴斯，全都出自你的手笔。你最擅长炮制这类浅薄之作。

——录像带在哪儿？巴斯吼道，这些鬼带子在哪儿？

——都在这儿……道连拉开墙里一个嵌板，只见里面整齐地摆放着正在播放的录像带。

巴斯起身走过去。他仔细查看一遍，将录像带挨个弹开查看。他甚至徒劳地看了看录像机和显示器之间的连线，但一切都和他记忆中的分毫不差。所以只能是……自身蜕变的……巴斯惊讶地喃喃自语，再次将目光投向画面中那些奄奄一息的道连们。真他妈的诡异……原先的形象彻底被玷污了……仿佛是罪孽本身一步一步蚕食道连原先的形象。

——恭喜你，巴斯，你对自己大作的反应和其他艺术家并无二致。巴斯一屁股又坐回到埃姆斯椅子上。他说，当初我制作这部作品时，是想捕捉并留住转瞬即逝的刹那时光，想用一种新浪漫派风格表现八十年代初期，我没想到……他用汗津津的手拭了拭汗津津的额头。或许这个版本的"那喀索斯"才是真正属于现在的。

——你说的倒是冠冕堂皇，道连边说边趁巴斯不注意，将一柄弹簧折刀从口袋里掏出来，弹开，修剪起指甲。如今世道真变了，艺术家也不敢为自己的作品公开叫好了。

——不，这不是我的作品，道连，和我一点关系都没有。我不知道你从哪里搞到这个……它或许出自那些德国佬之手，他们喜欢搞这些疯狂变态的玩意，不过话说回来，假如我现在还在这一行，也许我也会搞这些玩意……假如——假如我有勇气，有勇气直面死亡。

——这倒不必，巴斯——道连将刀放在一台显示器上，朝巴斯坐的椅子走过来，他双手交叉放在胸前，俯身前倾，对着巴斯的脸庞吹气如兰。我想要你从今以后就待在这里陪我。你的一切要求，我都可以满足，而我只求你一点点技术上的支持。

——什么意思？

——就是这些录像带，巴斯，录像带。它们正在老化。我需要有人帮我把它们转到新录像带里，我希望这样的转录能够不间断，你会笑话我浅薄虚荣，但我内心确实认为我现在的生命已经全指望它了。

——我不这么想，道连。

——你必须这么想，巴斯，必须。待在这儿，照看它。它是你的毕生之作。

——不……不是的，道连……它不是我的，反正……我要……我要走了。今晚到你这里就是个错误……从头到尾都是错误……彻头彻尾的错误……巴斯挣扎着想从埃姆斯椅上站起来，但他现在像一头老迈的公牛，被圈在这样一个充满现代性的栅栏里。道连有充裕的时间从容地拔出刀，像一个斗牛士那样用极优雅的舞姿将刀刃深深扎入巴斯的脖子里，干净利落地割断他的颈动脉。而且这位金发美男并不就此罢手，还将这件血迹斑斑的工具继续反复地插入奄奄一息的巴斯体内，好像这把刀是把锹，而巴斯的身体是块硬邦邦的土地。鲜血喷溅出来，巴斯和道连都变成了血人，而那些显示器屏幕上枯槁食尸鬼般的道连却对屏幕外这血腥的场面睥睨着，依旧群魔乱舞。

道连低声咆哮着，他甚至用嘴舔舐飞溅的血珠。可有谁会去关注巴锡尔·豪伍德在这一幕中的处境呢？谋杀者永远比受害者更能吸引人们的注意。谋杀者一直萦绕在我们脑际，不对吗？——而受害者却以一种耻辱的方式遁入暗处，最多只能在电视上借着演员的幌子重新出现，不过那也仅仅是为了重构犯罪场面而已。必须得承认，就算你是个可怜的胆小鬼，贪生怕死，如果面临二选一的话，你也会更愿意邀请谋杀者而非受害者去参加一场酒会，大不了把一切利器藏起来罢了，哪怕是小小的取食签。

我扯远了。巴锡尔·豪伍德的生命正随着汩汩喷涌而出的鲜血而消逝，而那张他十余年来一直深爱的面容在他脸庞上方悬浮着。诚然，道连这张脸因怨恨而扭曲。但对于巴斯，我们又何尝能否认在临终前的剧痛中他终于体验到了濒死状态下才会有的清晰而温暖的回忆。这些回忆伴随着死亡之光而出现。巴斯回忆自己九岁时的情景。那时他穿着埃尔特克斯短袖网眼衬衫，下身穿肥大的法兰绒裤子，在轻柔地抚摸着一个和他衣着相似的男孩的裤裆。他又回忆起十五岁时，淘气地一个人偷偷跑到巴黎。在圣日耳曼区斑驳的鹅卵石路上游荡。最后被一个老色鬼勾引进一个破旅店，在那儿被他吮射精了。他的回忆又往后跳了五年。那时他住在伦敦斯坦莫尔一个牙医诊所的楼上。和他合住的是一个海员——他仿佛看见自己在寂寥的午后，翻看一本"杰里米"的杂志，而那时他的室友还在海上。他还回忆起自己第一次染毒的经历。那时他是个食不果腹的艺术家，在安迪·沃霍尔"工厂"的一个小房间里初尝了一口"船长"从美国带回来的梅太德林。这些回忆是不是有些不太令人相信？过于具有象征意味？这个时刻他如果回忆的是早晨起来刮胡子时的膏体——会不会更真实一些？抑或是回忆起在底特律或某个东欧城市里的飘舞的尘埃，或是在比勒陀尼亚或某个欧洲城市里的回形针？说实话，许多人活得太长了，满世界跑的地方也太多了。

可巴斯和那些人都不一样。在他的临终状态，可卡因占据了主导。他这辈子虽然目睹过许多死亡，自己现在也正步入死亡，但巴斯却发现自己还不想就此长眠不醒。在他逐渐黯淡下来的视线所及的屏幕上，那些病态的、枯萎的道连还在狂舞，而现实中这个凶神恶煞的道连还在与他搏斗，把他拉回现实。噢，滚开！ 放开我！ 巴斯想狂吼，却叫不出声来。他对自己临死前脑子里还装着这些乌七八糟的东西感到异常恼怒。

现在的痛苦比当年在曼哈顿经历的痛苦还要大。巴斯感觉自己像是被从高空抛下，被摩天大楼刀刃般的尖顶和针尖似的天际线刺穿，被这座他深爱的城市撕成碎片。接下来，伴随一股强烈的解脱感，巴斯意识到自己终于死了，终于可以脱离软绵绵、千疮百孔的尸体，加入到录像里那些道连的幻想中。而那些道连也纷纷从屏幕里走出来，迎接他，在一个虚无的空间正中央的虚无空间里，他们十个人手拉着手，围成一个圈，开始正式跳起舞来。

而现实中那个道连停了下来。他那热腾腾的脸庞凝固住了。他从巴斯那具千疮百孔的尸首前站起来，走开，动作一如既往的轻盈。他视倒在跟前的巴斯的碎尸如无物，走到门前，打开锁，下楼不见了。从楼上只能听见电话听筒被拿起来，一串数字被摁进拨号盘。当然没有人亲眼看见他是怎么走过去，又是怎么拨打电话的。而楼上也是空无一人，除了屏幕上他的那些化身犹如笼中困兽在这些阴极橱窗里走来走去，频频回首，用疯狂的眼神盯着它们的造物主的尸首。

道连一边用小塑料耳勺掏着自己瓷白的耳朵，一边打电话。是阿兰吗？我是道连……听着，我很高兴你到家了，我想问问你现在能不能过来一趟……耶，太谢谢你了，我知道现在已经很晚了……我这儿有点垃圾，需要处理一下，不能拖到明天早上。

第三部　网　络

13

伦敦切尔西的这片区域仿佛站在轮船倾斜甲板上看到的一片海景，晃晃悠悠。但这并不是一艘真的轮船——这是一栋建筑，一栋十层大楼，矗立在即将袭向这座城市的暴风雨中。现在还只是七级大风，但已经足以将那些泡沫吹得四处飘散，落在烟囱和住宅电视天线四周。

有一个人在倾斜的甲板上跑上跑下，跑来跑去。他既然自视为这艘轮船的船长，就有责任坚守在驾驶台上。他的双手随意插在裤子口袋里，以显示这一切没什么大不了的。当他右脚后面的甲板颠簸得向上翘起时，他将右脚缩回，将左脚伸出去。当左脚后面的甲板再翘起，他又如法炮制，把刚才的动作反过来做一遍。只是在两个动作间歇的瞬息之间，甲板水平时，他才瞅准时机看一眼立在罗盘柜（其实是一个有年头的乐谱架，上面的金属都已掉漆）上的罗盘（是一期旧的《读者文摘》）。

他必须在伦敦这个都市海洋的波涛起伏中保持这艘航船西北航向，这很关键。从他所在位置看，西边正对着的是洛兹路上煤气厂的烟囱。而西北偏北方向肯辛顿花园被想象成阳光下闪亮的海边悬崖。

虽说这么多年来，船一直在开，却丝毫无法靠岸，哪怕靠近一点点。可说不定哪天，它就能靠岸了，这种可能性决不能打折扣。所以他必须让这艘“公寓号”的商船保持航向，始终向着那高高耸立的奥林匹亚大厦驶去，哪怕永远也没有到达的一天。

他掌舵时遇到的狂风有时比现在的七级风更强，强度甚至达到十级或十一级，颠簸得他站都站不稳。那时他什么也听不见，除了心理碎片幻化成的尖啸声顺着紧绷的钢铁般的意志索具传导进来。他凭经验就知道，他现在的脑电图上会出现针刺状脉冲——那是他脑电波振幅和频率都在增强。他还注意到马路上的反常天气变得更加恶劣。因为国王路和富勒姆路沿街店面被密集的等压线控制，而恐怖的低气压漩涡正在雷德克利夫花园和伊迪丝林荫路形成。

但不管怎样，这些阵风终将烟消云散。到时候他的助手会给他换裤子和内衣。那些衣物湿漉漉的，透着咸骚味。他将补充点能量，吃一些维他命片，毕竟在这艰苦的航行中，他也需要给养。之后助手将退下，他重新掌舵，聚精会神注视着雉堞状的地平线。很快地平线变成砖块、砂浆、混凝土和钢筋形成的海浪，向船头袭来，溅出的浪花飞沫化作城市花园里的郁郁葱葱。

“这个摇摆人今天早上显得志得意满，”亨利·沃顿坐在扶手椅上，拿着一副观剧镜，朝对面公寓的五楼边看边说。他慢腾腾地将嘴凑向高斯巴雪茄，喷出一口烟雾，等着自己刚才说话的声波越过客厅的墙壁，弹进他妻子又大又尖的耳朵里。

“什么！？”蝙蝠脸果然闻声坐直身子，但没有停笔，继续在她那张丑陋的写字台上写着东西。

“我说，那个摇摆人今天肯定觉得自己干得棒极了。我猜他肯定吃了氯丙嗪[①]之类，所以才没有弃船逃生。”

“船？”蝙蝠脸不解地问。她和丈夫聊天时总喜欢从他的话中随意找个片段审视一番；毕竟他俩结婚也十几年了。“可他不在船上啊。”

“是的，当然不在船上，我是说他臆想自己在一艘船上。瞧，他表情肃穆，仿佛重任在肩。我想他和我有类似幻觉，觉得自己像个人体钟摆，在用自己身体的摇摆来一秒一秒地丈量时间，直到咽气。”沃顿呷了一小杯早茶。早茶是保姆克莱尔用一小捆中药材熬了一个半钟头才熬成的刺鼻味的浸剂。

“重任在肩？”蝙蝠脸继续追问。“我不认识你说的摇摆人。我得先把昨晚聚会剩的东西收拾归拢一下。还有很多东西要清洗；那几个雇来的宴会服务者没把他们的东西全带走，康斯薇拉一个人忙不过来。你今天有事吗，亨利？”就他们夫妻两人在一起的时候，她很少口吃。

“我还得回那该死的医院——他们昨天没有给我插管。”

“那谁开车送你去？我不行，克莱尔要先去学校接菲比，再送她去学芭蕾——或许巴斯可以？”

“我不知道；他和道连走了——被他那通甜言蜜语哄得，什么友谊啊，关心啊——”

沃顿正说着被电话铃声打断。是道连打过来的，告诉他昨晚玩得很开心。

---

① 治疗精神分裂症的药物。

* * *

阿兰·坎贝尔二十分钟后来到道连的家。自从八十年代中期被吊销医师执照后，这位曾经不务正业的医师财产收入锐减。而他的艾滋病症状太过明显，令他从事那些勾当如非法堕胎、注射维他命或梅太德林都做不成了。他只好搬到厄尔科特街带家具的廉租房里。他每天混迹在一堆塞满发霉报纸的纸板箱里，靠听商业广播度日，身上流着脓，那是他过去放荡生活做的孽。间或他也打电话给广播里的听众来电节目，听听自己澳大利亚口音在电波里的哀鸣。所以当道连来电话要他再次作恶，他欣然同意。

他俩站在那里，盯着巴斯横陈于埃姆斯椅上的尸首。尸体血淋淋的，姿势却很放松。你这是干什么？坎贝尔阴郁地说。虽说他自己一贯嗜血，但看到这样的场面也不禁感到恶心。

——噢，我不知道……道连用脚踢了踢巴斯的大腿，死尸像用皮革和红木做的低劣的牵线木偶转了转。阿兰，我对他下手是早晚的事。他烦死我了——让我腻味透了。这些年他一直敲诈我，因为他知晓我在纽约的一些——他字斟句酌一番——过头的举止。

——这些年？

——是的。道连轻轻摁了一下巴斯血肉模糊的脸庞。将沾血的指节放到嘴里，舔着红色的血迹。

——坎贝尔不禁皱起眉头。这儿一片狼藉，道连。

——可不是嘛。

——这些显示器上放的就是他的那部大作？

——没错。

——你杀他和这个没关系吧?

——当然没关系! 道连狂笑。为艺术而偷窃一直都有，而为艺术而谋杀呢? 别逗了。

——好了，不扯了。反正你是要我替你收拾残局，对吧?

——正是。

——那得给钱。

——当然。

——我想很多工具你都没有吧……塑料布，垃圾袋，橡胶手套，粗绳子，还要一把铲子——一把质量好的铲子。

——你想怎么干? 道连两眼放光。是碎尸还是硫酸毁尸?

——当然不是，你疯啦，毁尸那得用一缸硫酸，碎尸我可没力气，你自己来剁。嗯……他低头看巴斯，阴险的脸上现出一丝同情。我们去把这个可怜虫埋了吧。刚才我讲的那些东西，你要是有的话快去拿过来。我先给他脱衣服。

坎贝尔有一次在沃顿家的酒席上听说过一处坟场。他好干这种事：无意中撞到一个傻里傻气、没有心机的聊天伙伴，他善于从他们嘴里套话，以便在自己今后的不法行径上派上用场。关于这个坟场，他就是从克洛伊·兰伯特那里听到的。当时这个女人在那里絮絮叨叨地聊位于维尔特郡一处庄园里偏僻的坟场时，他没想到这条信息会这么快派上用场。

他们驾驶着道连的名爵跑车，沿着 M3 公路向安多弗驶去。万一我们遇到条子怎么办? 道连说。

但坎贝尔一副无所谓的样子。你说得好像这些警察整天就忙着寻尸，不去管那些不守规矩的上班族。其实只要别超速，被拦住时保持冷静就行。你能做到。坎贝尔自己也不含糊；他把一只胳膊搭在车后座那根用聚乙烯塑料包裹着的人肉木桩上。几个小时前，巴斯的行李包搁在那儿；现在他自己成了行李。会有人想起他吗？由于坎贝尔每次和人闲聊都有可能为他以后的阴谋做准备，所以当他真正策划阴谋诡计时，语气也很显得轻松随意。

——不知道。

——我的意思是，他有家人吗？

——家人？道连哼了哼。这可真难倒我了。他好像有个兄弟在诺丁汉这样的鬼地方。

——他们有联系吗？

——几乎没有。巴斯断断续续在国外混了近二十年。他既是同性恋，又是瘾君子；很难想象侄子侄女会骑在他肩膀上玩骑马游戏，对吧？

——那么，沃顿怎么办？

——亨利？噢，不用担心亨利；我能搞定他。

道连和坎贝尔根据克洛伊当时有口无心的指引，沿着 A303 公路，顺着索尔兹伯里平原的陡坡，一路前行，直到拐进一条通向一个山谷的小路，没多远就到了一片树林的入口。道连将车子大灯熄灭。借着弯月的月光，小汽车碾压在落叶枯枝上噼啪作响。为什么选这个地方？道连问。坎贝尔说这里是荒郊野外，又不是耕地，人不知鬼不觉，也不会有猎场看守人来捣乱。就算最后尸骸被人发现，警方也不会想起我们会和这鬼地方有何关联。而且据我所知，我们沿这条小路进来，完事后再拐上五英里外的大路，全程不会靠近任何居民点。

他们挖了一个深深的坑，把巴斯埋在里面，忙活了三个钟头，干得汗流浃背。道连光着膀子，在地上刨坑，当他的铲子碰到粗树根，坎贝尔就过来帮忙，提着钢锯来锯断。他们把巴斯埋在林地中开满杜鹃花的灌木丛里。巴斯的尸首浑身赤裸，下颏已经稀烂，指尖被喷灯烫出泡来，就算日后有人发现，也辨不清他是人是鬼。道连和坎贝尔这对凶手和帮凶忙完这一切，道连倒着将车开出灌木丛，坎贝尔用特意带来的桦树枝编成的扫帚将枯叶和腐殖土把车辙掩盖起来。

等他们把车开回碎石路面，天已破晓。这时坎贝尔皱了皱眉，一只手不由自主地伸向肋部。怎么啦？道连问。没什么，这个被吊销执照的医生答道。我只是有点不舒服。

早晨七点，道连把坎贝尔送到伯恩茅斯郊外的博斯科姆。坎贝尔有个老友住在这里。

——彼得可是个人物，坎贝尔说。他长期从事一种营生，从牙科诊所的银汞合金里提取银。

——你在胡扯什么？道连打断他。他轰了一脚油门，想赶紧离开这个俗气的郊区大街。

——你知道银汞合金吗，是用来补牙的。彼得全国各地到处跑，去搜集牙医补牙刮到玻璃器皿上的剩余填充物。

——我不知道什么补牙之类的，傻逼。道连有点动气了。

——他就这样靠着这个无本的买卖发了。现在在放高利贷，你该过来和他打个招呼。

——算了。我还是要去找沃顿。我们来时的踪迹应该都掩盖起来了，你干吗在这儿废话连篇，不让我走？

——我还带来个小礼物，只见坎贝尔笑着掀开羊驼外套上面的口袋，攥紧拳头，从里面掏出一个……

——什么?！ 什么玩意?

——不是给你的，是给彼得的。坎贝尔从汽车前方的挡泥板绕过来，俯身朝向道连，松开手掌。原来他握着十几颗带血迹的臼齿。每颗上都填塞着银汞合金。如今彼得虽说发了，但还是喜欢老本行，可以用这些东西练练手。好了，道连，这次的活你得给我十五张票子①——算是对我的一点意思吧?

——再见②，伙计！ 道连哼着曲儿，一踩油门，驾车而去。到一个岔路口，他扯起嗓子哼起波希米亚风格小曲：我就是个穷小子，没人喜欢我/他就是个苦出身的穷小子……

上午十点，道连将车开到 M3 高速公路弗利特服务站，在一家名叫“快乐食客”餐厅外的电话亭站着打电话。天阴沉沉的，这个加油站像是在一片针叶林伐倒一片树木、腾出空地建起来的。对过往的司机来说，它有点像纳粹灭绝集中营。“亨利，”道连在电话里说，“我是道连。我有事和你说。”

“你是说要为我开车吗?”沃顿的声音懒洋洋地顺着电话线那头渗过来。“我今天上午又要回那该死的医院。”

“我还是先跟你说我的事吧。”道连在电话那头哄着沃顿。

“你能有什么事，你这个懒货。你还是快来我这儿吧。”说着沃顿啪地把电话挂了。

“是道连打过来的，”他转身对蝙蝠脸说。“他开车送我去。”

“送你去医院。”蝙蝠脸听到这话，为之一振，“还是他关心你啊。”

---

① 即 1 500 英镑。

② 原文为西班牙语。

"亲爱的"——沃顿面带笑容，表现得像个古罗马家庭的族长，一只手深深插在起居服的口袋里，另一只手爱抚着雪茄的外皮——"道连对我的关心，就像一个爱斯基摩人对其族人的关心——虽满怀敬意，可一旦深陷冰天雪地的荒原，就会毅然决然、头也不回地弃之而去。"说完，他陷入沉默，目光透过飘窗，朝对面楼的摇摆人望去。沃顿看着摇摆人，觉得自己仿佛也成了一个船长，身子也开始轻轻摇晃，紧接着剧烈晃动，最后好像也仿佛在对抗七级强风。蝙蝠脸在房间里进进出出，为出发做准备。她也发现丈夫现在陷入幻境。不过她对此只是用干枯的嘴唇舔了舔冷漠的面颊，任由她丈夫在脑海中与疯狂的天敌搏斗。

直到车子开到米德塞克斯，沃顿才对道连说他今晚必须在医院过夜。"这是全身麻醉下的治疗，"他解释道。"在我清醒状态下施行，好比在汽车行驶时更换变速箱。"说完他下车，让道连明天早晨来接他。

第二天道连开车过来时，附近已经没有停车位了。考虑到费茨罗维亚区的道路系统是单行线为主，道连只好开着他那辆捷豹，沿着这里不规则形状的多边形街区一直绕，绕了二十多趟，他要接的人才从米德塞克斯医院出来。道连开车绕行时，宛如构建一个曼德勃罗特集[1]，而他人生中遭受的种种挫折，就像这里面的一个个分形。

沃顿站在莫蒂默街，眯缝着眼睛在等车。他身上穿的灯芯绒尿布空空荡荡，紧贴着干瘪的屁股，脸上布满鱼鳞纹，身子瘦骨嶙峋。上

---

① 曼德勃罗特集是人类有史以来做出的最奇异、最瑰丽的几何图形，曾被称为"上帝的指纹"，图形是由美国数学家曼德勃罗特教授于 1975 年夏天一个寂静的夜晚，在冥思苦想之余翻看儿子的拉丁文字典时想到的，其拉丁文的原意是"产生无规则的碎片"。

身穿的骑马外套，前后心几乎贴在一起。整个人像末日危机里的乡绅骑手——或许该给他起个绰号叫瘟疫饥荒战争[①]阁下。道连尖叫着招呼沃顿，跳出车，急匆匆朝他走来，把他拽进车里。他啪的一声关上车门，自己坐回驾驶位。不料沃顿却不耐烦地抱怨道，“你推我上车动作太重——害得我连衣服都夹在车门里。”

当两人都坐好后，道连问沃顿，“距离这儿最近的路边咖啡店在哪里？我们可以从容地喝杯咖啡。”

“那得去巴黎，”沃顿边说边点燃一支土耳其国有垄断烟卷。

“你知道我什么意思，亨利，”道连重重地叹口气。“我是想找个地方和你好好谈谈。”

“我在哪儿都能谈。”沃顿嘴里喷出棕色烟雾，像螺旋桨层流一样飘飘荡荡，最后融入窗外的空气中。“你不是想问我在医院的情况吗？”

“嗯，没错……你在医院什么情况？”

“妈的，难过死了。在身上扎一根针，连着一个塑料管。塑料管穿透皮肤，直达胸腔上部。”沃顿说着还在座位上蠕动一下，将他身上穿的那件斜纹全棉衬衫向上撩起，露出希克曼静脉导管的塑料塞给道连看。“我一到家，就把这玩意和吗啡泵连起来。”

“吗啡泵是用来治疗的医疗器械吗？”出于好奇，道连两道秀眉皱起，像天空慢慢盘旋的鹰隼的双翅。他这样作，居然还活着，道连暗自思忖。

“当然不是，”沃顿重新将衣服盖在身上。“这是给瘾君子用

① 此处是《圣经》典故，在《圣经·启示录》第六章中，有四位骑士分别象征着瘟疫、战争、饥荒和死亡。

的。”他打开放在脚边的包，里面有一对大塑料瓶。“一个里面装满了膦甲酸，另一个里面翻滚着更昔洛韦。它俩是与细胞巨化病毒搏斗的英勇骑士。”

“我对此一窍不通，亨利。”

“那是，那是，我的小乖乖。这是一种级别最高的疱疹，怎么能让你这个初出茅庐的小家伙得。”

他们在索霍区停下。道连把车开到杰拉德路的地下停车场，沃顿独自一人在上面溜达。在一家中国人开的食杂店外面，他用手抚弄着放在柳条筐里的那些奇奇怪怪的蔬菜。他摸一根硕大的白萝卜，仿佛那是供图腾崇拜的男根。他甚至还有闲情逸致把卷心菜叶子理顺了。道连停好车上来后，发现沃顿正小心翼翼地捧着一个像内脏一样硕大的、泛着绿色的水果。这个水果像玩摇滚乐的朋克的脑袋，上面布满了尖钉。“这是什么玩意？”道连问，由于气味难闻，他的鼻子不禁抽动了一下。即使在伦敦最污秽最黑暗的地方，这种奇形怪状的水果散发的类似粪便的令人作呕的味道也堪称与众不同。

沃顿装作介绍的样子，“道连，这是榴莲；榴莲，这是道连。你俩很相像——都那么娇柔，那么可口。但你，榴莲，你的尖钉长在外面，而道连呢，正好相反。”

下午两点，两人在梅森·比尔陶克斯甜品店二楼喝咖啡。沃顿将一片紫色扁平药片放在舌苔发绿的舌头下面。“你在吃什么？”道连问。

硫酸吗啡，每片二十毫克；早餐时绝佳的镇定剂。好了——他掸掸手指上的头皮屑一样的面包片，说道：“你带我到这里干什么？”

“是关于巴斯，”道连说。“我想和你谈谈巴斯。”

“噢，有那么要紧吗？他现在到底在哪儿？前天晚上在医院里，他向我猛烈煽情，搞得我都以为这辈子他和我永不分开了。”

“呃，他现在走了。”

“走了？”

“是的，走了。他去我那儿，把他那件无聊的装置作品里的无聊照片都拿走了。后来他睡在沙发床上。今天早晨我醒来，他已经不见了，连人带包一起消失了。”

“那又怎样。”沃顿的目光逡巡游荡，落在一个堪称戴·刘易斯翻版的美男子的臀部上。这人是个侍者，在各个桌子间走来走去，被牛仔裤紧紧包裹的臀部不时和椅背发生摩擦。“可不是嘛，”沃顿话锋一转，“每个人都是自己身处时代的产物，只是他们当时身处其中，未必能领悟，而若能长生不老，总有一天他就会幡然醒悟。我想……”他说到这里顿了顿，伸手去摸烟，“……我得再来一根烟。”

“亨利，”道连继续说道，“可是巴斯已经无法做到长生不死——”

“你什么意思，”沃顿警觉地反问。“你是不是在隐瞒什么，道连——你把我叫到这里是不是告诉我一桩谋杀？别，先别打断我，”——他递给道连一支烟，让他冷静冷静。“我全明白。巴斯告诉过我，你在纽约杀了那个变态。他还一度让我以为，你是失手才杀了可怜的奥克塔维亚。所以你要是把巴斯再干掉不也顺理成章吗？再说，你干吗要带他去你那儿——你曾公开宣称，你受不了他。”

道连沉吟着该如何回答亨利。他抿了一口卡布奇诺，嘴边沾了一圈泡沫。最后他用哽咽而低沉的声音说，“好吧，实话实说，是我杀了他。”

“好！”沃顿狂笑着。“坦白会让人一身轻松，不是吗？会把罪行像屎一样拉出去——天主教堂和弗洛伊德信徒就是靠这个才推演出一整套思想控制体系。我对巴斯的死没有什么不高兴的——虽然我一直以来就觉得他是个虚幻的存在，哪怕是他的鸡巴插在我屁眼的时候。”

“你真的不在乎？”

“在乎？当然不；我就当在看一出戏：先是他追着你求欢，你最后突然应允。这是吾辈的常见套路：年老的死皮赖脸充当追随者，年纪小的先是出于虚荣而答应，但最后由于厌烦而翻脸。就你俩之间关系而言，你值得称道之处是，你意识到了这种关系对你影响恶劣，并果断下手。不过你和巴斯的感情多多少少掺杂着心计手段。他为了能和你上床，曾经成功将自己精心包装一番。”

“你但凡说话，总是这样拿腔拿调的吗，亨利？”道连语气中带着一丝惊讶。

“我说话向来不带个人感情色彩，”沃顿的腔调严肃起来。“机智决定着情感的半衰期。好吧，去结账吧。那小伙子长得帅；我自己现在朝不保夕了，道连，我只希望今后能活在一个有温情又有毒品的环境中。”

道连按照沃顿的吩咐把账结了。当他搀扶着沃顿上车时，忍不住又回到刚才那个话题，“你说的都是真心话吗？”

“我说什么了？”

“那些关于巴斯的话——你真不介意他的死吗？”

“够了，闭嘴吧，道连”——沃顿斥责道——“蠢话干吗要说得没完没了。你怎么胡扯我管不着，但我绝不相信你是个变态杀人狂。暴力犯罪十分没品位，就好比没品位的东西如同暴力犯罪。你道连离谋杀者还远着呢。如果我这番话让你听着不爽，我很抱歉……”他伸手揉了揉道连的头发，“……但这是事实。”

14

时间又过去了十八个月；现在是二月初。邻居家的花园还光秃秃的。可沃顿家围墙之内长方形庭院，却有一股邪性的力量。这股力量沿着炸药引线似的绿色根蔓，将花朵催生绽放。花瓣像爆炸后的碎屑，从沉甸甸的花朵上坠落，落在齐膝高的袖珍草原上。马栗树黄色多刺的分泌物在茂密的树枝末端晃荡着，像牧神潘的性腺，散发着浓浓的新生树汁味。

两个男人站在房屋后部的飘窗旁，俯视下面的草坪。他们正在看一出十分怪诞的游戏。一个高个子女孩站在草坪旁边的路面上。她十一岁，长得很好看，一头栗色卷发披在肩膀上，面颊上有几颗青豌豆大小的雀斑。她的穿着在年轻人中十分常见，裤子和上衣上面还印有美国的流行语。她微微弯曲膝盖，用力将一个粉红色网球掷向一个四肢张开、躺在草地上的女人。这个女人一只手放在身下，姿势有点像被某个隐身的警察扭住胳膊，另一只手在空中挥舞着，却没有接着球。

“妈妈，”女孩大叫着，“你要用嘴来接球。”

“噢，菲比，”蝙蝠脸气喘吁吁，“别胡说，没人能用嘴接球。在这草地上，我有点看花眼。”女孩没有理会她妈妈的话，而是嗖地跑过来，将球捡起来。她跪在妈妈身边，将她另一只手也放到身下。“噢——嘿——嘿”，蝙蝠脸咯咯地笑着，“痒，菲比，嘿嘿，菲比，痒！”

“只有当你看到女人陪孩子玩耍时，”沃顿站在这个居高临下的封闭布道坛上，诠释着叔本华的名言，“你才会明白，她们自己也不过是大孩子。”

“你真这么认为？”老费抱有这样的怀疑精神可以理解。在他看来，连小孩子也不可小觑。“你瞧，沃顿，”他继续说道，“现在这个时令，你家花园里的花，居然竞相开放，真是邪门。”

“这要归功于全球变暖，”沃顿边拖着调子边吸一口他们正在分享的大麻烟卷；“它对整个生物圈造成了可怕的影响。”他喷出一口烟雾，为大气变暖又做出一点微薄的贡献。

“嗯，”老费沉思片刻，可能由于对这种观察实验法还不习惯，他的小脑袋有点迷糊。“可如果是全球变暖引起的，为什么你邻居家的花园却一派萧条？”

“哦，这我可不知道，费格斯。或许是因为局部变暖——你怎么关心起这个了？这和你有关吗？”沃顿转身踱步，又回到躺椅上。他倾身缩进这个派克诺尔牌躺椅，拿起一副镜片像可口可乐瓶子一样又圆又扁的眼镜，开始读一本《电视时代》[①]。

“你现在还能读书看报吗？”老费这话问得唐突而无心，不过在英国人看来，在礼数上倒也没任何问题。

① BBC出版的一份电视节目杂志。

沃顿叹口气。“唉，女王陛下认为1992年是可怕的一年。而1992对我的屁眼来说，是可怕的一年①。我们都需要细菌，真菌——费格斯。②”

“你到底在鬼扯什么？”

“我的意思是，要想在这屁眼星球上生活，就得给内心多种点花花草草。但不幸的是，抗生素把这些全毁了。所以现在一连几个月，我肚子都严重胀气。”

“噢，亨利，拜托，请讲具体点。”

“还要怎么具体？你只管听就行——而我呢，我得和它们抗争。你既然问我了，我就告诉你，是腹泻让我身体健康。深更半夜拉稀，很提振人精神。”

“可是你还是没回答我的问题。”

“我说了，和屁眼先生作对，让我精疲力竭，我视力受损，疱疹很厉害，我还患有病毒性结膜炎。还有术后白内障，不过总的来说还算不错。我给你举个例子。你看见那个摇摆人了吗？”沃顿挥舞着大麻烟卷指向窗户。

“什么摇摆人？”

“向上看，那栋楼的五层——看见他了吗？如果我没记错的话，这个月他一直穿一件好看的红色羊毛衫。”

---

① 作者此处运用了双关手法，英语中“anus”（肛门）和拉丁语中“annus”（年）谐音双关。另外，在给译者的邮件中，作者指出1992年，查尔斯王储和戴安娜王妃开始分居，故有伊丽莎白女王感叹1992年对她本人来说是“可怕的一年”之说。

② 此处是一文字游戏，小说中老费的本名“Fergus”和真菌一词“Fungus”发音类似。

老费走到飘窗前。“你是说那个晃来晃去的家伙吗？”

“是摇摆。”

“好吧，就算是摇摆。”

“我看他就看得极其清楚——他每次刮胡子半小时之内，我就能分辨得一清二楚——不过幸运的是，我看你们这些龌龊面孔却模糊不清，费格斯。我眼里的世界像是蒙上一层美的面纱——因为当你面对一个人时，距离他越近，你会发现他越丑陋。”

“你没必要把话说得那么难听，”老费咕哝道。

“可至少你得明白，”沃顿的回答却铿锵有力，“把有些话说难听点是有必要的。”

“其实，”沃顿继续侃侃而谈，“他们注入我体内、名字长得只能用缩写的那些药物如齐夫多定和双脱氧胞苷，证明是有效的。我已经被他们接受为药物临床试验患者——原因倒不是因为药效很对我的症状，而是我居然没被治死，还活着。”

“我也纳闷你居然还能活到现在，”老费冷笑道。“你身上当年那股狠劲正在消失，语言也不再诙谐俏皮。想想看，努里耶夫[①]都已经死了，你还苟活在世上。”

要不是这时蝙蝠脸和菲比进来，老费还会继续说下去。菲比提着一个柳条筐，里面是剪下来的花朵和牧草。老费踮着脚走上前去，亲吻了一下蝙蝠脸。而菲比故意不理老费，用修枝剪整理框里的花草。“噢，费——费格斯，”蝙蝠脸结巴地说，“你——来此有何贵干？”

“我来会亨利的一位朋友——他的名字叫伦敦。”

---

① 努里耶夫，俄罗斯艺术家，芭蕾舞演员，同性恋者，于 1992 年去世。

“噢，是吗，叫伦敦，对于一个二代移民来说，这个名字起的好——菲比！”说到这里，她停下来对菲比招手。“你把这——这些花草都掉到地——地板上了。去叫康斯薇拉拿个花瓶过来。”这个十一岁的小女孩噔噔地跑了出去。

“为什么？”沃顿问。“为什么对一个二代移民来说，伦敦是个好名字？”

“因——因为这说明他是他们家——家族第一个出生在伦敦的。”

“噢，别胡扯了，蝙蝠脸。人名只是个符号——他并不是在伦敦受洗的。”

“那位年轻人现在在哪里？”老费从身上那件大佩斯利涡旋纹花呢马甲口袋里掏出一个沉甸甸的金表，看了看时间。“我还要去俱乐部参加午宴。”

“哎呀，算了吧，”沃顿插嘴道，“你可不能就这么走。我还得去医院插管子。你陪我去吧。伦敦这家伙不会这么早就营业；他是个毒贩，费格斯，不是管道修理工。我们可以晚些时候约他。”

“谢谢你，宝贝。”蝙蝠脸从菲比手里接过一个喇叭形的高挑刻花玻璃花瓶，开始收拾那些花花草草。“你什么时候回来，亨利？”

“明天早晨。”老费和沃顿两人谁也没说话，静静地站在那里，看着蝙蝠脸用灵巧的手指，将这些本属自然界的物体人工地安排得有模有样，将冬青花、柔荑花、连翘和玫瑰、黄水仙、雪花莲搭配得巧夺天工。这丛插花的正中心是一小枝正结着果子的梨树枝。“漂亮极了。”还是沃顿先开口了，“还很应季。”

“应季是应季，”他的女儿咬着长袖运动衫的袖口说，“可对应哪个季？”

“得了，菲比，”沃顿耳朵很尖，“你帮我把车钥匙找到，好吗，我怎么也找不到了。”他边说边费力地穿那件新的冬天才穿的大衣。这件长大衣款式入时，木棉芯，穿在身上像是给全身绑上血压计的袖带。

过了一会，两人上车后，老费终于发飙了。“你诓我来到这里，亨利。一开始你说‘现在’，然后又说‘过一会儿’——到最后你说你还要去医院住一夜。”

“瞧，”沃顿不耐烦地回击道，“你要是想搞到可卡因货源，就得帮我忙；要不你自己凭本事去莫扎特小区拿货。”

“噢，是吗！那，”老费恼怒地说，“那你为什么还让我在你房间待这么久？你要知道，我最受不了和女人聊天。”

“那是因为，”沃顿说，“你在别人眼里就是个老女人。好了，闭嘴”——他启动汽车，这辆老迈的车辆呻吟着来了精神——“我开车，你帮我留意一点。如果有其他车贴得过近，大声点提醒我。其他时候，你和我说说道连；我已经把我知道的都说了。”

“你相信他的话吗？”老费边说边系上安全带。他那短短的四肢绑在安全带上，令他活像斯多葛派信徒。“你认为是他杀了巴斯吗？”他从马甲口袋里掏出一个药盒，拿出两片五毫克的黄色右旋安非他明。他递一片给沃顿，两人干吞下去。

“当然不这么认为；他只是在吹牛。我估计你在美国西海岸碰见过他俩——一个路过美国的熟人曾告诉我，他在西海岸见过你和道连。”

“不，不是这样。我是碰见过道连，这没错，但自从上次在你这儿聚会后，我就再没见过巴斯。你不觉得他已经死了吗？”

沃顿沉思片刻；由于术后白内障，他用不到百分之二十的周边视角，驾驶汽车往国王路拐去。“当心货车！”老费狂呼道。沃顿将油门一踩到底，汽车车身倾斜地径直冲进拐弯车道，引来周边一阵喇叭声和谩骂声。但沃顿仅仅放下车窗，朝这个七吨重的愤怒的家伙抛去一个飞吻。“我爱你！”他尖声叫道。“我爱你们所有人。”接着，他转过身对老费说，“对巴斯来说，死一次是不幸；可死两次是活该了。”

“不，我的意思是，你真的不认为道连杀了巴斯？”

“如果真是道连下的手，你还要祝贺巴斯，费格斯。因为在处理巴斯尸首过程中，道连就得像尼尔森、达姆尔那样的变态连环杀手那样，让巴斯重新入柜①。”

“你为什么用如此轻佻的语气谈这件事，亨利？”

“三个原因。第一，我不认为道连真杀了巴斯；第二，就算他真杀了巴斯，那也怪巴斯自已活腻了；第三，巴斯其实活着和死了没什么区别，两者同样虚幻，杀了他不过如同干掉一个虚构出来的坏蛋。”

“我自己也害怕哪一天被道连干掉。我可不想哪一天，我的某位至亲像巴斯的兄弟，那人名叫马瑞斯·豪伍德，是诺丁汉的一位初级律师，三番五次地给我写信，问巴斯的下落。”

“关于巴斯说得够多了，费格斯，跟我说说道连吧，说说他在洛杉矶的情况。给我在一张黄棕色皮革画布上描绘出一幅画面来。用最明亮最水灵的颜色，像大卫·霍克尼②的画，用亮黄色和水绿色。我

---

① 此处是双关语，既明指“将尸首放入柜中”，又暗指“隐去同性恋身份”，自1960年代起，closet（衣柜）被用作同性恋隐喻。

② 当代画坛最具影响力大师之一，也是一位同性恋艺术大师。他创作了大量的表现男性裸体和同性爱的画作。

希望你的语言能提振我的情绪，让我摆脱那些东西。”他用手指指车外晦暗的景象。此时这辆捷豹车正驶过阿尔伯特纪念馆。这位女王丈夫的雕像坐在洛可可式摇椅上，表情像是便秘的样子，在用力将自己排泄到空气中。路边两只毛色斑驳的狗在冻得硬邦邦的地面上觅食。一位职业遛狗人站在一旁陪着。“经过几百年的共同进化，”沃顿朝他们指了指，“我们人类却最终落了个它们出来拉屎撒尿、还得让我们掏钱的境地。”离狗更远处，一个小孩正站在枯黄的草坪上，闪避一只风筝。“求求你，费格斯”——沃顿的声音带着一丝罕见的绝望——“快让我脱离这些！”

老费答应了沃顿的请求，开始讲道连在洛杉矶的情况。“我去洛杉矶时，坐头等舱。我仰面躺在又软又平的座位上，却怎么也睡不着。真是讽刺，亨利。我平时总犯困，但在最应该睡着时，却翻来覆去睡不着了。我说这话不是想博得什么同情。我一坐飞机，睡眠就和地面对我来说一样遥远。我在三万五千英尺高的喷气式客机湍流中头脑异常清醒。我尽力把飞机想象成一个巨大的阴茎，里面充满了精液，可就是这样联想，我还是心里惴惴不安。”

“我盼望着从经济舱传来小孩子痛苦的尖叫声，那样就意味着我们快着陆了，因为孩子的耳咽管比较敏感。我想可以借鉴孩子的耳咽管原理在驾驶舱发明一种仪器。要是懂技术，我自己都想动手做一个。”

“飞机在洛杉矶国际机场降落时，像是进入一个好久都没换过水的水族槽。亨利，周围整个环境活像水变质后的绿色。飞机着陆后，朝航站楼驶去，我的眼睛才缓过来，外面一片阳光灿烂。”

“我那年是金秋时节来到洛杉矶（我不喜欢用肃杀寒秋这种字

眼，那样太残酷了）。当时感到自己十分有面子，因为道连开着那种加长豪车来接我。那车长得出奇，车内还带酒吧。他还带着可卡因和其他好玩意。不过我当时光顾着高兴，最后缩成一团，在硕大的座椅上睡着了，一路睡到酒店。我知道道连和凯文以前见过几次面，但这回才亲眼看见他俩在那调情。我想”——他轻蔑地说——“我早该料到他俩会混到一起。凯文过去可是一直以来对我忠贞不贰的。”

“好了，亨利，我知道你没去过美国，但我希望通过刚才那一番描述，你能在脑海中浮现出相应的场景。”

捷豹车在车流中脱颖而出，在拉斯彭大厦前的单黄线前戛然而停。车窗外的毛毛细雨中，一群穿雨衣的男士气质颇像严肃古典音乐的爱好者，却排队进一家情色书店。“噢，我能想象出来。”沃顿柔声道。“我完全可以把你的话，在脑海中栩栩如生地浮现出来，费格斯。”他点了一根烟，烟雾从他阴沉的嘴角翻滚出来，如同一朵朵现时的时间浪花撞击在彼时的时间沙滩上。他就这么在脑海中想象着。

* * *

——他睡着了吗？道连瞧一眼放在凯文双膝上的一面镜子，问凯文。

——嗯，估计睡着了。凯文翻了翻老费的眼皮说。他睡过去了，等到地方后，我再叫醒他。我们去哪儿住？

——第一周我给你们在马尔蒙庄园酒店订了房间——不过你能多待几天吗？

——噢，这不好说——这得由他定。他说他要买几处不动产。我不知道要多长时间。凯文收起镜子和用来吸食毒品的纸币，端起笛形香槟杯一干而尽，然后将酒杯放回塑料酒托中。我的意思是，他毕竟是我的老板。

——你干吗总跟我说这个?

——天呐，道连，你什么都不懂。你不知道一个人要是没有钱，没有关系，没有长相，会是什么境况?

——你有长相，道连边说边用一根手指划过凯文英俊光洁的脸蛋。凯文握住道连的手，挑出一根手指，用力咬着。啊！道连叫出声来。咬疼了!

老费在睡梦中动了一下，嗓子里发出咕咕声。他蜷缩在车座上，像婴儿被圈在游戏围栏里。

凯文大笑起来，吮吸着道连咬疼的手指。我是想瞧瞧你有没有神经功能。瞧，我需要放松放松。老费不是什么问题——只要给他喂足毒品，其他奢侈爱好满足好，然后每周性虐他几次，给他手淫一次，就一切都搞定了。还有什么比这更简单的活吗?

——这话听起来太恶心了。我实在无法想象，在这短小外套下，他的肉体会是什么样子?

——你别看他皮肤起皱，身材畸形，但身上的肉还是很结实的。我敢保证，你一定会有机会欣赏到他的肉体。他喜欢晒日光浴。

呼哧！老费喷出一股雾状涎液。他仰面躺在一家名叫威尼斯海滩的露天健身俱乐部里。他的四周全是用气球做成的男性形体雕塑。这些雕塑摆出伸展、拢缩、推送等姿势动作。老费和这些希腊奥林匹克式人物造型合在一起，无论从大小、年纪，还是质地上，都显得极不协调。不过好歹他有个帮手，将不协调程度中和一些。此人是个长得结实的侏儒，脑袋大得出奇。他的下巴长得像劈成一半的屁股，下面长出一撮铲子样的山羊胡，伸在闷热的空气里。这个侏儒除了穿着一件性感的小裤衩，全身接近全裸。他的整个造型活像一个长短可伸缩的圆柱体。此时他正在帮老费的忙。老费正进行杠铃推举锻炼，他在一旁又给他添加两公斤的重量。现在整个杠铃重达二十公斤。他对老费说，你能举得了吗？

——嗯……啊……啊……如果我举不了，你帮我个忙，直接把我勒死得了。怎么样，特里？

——没问题，费格斯。

——好……啊……啊……啊……哈！成功了！老费完成了这一壮举，站起身来，接过特里递来的毛巾。他用毛巾把自己小脑袋上的汗珠抹了抹，转过身对这位小跟班说，嗯，告诉我，特里，你一直在这个健身房上班吗？

——不，费格斯，我过去在纽约市，是从事情色表演的侏儒。但那个工作的环境太恶劣了，谁都受不了，于是我就出来了，来到这里。洛杉矶人更包容——他傻笑着——我获得了大把的工作机会。你那两位朋友去哪儿了？

——噢，他们——他俩正沿着海滨散步呢。

——费格斯，他俩，他俩是不是像一对呢？

道连和凯文这两人确实很像一对。两人肩并肩随着人流，在紧挨着大海的海滨大道散步——两人都穿着土黄色短裤和白色T恤，都戴着墨镜，都剃着军营士兵那样的板寸。没错，他俩看上去确实很像一对，而且是举止正常的一对，尤其当周围人群显得那么怪异变态：有些人是骨灰级的嬉皮士，戒指戴在脚丫上，手指上戴的却是铃铛；有些女的像身缠毒蛇的女祭司，身后跟着嘶嘶吐信的拥趸；还有把自己装扮成像原始人一样的新新人类，身上刻着纹身，脸上还纹面，把整个脸部变成二维图案；有些朋克在自己皮糙肉厚的身上缝着金属制品，走起路来叮当作响；还有些喜欢黑人灵歌的混混们哼唱着非洲音乐。

——我从没在一个地方见到过这么多变态的家伙，凯文说；这些人太令人匪夷所思了，他们个个还都乐此不疲。当初道连回伦敦时，凯文还觉得他傲慢自恋，不可接近，可在这儿却显得如鱼得水，魅力四射。

——是这样的，凯文，根据我的经验，外表越是狂放不羁的人，内心越平庸无奇；而我们这样外表光鲜帅气的家伙，内心却腐朽浊臭。

——你是说你自己吗，道连——你内心腐朽浊臭?

——没错，臭不可闻。通过非自然的手段，我的容颜得以永驻。十一年前，我大学刚毕业，巴斯·豪伍德给我制作了一部录像装置作品。结果我一直得以保留二十岁时的容颜，而那部录像装置作品在过去十年间却饱受侵蚀。我放荡淫逸的生活全被刻在阴极影像上，而这副皮囊——他停下脚步，转身面对凯文，握住他的双手，目光直视——却始终不变。

凯文大笑起来。真是绝妙创意，道连，凯文说；听起来就像金史密斯学院[①]那些青年艺术家捣鼓的前卫概念作品。你不该耍嘴皮子，应该动手做做。

——你什么意思?

① 又译金匠学院，于1891年创立，1904年并入伦敦大学，其艺术、传媒和文化创意课程在英国首屈一指。

——你应该把巴斯的装置拿过来，按自己的要求重新定制自己形象。我见过巴斯那些作品——故弄玄虚，可笑至极。现在早就落伍了，比它们新潮的多得是。你应该做得符合新人类的口味——你会喜欢那些东西的。

——时间上完全来得及，因为我现在长生不老了。就算我借助巴斯作品获得的这点魔力，日后一旦失去，我也可以将我的身体冷冻起来，等将来科学家们找到了永生的办法，再把我激活，重新对我进行升级加工。

——你不是在开玩笑吧，道连？你是说要找那些人体冷冻学专家将你冻起来？

——为什么不可以呢？老费这次来，部分目的也是为此——我曾经跟他说过，带他认识认识几位通晓长生不老之道的朋友。他对此很感兴趣。

* * *

在医院的候诊室，沃顿动了动身子。他用烧得发烫的手指抓住老费的肩膀。“我现在已不再向那些心理脆弱者们问好了，费格斯。”

“噢，是吗？”

“我改说‘欢迎你，难友们’，叔本华认为人与人之间就应该这样称呼。告诉我，费格斯，你为什么没有感染上艾滋病毒？”

“嗯，说真话……亨利，我不觉得……我的意思是，我如今不干那些乌七八糟的事了。”

“你应该感染病毒。因为感染病毒，你就会被冷冻。将来的医生再将你解冻时，你身上携带的病毒，会给他们提供一个大展身手的机会，对吧？”

这时一位一直在旁边徘徊的女大夫走上前来。“你是沃顿先生吗？”

“是我。”沃顿挣扎着想站起来，她探下身子去帮他。

“很抱歉让您久等了；我们现在为您腾出一个床位。你这位朋友会一直陪您吗？因为您可能要到傍晚时分才会苏醒。”

“会，他是我的看护人，他会一直待在这儿。”

“待在这儿？看护人？”老费惊呆了。

“没错。你不要表现得这样一惊一乍的，好不好？你表现得好，他们才让你看护——这专门叫艾滋病患者之友。他们用一种全身麻醉。先把希克曼导管拿出来，再植入一根新的。据我所知，有人就爱看这种导管刺穿胸壁薄膜的场面。老费，你要是看了，绝对长本事。不过，说实话，你对看护艾滋病人太不在行了。”

“看护艾滋病人？”

“就是和艾滋病人做朋友，帮他们忙。”说着，他们三人沿着两侧都是治疗室的走廊向前走去。“你要是真不行，也可以待在病房睡觉。不过从现在起，到我进手术室，你还是继续告诉我道连那些事吧。”

15

从洛杉矶往东走，在一个叫河滨的地方，有一个四周是方山的干涸峡谷。峡谷里杂乱无章地分布着二手车、仓库和厂房。这儿的氛围比市中心还糟糕——或许是因为这里没有城里的声色喧嚣，所以乖戾氛围更显突出。在一排焦渣石砌成的房屋钢制卷帘门外，有一块沥青铺成的不规则四边形地面，上面站着怎么看也不搭界的三个人（有些故事里面经常出现成双成对、十分般配的人物，但很遗憾，这个故事不是）。

特里，那个肌肉发达的侏儒，抚弄着自己浓密的山羊胡子，还用脚上的运动鞋刮擦着坚硬的地面。而六个月的加州幸福生活，给凯文像抹了一层糖霜一样。在太阳下一晒，这层糖霜黏糊糊地泛着焦糖色。至于道连，还是道连，依旧那么无可争议地特立而醒目，尤其在丑陋平庸的周围环境映衬下，更显得美艳尤绝。这三人盯着这排焦渣石房屋。这排房屋旁边有一条狭窄通道，横在通道尽头是几个硕大的轮式杜瓦瓶[①]。老费就站在那儿。站在他旁边的是一个童子军团长模

---

① 储存液态气体、低温研究和晶体元件保护的较理想容器和工具，由苏格兰物理学家和化学家詹姆斯·杜瓦爵士发明。

样的人物。他穿着卡其布短裤，长筒袜，凉鞋，身上还别着一把插在鞘中的刀，戴着金丝眼镜。他留着海象似的胡子，像是下巴上长出来的一瓣雄性标志的嘴唇。一缕缕干冰的昏暗烟雾，打着旋消散在阳光中。老费直勾勾地盯着烟雾，茫然的表情活像一个温婉的妇人在六十三岁时得知自己又要做妈妈。

——那些是什么玩意？他问童子军团长。

——神经罐，对方回答。就是盛放会员头颅的罐子，这些人都已选择了部分生命暂停。

——费用是五万美元，是吗？

——没错。

——那要是全身，呃……暂停，是不是更贵？

——十六万美元左右，先生，确实要贵很多。但就像我刚才带你参观时说的，投资人体暂停不仅仅要算经济账。我们所有成员都秉持一种哲学；我们大多数人都做好准备，在同伴进入生命暂停后，帮助他们进行灌注和生命暂停所必要的操作。

——噢，我一窍不通……

——听着——这位童子军团长蹲下来，对着干冰的烟雾仿佛在对着冒烟的篝火，开始娓娓道来——我已经参与了四例生命暂停。可以这么说，在人体进入生命暂停的最初几秒钟，团队的其他成员就得立即行动起来，首先割开股动脉，向里面注射甘油——做这种事给我带来的成就感要大于我这辈子做过的任何其他事情。我参加过越战，曾经是一名海军陆战队中士——我不是个软蛋，也不是正人君子。

——嗯，那当然——我也不希望自己干的是鬼鬼祟祟的事。告诉我，道连，他朝道连喊，你想做全身生命暂停还是，还是，呃，只是神经系统暂停？

——你既然问我，费格斯，我就跟你说吧，我做全身生命暂停——我可不想复活后脑袋安在一个克隆后的身体上。不一定能匹配；说不定他们会把我的DNA和其他人的搞混了——最后我的脑袋安在一个劣质的躯干上……比如像特里这样的。

——去你的，道连！这个肌肉发达的侏儒怒不可遏，胳膊像被无形的螺栓牵引着弯曲，表现出显示力量的样子。我再也受不了这个人渣了，我可不是谁养的哈巴狗。

——孩子们，孩子们……老费站在远处打圆场……大家没必要这么大动干戈。不过说起哈巴狗——他转过身对那位永生主义者说——有没有什么设备把人们最喜欢的宠物也进行生命暂停？

——哪有什么不行的，完全可以。看那儿，先生，看见那些蓝色亚麻袋子了吗？里面装着我们成员的宠物。我个人觉得，人们一旦复活，睁眼就见到自己这些四条腿的朋友，在心理上是莫大的慰藉，将大大有助于我们融入科技比现在发达得多的未来社会。

一辆豪华轿车沿着99号公路折向西行，凯文在车内狂笑不止。宠物！比现在发达多的高科技！这些人真会开玩笑，他们知道自己在唬谁吗？你见过他们手术室了吗？像不像基代尔大夫那个电视剧里的样子，假得可笑。

——我认为，今后你就笑不出来了，老费嘲讽道。到时候你已经死了，而特里、道连和我将会在“极乐世界”一样的地方逍遥自在。嗯，我都能想象到……水晶般清澈的湖面，高耸入云的湛蓝大楼，周围到处都是美貌的男孩——

——你意淫到高潮了吧？凯文从前排倾过身子，用手指戳老费。

你一定疯了。

这时一直在开车的特里，扭头一把抓住凯文的胳膊，怒吼道，“别碰老板！”特里屁股下面放一个大坐垫，戴着一顶专职司机帽。这顶帽子戴在他尖溜溜的脑袋上，活像犹太男子戴的亚莫克帽。

——老板，你现在是老板？费格斯，我真没想到，你会接受这种低级马屁。至于那个生命暂停的玩意，一旦他们把甘油注入你尸体的股动脉，动脉管将会被浸润，而温度降到零下一百七十五度时，血管就会爆裂。今后的科技无论如何进步——坦白地说，我很怀疑能有多大进步——他们也无法挨个修复细胞。

——他们当然能修复，老费打着哈欠说；道连说，他们会用微型机器人之类玩意来操作——对不对，道连？

——那叫纳米技术，费格斯——你说的很对，到时他们会用微型超级智能机器人来协同配合，修复我们的身体。他们会重新将你创造出来，亲爱的老费，每个细微之处都和原先的你一模一样，就连爱瞌睡的习惯也会保存下来。老费现在果然正处于恹恹欲睡状态。在车里，他的小脑袋以一个不太舒服的角度懒洋洋地耷在汽车皮座上，像玩具点头狗。得了，得了，道连在一旁劝凯文。既然是费格斯自己愿意，干吗要对他追求永生的梦想泼冷水？

——因为这件事太愚蠢了，我实在受不了。你为什么也掺和进来，道连？你又不傻。

——我觉得这就跟买彩票一样，赌一把，凯文。但我确实不属于这伙的；我参加了另一个人体冷冻项目，叫生命延续工程。我还对邪教感兴趣——以前有个叫天堂之门的邪教，还有个日本人办的奥姆真理教，这个那个教现在名声臭了。在瑞士时，我参加过一些纨绔子弟组织的太阳神庙组织，穿着奇装异服。在得克萨斯时，我去过韦科，拜访过大卫教派。反正就像我说的，只要你肯下注，就有希望赌赢。

——你说的这些，我不相信是真话。你就是在炫耀，在吹牛，道连；我觉得你是把生活当成一件艺术品了，或者近似艺术品。你该和我回伦敦，找郝思特[①]把你的尸体泡在甲醛里，放到玻璃橱窗里供人观赏。这也算是一种永生，你心目中的永生。

——不，凯文，那是你认为的永生。

——好，好，就算是我认为的——那也比眼下的光景要强。特里在这儿就是新式加州变童的代表；我巴不得早点离开这里；我今后估计也不会怀念这鬼地方。

* * *

“但我怀念特里，亨利，真的很怀念他。我像是失去了一个亲人。”

“那他到底去哪里了？”沃顿深深吸了口土耳其烟卷问道。“他后来没有重操旧业吗？”

“你说得太残忍了。情况根本不是那样子；我觉得特里当时差不多快爱上我了——他极其忠诚。如果他现在在伦敦陪我，我是不会和你来这阴森的地方。”老费打量着四周。这里是阴冷的多层停车场，到处都是柱子和减速带，像个汽车专制王朝下建立的一个金字塔的内部。而老费和沃顿，一个身材矮小，栗色皮肤，另一个瘦骨嶙峋，面色惨白。两人坐在幽暗的轿车里，轿车像是停放在金字塔里的精美大

① 达米安·郝思特，英国当代艺术家，收藏家，其作品主题多与“死亡”相关。

理石棺。可惜石棺里的陪葬品不过是沃顿捷豹车里那些寻常垃圾。

“嘘!”沃顿让老费小点声。“伦敦来了。”

一辆银色本田雅阁旅行款轿车急速颠簸着越过减速带开了过来,吱的一声停了下来。这款车荒谬可笑,装配了许多没有用的花头。自打它从俄亥俄州玛丽斯维尔的生产线一下线,就已经过时了。一个二十八九岁、身形灵巧的黑人小伙子从车里冒出来。他身穿一件宽松的紫红色防风夹克,肥大的黑牛仔裤,剃个泰森式平头,架势像个将对手击倒,正在数点的职业拳击手。他大摇大摆朝捷豹车走过来。老费吓得直发抖,而沃顿却放下车窗。“真棒!”伦敦大声叫道。“怎(总)算他妈的到鸟(了)。”

“那是。”沃顿答道,好像对这种怪异的口音完全能懂。“不过你这种到来的方式酷毙了。”

“可布(不)似(是)吗,从布希曼赶过来的。”伦敦说话的口音很重。他的脑袋像尖利的骑士马刀,划过浊臭的空气,肩膀不停地抖动着,膝盖弯曲,浑身上下散发着偏执妄想,让本已污浊的空气更加令人难以忍受。

“嗯,我当然能理解,伦敦。既然大老远过来,你就多给我一些,给我来八份可卡因吧。顺便说一句……”他扭过身子,指了指老费。老费此时不仅吓得浑身发抖,而且焦躁不安,两只布满黄褐斑的小手挠着蓬松的假发,令他更像一只鹌鹑了……“我给你介绍一位朋友——”

“这人面生! 对不?”不知为什么,伦敦更显得不安。

“噢,我这位朋友完全值得信赖,我向你保证——你看看他的岁数。这位是伦敦,这位是费格斯·洛克比。我希望你们两人能投缘。”

这番介绍起作用了。伦敦从嘴里吐出一团外面包着保鲜膜的东西，用手在衣服上擦干口水，然后将这团东西用力拍到沃顿手掌上。他接过来八张二十英镑的票子，卷成粗粗的一卷，插进怀里。“好了，再见！”说着，他动作迅猛地掏出一个紫红色尼龙小钱袋，把钱放进去。在动作的间隙，可以看见一把手枪的银色枪托，在他腹部紧绷的褐色皮肤映衬下，闪闪发光。

老费现在已经死气沉沉地睡着了。

昏睡中的老费做起梦来。描述他的梦境真不容易。对于那些黎明即被“哈利路亚大合唱”声惊醒而缺乏睡眠的人来说，这个有钱的老淫棍无论何时倒头便睡的本事，虽说是一种病态，但这种酣畅淋漓、充分解乏的睡眠实在是太值得艳羡了……

但这一切都是真的；睡着后，老费还做梦。由于他的睡眠过多过长，所以梦境甚至比清醒时思维更连续、也更持久。在睡眠中，老费颠覆了现实世界中的诸多事件，根据梦境里的扭曲变形的视角，创造出一个令人癫狂的催眠万花筒。在老费无边无际的潜意识里（这种潜意识无远弗届，堪比五千个巴西露天金矿或一百个卡普里岛），装着塞尔维亚集中营，里面都穿梭着侍应生，浑身一丝不挂，只穿着盖住阴部的皮内裤；还装着户外迪斯科舞场，里面都是些五十年代在索霍区常见的孔雀。它们吃了九十年代的摇头丸后，在疯狂起舞的人群中觅食开屏。在老费的脑洞里，各种长相奇特的各国政要——拉宾与阿拉法特，曼德拉与德克勒克，梅杰与雷诺兹，在没完没了地斗争着。他们绕着白宫玫瑰园散步，各自心怀鬼胎地防着对方。他们的脸上都溅着和平的精液。在他们旁边是长达一公里的黑白相间的皮革睡榻，隔着睡榻那边是一列望不到头的卫兵。他们猩红色制服胸口佩戴着金色条状绶带，筒状军帽在脑袋上晃动着，浓密的八字胡在嘴角飞扬。在他们头顶上是湛蓝色拱形天空，像拜占庭式教堂的穹隆。在这拱形天空最高处，是通向天国的大门，门口立着圣徒彼得的雕像。他脸上的汗毛都闪着永恒的光辉。他腰带上还系着手帕。再往上就是云遮雾罩的天堂，在阳光照射下，闪着金光。一群喝得醉醺醺的裸体小天使们在天堂里飘来飘去。他们嬉戏着，闲聊着，他们身底下的白云是各种润滑油、磨砂膏等构成的。在这群天使的上方，在无以复加的最高处，是上帝本人。这位上帝在费格斯·洛克比人生后半段，被他顶礼膜拜。这位上帝不是别人，正是道连·格雷。

其实早在当年和老费一起分享鱼子酱，老费身旁的人还是那个目光阴冷的男妓乔尼时，沃顿就猜透了老费的心思。

鉴于世上对神性的界定都包括全知和全能这一因素，老费也算是一尊神。只不过这尊神有点阳痿，有点娘娘腔，爱发火，好坏不分，还喜欢穿制服的漂亮男孩。由于老费这些梦做得又臭又长，由于他的梦里穿插着许多已发生和有可能会发生的国际大事，还因为他的梦基本上是一个调子，所以一天中，当短暂的清醒时刻降临到他大脑皮层褶皱时，他会恍然觉得那些国际大事——卢旺达大屠杀、莫斯科的政变、洛杉矶的地震——这些他统统在梦中都预见到了（当然这其中还穿梭着一些色彩斑斓、半人半马的怪兽和唱歌的海马）。

现在他醒了过来，脸颊陷在比床单还厚的亚麻衬衫领子里。他恍惚了片刻。这种恍惚不是没搞清自己身处何地——他这辈子下过无数个馆子，练就了极其敏锐的嗅觉，只要一闻洗衣房里淀粉浆的味道，就知道在哪个私宅——却不知道自己刚才偷听到的对话，是发生在92

年、94 年还是 88 年?

回到 1994 年的夏天。老费和凯文·斯特鲁德、亨利·沃顿三人正在索霍区海联俱乐部楼上一个包房里用餐。老费和沃顿都是来作陪的。他们受凯文之邀，出席为一位从事雕塑的朋友举办的晚宴。此人最近刚刚中标，获得在雷克雅未克建一座世界大屠杀纪念碑的合同。

上述这些事情像电视收报机不断打印出的道琼斯指数滚动条那样，在老费的脑海中延伸着。他能想象到那铺着白色桌布的椭圆形长餐桌，还有围坐一圈的那些夜猫子们。有些衣着随意，有些却将衣服纽扣扣得严丝合缝。那位雕塑家是个爱丁堡人。他端着酒杯，大声嚷道，“我们就是太单纯了，太他妈地纯了。”这个房间在三楼，楼下马路上重型载货卡车轰鸣声从打开的落地窗玻璃传进来。他甚至能听见那些食客絮叨的聊天声。但离他最近，就在他正后方的是沃顿和凯文。

“凯文，照你的说法，道连现在把我们大家都征服了，自己却一个人独来独往。”沃顿深深地蹲坐在椅子上，他的话缓缓地传过来，像助理厨师往菜盘里洒的几滴植物油一样。

“据我所知是这样。”凯文说话时，腰板挺得笔直，神态恳切。“我要忏悔一番，亨利。”

“忏悔?”沃顿柔声低语道。他像个性变态的牧师，把爪子一样的手伸给凯文，让他亲吻。

“我和道连当年从洛杉矶私奔了……我觉得是我把他从费格斯身边偷走的。”

“别天真了，凯文，没人能占有道连，哪怕他的一星半点。”

“我知道，我知道，这只是我当初一厢情愿的看法。最后完全相反的结果出现了——我迷上他了，而他却根本不鸟我。”

“又一个加入道连俱乐部的成员。”沃顿叹息道。

“不，我忏悔的不是这个。令我心烦意乱的是，我觉得道连是……是——我知道这话耸人听闻——魔鬼。”

“道德上的魔鬼，就好比绘画中的桃红色，”沃顿沉吟片刻后说，“这个概念被人们用滥了，它之所以不好，仅仅不过是它并非白色罢了。”

“不，”凯文晃了晃杯中的酒，血色酒水有些洒到白色桌布上。“我的意思是，我的意思是他杀过人。”

“哦，这种话我以前听过——还是他亲口说的。”

“我也是他亲口告诉我的。在洛杉矶时，他告诉我，他杀了巴斯·豪伍德——我以为他是开玩笑，但现在巴斯的作品又重新走红，但他本人却再没有重新露面。那个叫坎贝尔的家伙也是一样——”

“坎贝尔？”沃顿打断他。“坎贝尔怎么了？”

可还没等他来得及问清原委，那个喝着黑比诺干红的无产阶级者就插了一句，“你们说他杀了巴斯·豪伍德？”他带着浓重的苏格兰口音，“哦，他看上去可真纯洁啊，伙计，真纯啊。上次他就站在这儿……”他边说边伸手比划，差点把海联俱乐部那个标志性牌匾给拽下来，砸到众人耳朵上。“都是你这个老混蛋毁了他。”他最后用的“你这个”是指向沃顿，而“老”字用的是本意。因为在沃顿身体内，服用的立妥威药物和病毒之间的搏斗过长，让他形象枯槁，如同在他面容上创造出一片惨遭肆虐后的无人区。他看上去比实际年龄要老上二十岁。左眼已失明，他戴着一块眼罩，令他看起来像海盗一样可笑，但其实这样做是出于医学上的考虑。

“豪伍德……巴斯……是啊……”沃顿断断续续的话语充斥着餐桌上别人之间的谈话。“我认识——也可以说我曾经认识过他。他到底死了还是活着？不过他是死是活并不重要，重要的是他是那种典型的英国式艺术家。他们的作品是聪明的创意和愚蠢的技法的诡异结合。”

在座的这群人虽说都是附庸风雅之徒，但层次也参差不齐。他们都在琢磨沃顿的这句评语。最后还是那位雕塑家本人回击道，“你就爱自作聪明。你在胡扯什么？”

“你……误会……我的意思。我这番评价不是针对某个艺术家，而是泛泛之谈，你不属于他们之列，除非你认为自己是英国艺术家的代表人物。唉，还真巧了，英国艺术家代表人物和英国皇家艺术家协会居然首字母缩写相同。”

“我不是怪你说我，朋友，我是怪你说豪伍德。”

“啊，巴斯——巴斯……让我怎么说呢？他是个很无趣的两面神；一面展现出来的是彬彬有礼的绅士，另一面展现出来的是蹩脚的艺术家。我虽然和他交往不长，但我想你会情愿自己和他正好相反。”

沃顿还想继续长篇大论下去，虽然他现在活着时日无多，但说话依然口无遮拦。但可悲的是，和他争论的谈话伙伴已经听不懂他说出来的话了。沃顿刚才讲的最后一句话，就让人莫名其妙。雕塑家听了后一头雾水，注意力不知不觉被走过去的侍者高耸的乳房吸引，以至不知不觉站起来，像一条狗奔着一根骨头去了。

“嗯，”——沃顿转过头对凯文说——“坎贝尔——他怎么样？”

“呃……”凯文隔着座位矮小靠背将身子凑过来，“……我就知道这些……”凯文这些断断续续的话像一粒粒种子落在老费梦中田野那温暖湿润的沟壑里，催生出下面这段内容：

——道连，我得和你说点事情……阿兰·坎贝尔的嗓音在电话中很轻，是专为敲诈而准备的。这次谈话对他而言，可谓是从小到大和他人最推心置腹的一次交谈。我们得谈谈巴锡尔·豪伍德。

——巴斯，道连听到这里不禁嗤之以鼻，鬼才愿意去聊那坨大粪。

——你都忘了我为你做的那些事。如果巴斯是大粪，那我当时就是长柄粪勺。

道连正坐在他的卷盖式办公桌旁，手里把玩一柄象牙拆信刀。这柄刀工艺精美，上面雕刻着印度斯坦军队配备的战象，象身还载着象轿。他现在怎么会把这种事放心上？得了吧，我早就付给你钱了，坎贝尔——你现在又怎么啦？

——现在艾滋病药物太贵了，道连；我又无法获得免费试验药物，只能去黑市上买。我现在囊中羞涩——还需要点钱。

——你别想从我这里要——我他妈的又不是搞慈善的。

——我知道，不过我想你或许有兴趣从我这里租一盘录像带。

——你他妈的在搞什么鬼？你这个老流氓。道连虽说还是笔挺地坐在桌旁，但刚才懒洋洋的神态被一扫而空。

——我现在正在看这个录像带；真他妈诡异，我是说这家伙的舞跳的，有点走火入魔了。但即便如此，我也能认出他来——我猜其他人也能认出来。这盘录像带一旦要是公开，那将是个爆炸性新闻。

——你别轻举妄动。道连一字一字地命令坎贝尔，说完将电话听筒摔到写字台上，朝楼梯飞奔而去。刚上一层楼梯，他烦躁地捋了捋自己的头发。平时他做这个动作时，手指优雅而有力，现在手指却变得又粗又笨。自从那天晚上他杀死巴斯至今，他再也没看过那部录像作品。还有必要看吗？录像带这东西只有放映时才会有损耗，可如果一直不碰它，它就会完好无损。那样的话，现实中他的容颜美色就会永驻。他在心里就是这么想的。可一旦录像带落入坎贝尔之手——后果会是怎样？如果他将录像带毁坏，或者如他威胁的那样，公之于众，那怎么办？和那些生命受魔法控制的人一样，道连现在也是身陷险境。因为来自坎贝尔一念之差，就会让他完蛋。他必须控制所有的录像带。

进入那间存放录像带的房间后，道连奔向那码放得整整齐齐的壁橱，用力打开柜门，同时摁下录像机上的开仓键。一，二，三，四，五，六，七，八……有一盘不见了。果真丢了一盘。一盘录像带不翼而飞！

回到楼下，道连从吸墨纸板上捡起电话听筒，用十分随意的口气给坎贝尔回话，就好像一个中年富豪向一位酒商订购优质年份的波尔多红酒。嗯，那好吧，阿兰，经过考虑，我想我还是加入你的录像带俱乐部。入会费多少？

——和以往一样。十五张大钞。钞票要旧的。

——我得过一个小时才能取到现金——现在是午餐时间，银行一定有很多人。

——我能理解，伙计——我们不如两点见面，怎么样？在厄尔科特前面的地铁口就很不错。

——好的，没问题。

——你一个人来，道连。

——那当然。再见。

我可不能一个人去，坎贝尔思忖着。他放下电话，去找他的大衣，又看了看手表。此前他雇了一个肌肉男做保镖，是个外表龌龊的黑人，名叫拉斯蒂。拉斯蒂梳了个凯尔特人式的复古发型。坎贝尔给拉斯蒂打电话，叫他尽快从住处出来。坎贝尔不记得道连是否知道他的住处。不过就算道连知道，现在也是一天当中全城大堵车的时候，他不可能二十分钟不到就赶到这里。

坎贝尔的动作异常迟缓。他骨瘦如柴，患有严重的周围神经症。他对手上拿的东西，没有知觉，只有用手把东西放在眼前，才能确认自己是握着它们。他花了十分钟才把大衣穿上身，在口袋里装好药物，找到房间钥匙，这才朝房门走去。

道连从格洛斯特路赶过来才用了七分钟。他在家里备有一辆比赛用自行车，专为堵车时候用。还想出去？道连掐住坎贝尔的脖子，将他摁在门框上，对他搜身。录像带在哪儿？

——不在这里——我本打算给你寄存柜的钥匙。

——胡扯！ 肯定就在这儿——你这个老混蛋，东西向来乱放，录像带不可能放在别处。他大步流星地迈过围着一圈尿渍的客厅兼卧室，走到一个徒余其名的咖啡桌前。咖啡桌上摆着一沓发霉的杂志和一台卡式录像机。道连摁下开仓键，搞定！

——那好吧，既然已经被你拿到了，你就别再来狠的了，道连——反正我也打算还给你。

——放屁！ 你们这帮澳洲人嘴巴就像屁股。

——你能再给我点钱吗？

——想都别想。道连朝门口走去。坎贝尔扑通一声跪倒在地，那姿势像他家乡澳式橄榄球里的抱摔动作，想阻止道连离开。松手，你这个不要脸的东西！ 道连没有抬高音量。他转过身，用拇指和食指握住坎贝尔的下颏，动作冷酷而自信，说明他此前跟人学过如何成为一名杀手，另一只手不知何时多了一根细绳套索。他动作娴熟地将套索抛到这个倒霉蛋的脑袋上，绳结一下子就收紧了。坎贝尔本来身体就虚弱，这一来嘴里喷出白沫和呕吐物，连挣扎的举动都没有。

道连将坎贝尔的裤子褪到膝盖处。他将绳索的另一头系在坎贝尔尸体的一条大腿上，然后用力一拉，拽到臀部。他又从口袋里拿出半个用硝酸戊酯浸泡过的橙子，把它塞进尸体还泛着白沫的嘴里。接着，就像沃顿在开玩笑时说的那样，道连把坎贝尔的尸体放进壁橱。这个壁橱不太结实，有点晃，是推拉门，上面有个透明的塑料把手。在房间的一个角落里，道连还看见一个黑色塑料袋，里面装着用来填充易碎品的聚苯乙烯泡沫颗粒。道连一把抓过塑料袋，从里面抓出几把泡沫颗粒洒到地毯的脚印上。他还将一些泡沫颗粒摆成美术字体，拼成他最喜欢的“那喀索斯”一词。他本想把这个用聚苯乙烯泡沫颗粒拼成的“那喀索斯”一词作为这件坎贝尔尸首这件“艺术品”的签名，但转念一想又作罢了，只是随手把那黑塑料袋扔到尸体上了事。

办完这一切后，道连迅速撤离坎贝尔的巢穴，就跟他刚才冷不丁闯进来一样。他的外表打扮像是在执行一项任务——头上戴着正规的自行车手的头盔，脚上绑着黑色尼龙护膝，身着日辉牌外套，手上是橡胶指节手套。他认为那群愚蠢的巡警不会花大力气去搜捕一位传说中的杀手。最近一位国会议员的尸体以同样姿势被人发现。等警察发现坎贝尔的尸体，会欣喜若狂地将两者联系起来，认为这是拙劣的模仿。一场犯罪模仿秀，警察破案也是模仿。这样解释，事情就简单了。就算有人见到他离开坎贝尔的房间，警方问这个人又能问出什么？道连·格雷骑自行车？这个想法不仅愚蠢，而且荒谬。

回到住处，将自己锁在那间有许多极简主义风格的家具房间里（有时极简主义过了头，就会变成另一种昂贵），道连开始看那部录像作品。这是三年来他首次看这些屏幕上的那喀索斯。他们似乎长胖了些，好像被病毒退过火，皮肤表皮发硬，像泛黄的木乃伊。影像里的这些道连既心宽体胖，又蹉跎光阴。他们的动作慵懒，举手投足变得程式化，目光冷漠，放荡的嘴角像性施虐狂一样扭曲着。可是如果说1991年的这些那喀索斯是提线木偶，现在他们都变成了满腹心机的杀手。

看着屏幕上这些那喀索斯，现实中那个有血有肉的道连叹口气。他从粘着巴斯血迹的埃姆斯椅上站起来，朝这些显示器依次走去，逐个抚摸屏幕里由自己幻化成的活蹦乱跳、精神错乱的僵尸，这是十个道连参加的爱情派对。录像带上的磁道和音轨都正在老化。静电脉冲在屏幕正上方和正下方频频出现，画面也渐趋模糊。道连心想，或许正是这种录像媒体用自身的老化成就了自己肉身在世上的轻松自如。他伸伸懒腰，又叹口气，做了一下深呼吸。这些年来，他从未感冒，从不头疼，身上从未有任何不适，除去一些物理性的擦伤。他像一根通了电的高压输电线，精力充沛地发出嗡嗡声。他决定今晚出去一趟，正儿八经地找找乐子。

16

“大多数夜晚，”凯文最后说道，“你都能在莱姆豪斯大道边中国佬那些乌烟瘴气的巢穴里找到他；他在那些夜总会里钓鱼，找年轻的男同性恋者。他有时甚至到艾滋病康复力量联盟或酷儿国度等同性恋组织举行的集会上去寻找猎物。那些雏儿的病毒指标是高是低，意识形态是左是右——他统统不在乎。你知道中国佬聚居的那种地方吧，亨利？”

“我大体知道，不过没有去过。”

“我去过，”老费尖声叫道，他那满是褶皱的脸随着这一声喊，总算和同样满是褶皱的桌布分开了。现在他满脑子都是道连的影子。“我见过道连去那儿。他还尽喜欢带一些直男同去，把他们搞的莫名其妙。这样做太下作了。我们今晚要去那儿吗？”

“去那儿有什么意义？”沃顿点起一支苏利文香烟。他高高地卷起这支又粗又大的烟卷，好像它是一架呆头呆脑的轰炸机，正直奔他那阴郁的嘴角袭来。“我们在座的各位，没有一个是正人君子，而费格斯，你自己这辈子不也过得很变态吗？”

“呃……”老费平时很少被人提及个人生活，一时有些错愕，不过由于安非他明对他神经系统皮层的刺激作用，他居然兴奋地就这个话题谈了起来：“是啊，我们小时候，那时说到断袖之风还是禁忌呢。要知道，我父亲是个脾气暴躁的人。我十六岁那年，他看见我和一个小厮在鬼混，拿起马鞭把我抽得皮开肉绽——”

“瞎鸡巴扯。”沃顿插了一句。

“不，不，我向你保证，句句是真。”

“亲爱的老费……”沃顿津津有味品吸着香烟，他一绺绺浓密的山羊胡子搭在下巴上。“我不怀疑你父亲的道德洁癖，我质疑的是，他真的把你打疼了吗。你过去不是经常告诉我——凯文对此也很清楚——你喜欢肉体受虐的感觉。”

“亨利，你不知道，我的受虐倾向，是后来才形成的。我三十多岁时，渴望成家立业，过循规蹈矩的生活，为此特意咨询了一位著名性学家，希弗萨姆教授。此人据说在纠正同性恋倾向上很有一套。你们现在的年轻人，很难体会我们当年因为同性恋身上背负的那种羞辱之情。”

“哦，是吗？”沃顿这条得了同性恋瘟疫（艾滋病）的狗柔声吠道。

“希弗萨姆信奉厌恶疗法。他的方法原始——甚至邪性——但却保证见效。我们都穿上医院住院服，阴部被剃得光光的，更残忍的是剃的时候用一个粗大的澳大利亚剪羊毛剪子。我的一些病友告诉我，他还有些其他手段。不过我当时是诚心诚意来寻找治疗的。”

“我们阴部剃光后，被绑在治疗椅上。身上系着连接电源的皮带。在希弗萨姆诊所里，各种常备的医疗设备应有尽有。”

“那然后呢？”

“然后就给我们放各种裸体男孩和年轻小伙子的电影和图片。按今天的标准，这些电影和图片其实很平常。但那时我们看了之后，会忍不住勃起。结果刚一勃起，绑着的皮带就通上电，猛击我们。有时甚至我们的身体还没起明显反应就遭到电击——我猜他们一定是通过监控心脏跳动来判断的。”

“当然，”面对听众们略显惊愕的沉默，老费继续侃侃而谈，“这种治疗不可能在我身上取得成功。我不可能将同性恋与肉体上的痛苦联系起来，并对前者产生排斥心理，反而更加热烈地迷恋上肉体痛苦，视之为同性爱中不可或缺的一部分。”

桌子那头又是一阵沉默。这时一名男子从簇拥在雕塑家身旁醉醺醺的人群中抽身而出，加入到老费他们当中。此人三十出头，身材高挑瘦削，一头油亮的短发厚厚地搭在长着粉刺的额头。沃顿注意到他身着一件曾经时兴过的阿玛尼外套，里面是一件开领的托马斯·平克衬衫。“我刚才忍不住偷听了诸位的谈话，”他拖着调子，用流利而虚假的伦敦腔说道。“但同性恋——或者叫同性生活方式——难道不是一种范畴错误[①]吗？”他顿了顿，使劲用鼻子嗅了嗅周围可卡因的味道。“我要是深陷囹圄，我也会成为一个鸡奸者，不过就现在来看，我还是情愿进洞——”

“嗨，瞧！”随着说话声，一个外表长得像阴道洞口一样的年轻女子走了过来。她露着深深的乳沟，嘴唇丰满，身上的衣服少得不能再少，充其量只算几块布片。她搂住“假伦敦腔”，“我们怎么还不快滚蛋，卡尔？”她生气地吼道。

---

① 逻辑学术语，指把范畴放进本来不包括它们的逻辑类型中去的错误，此处说话者故意卖弄自己的高等教育背景。

“你们诸位互相认识吗？”凯文对这个闯入者视如无睹，而是用手指在空中比划一下他们三位。“亨利·沃顿，费格斯·洛克比，还有这位卡尔·达文利什，小说家。”

沃顿将脑袋向前探了探，“我对你有所耳闻……不过所闻不详。”

“我对你也一样。”达文利什喝了一大口平底玻璃杯里的威士忌。“你是道连·格雷的朋友，对吧？”

“你也认识他？”

“以前在牛津时，我们在一块儿。当然他和我是两类人。他是从贵族公学毕业的，而我出身卑微。那时他从未踏入社交场合，不过现在当然彻底变了。”

他们的谈话这时又被打断了，这次更加突兀莽撞。只见那个雕塑家像一尊超大型斯大林雕像，轰然倒在桌子上。“吔，”他含混地说。“我们马上去唐人街——你们这群屌人去不去？”这时他的几位拥趸七手八脚地将他扶起，架了出去。这些人都是雕塑家在艺术上的吹鼓手。一俟他们离开，卡尔·达文利什说道，“你们三位想不想去我家玩玩？”他用被尼古丁熏得焦黄的手划过那个女孩的衣服，“我会给你们提供美酒，还有摇头丸，你们可以把摇头丸放在包皮下面——”

“有没有可卡因？”沃顿问。

“当然有——相信我，凡是市面上不容易搞到的货，在我这里唾手可得。我手头有货源。”

“这么说来……”沃顿正了正眼罩，好像那是一顶小黑帽，“……那你看中谁了？”

* * *

卡尔·达文利什的家位于伦敦举世闻名的苦艾灌木丛东面。这间不大的房子位于一条铁道线附近。每天深夜，在可卡因、酒精、大麻的刺激下，卡尔·达文利什每每神志不清地躺在床上，从软百叶窗帘透进来的橙色街灯的灯光在他身上歪歪斜斜地留下一道道虎皮般的光线条纹。他能感觉到运送核废料的火车从他的房子旁驶过带来的摇晃、滚动和碰撞，内心热切期盼着能有一列火车出轨，一头撞到他这间砖石结构的巢穴里。到了第二天，在阴冷的晨光里，他感到自己混着毒品的胆汁，侵蚀着他原本就溃疡的喉咙。他扶着卫生间水槽的边缘，盯着水里自己切尔诺贝利式的眼睛，仿佛看见在一个遥远的、他知之甚少的国度里发生的灾难。

达文利什的第三部小说《歉收》取得很大成功，获得了一项文学大奖，并且销量也不错。这些荣誉和奖励可以保证他在接下来的五年里继续过着放荡的生活。可是由于他对自己行为愈发不加检点，而下一部书稿又晦涩难懂，于是他就渐渐地由一个文坛希望之星蜕变成一个中年潦倒文人。

他和沃顿仿佛是互为对方而生。沃顿从前门进了达文利什的家。只见一进门的房间里堆满了草垛一样的纸堆。这间房子就像一个边长四英尺、盛满了成千上万张各类写作稿纸的立方体。一有出版商给达文利什寄来某书出版前的清样，请他为之撰写赞词，或者他写的某篇文章（别人写的关于他的文章也行）在报刊发表，或者他收到某个艺术展的传单，甚至是他自己某部作品刚完成，他都将它们扔进这堆“待化的纸浆”里。每隔几个月，达文利什就会钻到这些纸堆里，玩一把“撒纸屑游戏”，妄图从里面找到自己某部从未写出的小说原稿，就像这间房里正在进行一个宏伟的生物实验，只要把这些“小说创作酶”放到一起，一个新的小说世界就会自动诞生。“你没听说办公都已无纸化了吗？”沃顿讥笑道，径直朝房间里那把最显眼的椅子走去。这把椅子在这间满是纸张的房间里很是突兀，仿佛美好时代①的王位。凯文和老费于是只好随便坐到一张凹陷的沙发上。

“想喝点什么？”主人问。他一边戳着硬壳似的脑门，一边步履沉重地向占据房间后部一个角落的临时厨房走去，像倒水冲便桶一样，朝几个平底杯倒入威士忌、伏特加和葡萄酒。一个绰号叫“辛皮”的女孩把酒水端过来，挨个递到来客跟前，供他们自取。倒酒回来后，达文利什回到众人当中，又很自然地接过来客的话茬，好像他才出去不过数秒钟，而不是快一个小时了。他用餐刀在印有垂柳图案的盘子里用力切着白鲑鱼的鱼肉，说道，“那些只愿意和同性发生关系的人真不幸，因为外界总是强迫他们认为，这种行为是他们自身属性的一部分。其实只有承认异性恋是健康正常的前提下，同性恋才显得是种病态。你们所有这些同性恋者犯的最大错误是把表象当作本质。”

“我看上去像同性恋吗？”沃顿接过托盘，顺着各个杯子挨个呷了一口。

“我声明，我不是同性恋，”老费插了一嘴。

“我也不是，”凯文也跟着说。老费跟他对一下拳头，难得见到老费流露出这种孩子气。

“你要是像我这样得了绝症，达文利什，”沃顿用一副权威的口吻

---

① 指19世纪末到一战前，欧洲相对处于和平时期，文化、艺术和生活方式相对发展日臻成熟，被上流社会认为是“美好时代”。

说道，“那些性取向上的偏好到底是天生的还是表象就会变得和学术讨论一样无足轻重了。像我这种人，属于极度自恋型的，可我又不能和自己肛交，所以只好用一下别人的屁眼。”

“对不起，”达文利什喝完可乐，用手指将面前的餐盘刮干净。“我这个人说话比较直。”

“没事，我刚才的话也是剽窃的；不是谁都明白福柯那套玩意。”

“你可以打点睾丸素试试，据说效果不错。”

“恐怕太晚了。”沃顿用一根厨用长火柴，点燃一支苏利文香烟。点燃香烟后，他把还在燃烧的火柴在空中挥了挥，掷到一堆纸张里。“我现在接受的治疗，别说什么性取向了，就连性欲也都被扼杀掉了。”

“你现在接受的是德尔塔[1]的药物测试吗？”

“是的。”

“我听说”——达文利什呷了一大口酒，卷了一支超大型大麻烟，“这种联合药物治疗能大大降低死亡率。”

“你好像懂得比我还多……”沃顿讽刺道。“你家马桶在哪儿？”

当沃顿噔噔上楼时，剩下那几位瞪大眼珠子，看沃顿随手扔的那根火柴已经在他们脚下酿成一场火灾了。火柴先点着一张电话账单，电话账单又燃着明信片，明信片又把达文利什年轻时一张照片点着了。那张照片上的达文利什还很稚嫩，脸上的雀斑比现在还多。见此情景，凯文赶紧把手上半杯红酒朝火苗浇下去。“多谢，”达文利什说话时头都没抬。

---

① 德国一家药企。

沃顿在楼上也有一场奇遇。他刚跨出卫生间的门，把他耷拉的玩意放进裤子里，就迎面撞上一个中年男子。此人长得圆滚滚的，秃头，只在两耳之间的后脑勺稀稀疏疏地留有植物根须一样的几缕头发。他刚从对面的房间出来，肩膀上背着一个旅行包。他衣着晦暗，十分普罗大众——牛仔裤，运动鞋，长袖运动衫，神色鬼鬼祟祟的。两人站在卫生间门口的脚垫上，对视了数秒。最后还是沃顿先开口，“我是亨利·沃顿。我是应邀来……来科尔家？”

“是卡尔，”那人纠正他，唾沫星子像喷出的毒液，从站着的位置溅到沃顿眼睛上。“我认得你。”

“是吗？”沃顿并未表现出丝毫惊讶之色，“恕我眼拙？”

“我们没打过交道，”那人嘶嘶地说着，“但十五年前，我和一个叫赫尔曼的人在一起混，那时有个有钱的变态——一个人渣——带他出去玩，在索霍区。而赫尔曼不幸又是个瘾君子——”

“鄙人也是[1]——”

“那个变态给了他一点毒品，并操了他——因为赫尔曼也是男妓。我说到这儿，你是不是有点想起来了，沃顿先生？”

“有点想起来了，差不多吧。”

“那个有钱的变态带赫尔曼去参加一个聚会。我不知道在那儿发生了什么——估计不外乎就是群交之类——但问题是……”说到这儿，这个男子声音哽咽起来，“问题是他最后被干死了！这些年我一直在找那个把他带走的恶魔。我知道他的情况，我知道他的那些狐朋狗友们。连他的名字我都知道——他妈的叫什么该死的道连·格

① 原文为法语。

雷——别忘了，就连你的名字我也知道。”这人气喘吁吁讲到这里，停了下来。不过他要是以为沃顿听到这些揭秘，会被吓跑，那他注定会失望的。

“嗯，是这样：赫尔曼——我当然记得他。那时他确实很迷人。不过我认识他时，我还算个有能力的男同性恋，不像现在，只能干点张罗的活了。至于你把赫尔曼的死，怪到道连·格雷身上，这倒有些意思。道连曾告诉我，你正在策划谋杀他。不过你要是非不相信你那位朋友死于自杀，那么要怪罪就怪罪我吧——”说着沃顿用他那生平标志性的、倨傲的挥手动作，拽住姜头的胳膊，转身带他下楼。这个胖乎乎的光头党顺势搀着他。不知道把一个头发自然脱光而不是故意剃光的人称作光头党合不合适？难道“光头党”这个词和“同性恋”一样，到底属于属性还是表象不好界定？当两人映入楼下众人的眼帘时，沃顿说：“……我们以前认识，我给过他白面……不过我说这些不是为了怀旧——赫尔曼的鬼魂现在跳出坟墓来复仇了……”他故意停下来卖个关子，接着痛苦地抽噎道，“啊！就是这个赫尔曼让我感染上艾滋病。”

“我看出来你认识姜头，”卡尔·达文利什眯缝着眼，透过将自己长脸笼罩起来的大麻烟雾说道，“姜头是常驻我家的毒贩。”

“你这话怎么讲？”老费问。

“就这么讲。我这里有一间闲置的卧室，我让姜头住，姜头给我的回报是利用他在毒品买卖方面的人脉，优先给我和我的朋友们搞到货。你今天有货送给我们吗？姜头？”

“不好说，”不过从他说话时抓紧背包一角的动作来看，他肯定是带着货过来的。

“要是有货的话，走之前不妨给大家来一点？有人想要来一点吗？他提供的大麻和可卡因都是一流货色；我自己……”

沃顿刚才一直站在窗户边，透过窗帘的缝隙窥视着夜晚户外空荡荡的街道，这时突然出其不意地对姜头说，“你要是愿意，我把他交给你，”他说话的嗓音不带任何情感，“我是说道连·格雷。”

现场一片死寂，正要开始的毒品交易也停了下来。

“你你什么意思？”姜头问。

“我可以告诉你，在什么时候，在哪儿能找到他。你要是不着急的话，这是他的地址。”他递过来一张名片。“我认为”——沃顿字斟句酌地说，“你要是杀了他，姜头先生，那倒真是个不错的主意。”一辆运核反应堆燃料棒的列车恰好在此时路过，将房子震得地动山摇。房间里的一切都被震得发抖；连纸堆也发出沙沙声。从表情看，凯文和老费似乎把这轰隆哗啦声看成是天上的神祇动怒，要对沃顿施以天谴。不过沃顿本人倒不以为动，等火车开远了，他又说道，“他现在就在莱姆豪斯的一间可卡因屋里。我傍晚时分刚和他联系过。”他转身对达文利什说，“你有城市街道图吗？”

“可我找到地方后，怎么进去呢？”姜头问，同时把自己没卖完的货在包里整理好。

“很简单，照直说就是了——就说你是来找道连的。他是那里的常客，就在这儿。”他指着地名索引栏里的位置给姜头看。“祝你狩猎愉快。”

这位光头党和众人也不道别，径直从大门扬长而去。“他带着钥匙，”达文利什咕哝着，那口气好像姜头是他十几岁的小儿子，正要出门和伙伴们玩一晚上，而在场的其他怪人则是关心孩子行踪和其他家庭成员。“我真搞不懂，我们干吗留他住这里，”辛皮的嗓音像小羊羔一样。她轻柔地扭着束得紧紧的腰肢，配合着房间里飘荡的窃窃私语声；“我的意思不是说他这个人不好玩，不性感。”她竭力把话说得富有挑逗性，但别人根本不理会她。达文利什对着纸堆的灰烬沉思；其他几个人惊讶得呆若木鸡。而夜像是一辆被喝醉的年轻人驾驶的汽车，行驶在冬天覆盖薄冰的马路上。这辆车车轮空转，引擎发出吱吱声。车窗外风呼呼地刮着，而车内这五个乘客蜷缩着，痛苦而又沉默地等待着那不可避免的最后撞击的来临。

“你们认为——”最后还是老费没等那撞击声来临，先开口了——“他真的会杀道连吗？”

“不——”沃顿叹口气，“我不这么认为，反正今晚不会，他又不是傻子，对不对？”

“你是说姜头吗？”达文利什掐灭手中的大麻烟卷。“他当然不是傻子。他用一种非同寻常的方式往上流社会挤。他用贩毒赚来的钱供一个孩子上贵族私立小学。那个孩子和他母亲不亲。那个女人住在肯萨尔格林。”

“今天这儿有太多目击者了。”沃顿并不理会达文利什的胡言乱语，继续自说自话。“我想姜头会去踩踩点。他都已经等了这么长时间，也不在乎这一时了；我想他不会急于求成，把事情弄砸。”

“我可不可以冒昧地问一句，”凯文把字咬得异常清楚，语气带着点急促——因为现在房间里气氛极其紧张，搞得他像是呼吸的是氮气——“你现在为什么觉得道连该死？”

沃顿沉吟片刻。他把身穿的克龙比大衣的下摆放在大腿上，对达文利什絮絮叨叨的话并不接茬。他俨然已经登上房间里这个美好时代的皇位，接过主人递过来的餐盘，嗅了嗅上面盛放的狭长条可卡因，呷了口辛皮递来的一杯红酒，自己又点了一支土耳其卷烟。在场的所有人心里都明白，一场长篇大论将要开始了，就仿佛此刻真有一个宴会主持人，从污秽的后厨走到前面，轻轻敲着小木棒，向各位听众宣布，“恹恹欲睡的东道主，愚蠢的先生们，邋遢的女士们，各位请安静，下面有请自我憎恶的同性恋者、瘾君子、艾滋病毒携带者、时日无多的亨利·沃顿先生，开始大放厥词。”

“我想，我们大家都清楚道连为什么该死。德·昆西那套行不通了。谋杀不应被视为一种艺术，相反它是一种狂野的通俗娱乐形式。如果这么形容可以的话，那么相信大家对此没有异议，道连正在成为一位喜剧戏子。他的行为必须得到制止。当然我们没有确凿证据表明，他应该对巴斯和阿兰的死负责，而奥克塔维亚和赫尔曼也可以说成是死于战争。如果我们把相关证据告诉愚蠢的条子，他们大概会说我们脑子有病，或是嗑药产生的妄想，或者直接把我们三个视作被道连这个阿多尼斯始乱终弃的三个年老色衰的男伴在发脾气。”

“当然我们大家心里都很清楚。我们想置道连于死地，很大程度上并不是出于伸张正义的目的。当然费格斯要报仇。我们的目的是为了一种平衡，为了完善事物的因果链。十几年前，是巴斯发现了道连。那时的道连，还是刚从牛津毕业的青涩雏儿，巴斯认为道连身上体现了‘男同性恋解放运动的曙光’，他制作的以道连为主角的录像装置作品将成为象征这种‘颠覆性生活方式’的新图腾，体现这种生活方式代表的真和美。可惜，实际情况却事与愿违。这部录像作品非但没有风行于世，博得人们的称赞，反而在一个黑暗房间的某处慢慢腐朽。而录像中的主角却成长为一个性虐天才，展现出无穷尽的施虐本事。”

“艾滋病的逆转录病毒，在纵情声色的男男女女，酷儿女王，各色人等的后背上留下了伤疤，而道连这个自恋的线虫却还在世间蠕动。虽然他正由里而外地被掏空，但外表却依然光鲜如昨。这不禁让我浮想联翩，他说不定是个巫师。在巴斯的作品里，他的形象像伏都教的玩偶。道连在现实中沿袭了这个形象，而这个形象又歪打正着，将岁月、伤痛和疾病本应在他那畸形苍白的脸上留下的印迹全吸收了。”

听到这里，凯文要打断他，但沃顿示意他闭嘴，径直继续往下说。

“要是我现在拍一部道连的录像装置作品，我会比当年巴斯拍得更好。我能把此时此刻的道连呈现出来，就好像在中国佬的巢穴里装一部闭路电视监控系统。在第一个镜头里，你会看到道连·格雷在摩耳甫斯[①]那栋破落宅子的某个房间里。我不会拍他今晚在晦暗的毒巢里，那些侏儒般的人物在四周影影绰绰地晃动；也不会拍他平时在鸦片烟馆那样，待在烟雾缭绕的大厅，里面全是伊朗商人坐在铺着地毯的长沙发上，头顶挂着紫色锡纸做的乳房造型的皇冠。不是，我拍的是道连带着两个俊俏风骚、大腿修长的女郎来到老费的地方。他强迫两个小妞吃了一大堆经过膨大处理的药用鹅肝。而他自己把一小点摇头丸放入阴茎包皮下方，那动作就像乡下人将一团咀嚼过的烟草往脸上抹抹一样自然。在第二个镜头里，道连的手伸向这两个名叫克莱尔和安吉拉的小妞光洁的肌肤，和她俩浪笑着退到棉绒帷幕后面。他们

① 摩尔甫斯是希腊神话里的睡神，在小说中暗指费格斯。

三个人六只瞳孔又大又平，漆黑而光亮，像是某个败家子奢华晚宴上的半打瓷器。”

“这时大门口远远传来敲门声。紧接着是人声和沉重的脚步上楼声。道连忽然感到自己的后颈被一只手拎起。他松开正在吸吮的那个小妞，抬头一看，发现耳边咔嚓作响的不是安吉拉身上的珠饰，而是姜头的假牙。‘我终于找到你了！ 你这个衣冠禽兽！ 终于找到你了！’姜头咆哮着。‘我现在终于知道你住哪儿了，你这个杀人犯。我现在随时都能找到你。’他每咬牙切齿地吐出一个字，便使劲捏一下道连的阴囊。最后他松开道连，噔噔下楼时，只留下道连在身后痛苦地哀嚎翻滚。姜头下楼时，身旁跟着两个不中用的粉头，嘴里叼着可卡因烟斗。过了一会儿，楼下大门传来砰地关门声，这回他真走了。刚才和道连玩耍的两个小妞结结巴巴说不出话来，在一旁打着干呕。而道连像胎儿一样蜷缩着，在地板上滚来滚去。双手紧紧握着被捏伤的睾丸。”

“怎么样？”沃顿将他那独眼目光像一梭梭步枪子弹，挨个射向在座的众人，“诸位对我描述的这一幕有何评价？”

但老费、凯文和辛皮此时都已睡着了。老费和凯文互相搂着，睡在对方怀里。而辛皮在刚才翩翩起舞的地方，瘫成一团，在红色地板上形成一汪黑色绸缎的湖泊。只有达文利什还有谈兴。“唔，是这样啊，”他咕哝着，潮湿的手指斜夹着一根大麻烟卷，“道连一向是个龌龊的变态，这点没有疑问。不过你刚才这番关于他的即兴发挥，我觉得确实精彩——听起来有点超现实的味道。人们常说年轻时少不更事，他们说这话的意思是希望能够再经历一次青春。因为他们明白青春须臾短暂，要尽情挥霍。你刚才这一通描摹，抓住了本质。如果道连真的做到青春永驻，永远保持拍摄录像装置作品时的年轻，他会成为我们这个时代的神祇。现在这个时代，人们都想回到童年，拼命把该死的泰迪熊贴在满是皱纹的脸上。”说着他的目光直视老费和凯文。“你们这些同性恋不过是一群穿着牛仔服的羊羔大军中的前卫人士而已。”

沃顿听到这里，轻蔑地说，“去你妈的，达文利什，”他骂人时语气像在聊天，一点不动火气。“你们这些作家只对国家大事感兴趣，以便从中取材，在自己的文字里消费。至于道连·格雷的录像作品中的形象有多神奇，你根本不屑于相信。我这人虽说有很多缺点，但对于人生，最起码我是亲身活过一遍，而不像你们作家这样，人生不过是经过纸张过滤的一场文字实验。”说到这里，他故意用脚踢了踢达文利什的纸张神塔，纸张发出沙沙响声，“另外，在表达时不要过于雄辩有力可能会更好。根据我的经验，英国人并不善于编织图案纷繁的文字挂毯，织织单个的散文毯片的本事还凑合。”

“我这人的优点只有一个，那就是我厌恶一切渺小的事物和高大的思想。我怀着罕见的、诚挚的情感，去讨厌所谓的‘二十世纪艺术’。那些油彩、画布、石膏、石料和青铜，该统统卷起来，扔到杜尚那欺世盗名的尿壶里。除了巴尔萨斯、培根、莫迪里阿尼等少数几个例外，这个时代大多数艺术家都一头朝着离美和人类美好形式相反的方向扎去。如果说巴锡尔·豪伍德制作的‘道连·格雷’这部录像作品有生命力的话，那它的生命力就在于给这个被各种主义弄得像抽风似的卑鄙时代画上一个句号。我希望时机合适，就去乡下隐居，与毒品为伴。”

17

在十一月份一个拂晓时分，薄雾迷蒙，天色渐明，草叶上闪烁着白霜，每棵扭曲盘错、为槲寄生缠绕的栎树或光秃的山毛榉影影绰绰，犹如一个史前巨型动物群的石化标本耸立在一座乡间豪宅旁的开阔地。这时某位有幸造访这座纳伯勒家族乡村大宅的独行游客，若要见此情景，会误认为自己穿越时空，回到更淳朴更高贵的古代，也就不足为怪了。

这座纳伯勒家族的乡间庄园位于一个宽阔峡谷，这里原先是水库堤坝，围成几个华而不实的人工湖和钓鱼塘。庄园的风格自成一格，建筑方方正正，轻盈缥缈，要是用来作为韦奇伍德[①]陶瓷餐盘的图案倒是十分合适。不过在十八世纪晚期，约书亚·韦奇伍德为了给自己的陶瓷寻找图案，确实曾来这里访问。当时居住于此的纳伯勒公爵二世却给这个制陶工吃了闭门羹。当然这扇门也不普通，和其他大户人家主宅的门一样，是出自文森佐·瓦尔拉蒂和他手下走南闯北的能工巧匠之手。

---

① 英国顶级陶瓷制造商。

把这座纳伯勒庄园称作英格兰帕拉迪奥式建筑的典范，其实是辱没了这样的豪宅，因为这样一来，就把它与那些不如它的建筑联系起来。简单说，纳伯勒庄园其实是一栋独立建筑，四周围着波特兰石作为壁垒。这座建筑的东西两翼相距正好两百五十码；宅子的正面是砖石结构，高达六十英尺。屋顶上覆盖着至少三十个六英尺高、粉色的大理石瓮。每个瓮上都刻着浅浮雕，有的以半人半羊的罗马牧神潘淫乱为题材，还有的上面画着正在发情的森林之神和正在性交的树精。豪宅四周是占地五十英亩、恍若出自水彩画家威廉·伊文斯之手的景观花园。花园再往外是先前提到的那片占地五百英亩的开阔地。在这片开阔地上，还有湖泊、果园和几幢作为附属建筑的玻璃暖房、凉亭，甚至还有养鱼场和农场。整个纳伯勒庄园与其说是豪宅，不如说是个独立的世界。

在一个晨曦初现的冬日清晨，一个访客嘎吱作响地踩着碎石路，只身前往纳伯勒庄园。当他从一个不起眼的侧门走进中央门厅（该门厅正门足有两层楼高，上次打开时迎接的还是最后一位兼任印度皇帝的英国国王），听到从奶白色大理石走廊和墙壁上巴尔迪尼壁画间传来男同性恋歌曲《下雨了男人》，而且还是出自一个大块头黑人大妈的嗓子，不禁感到毛骨悚然，诡谲异常。“哈利路亚，下雨了，都挨浇了，大的，高的，矮的，胖的，我正要出去，结果被浇个透湿！”唠唠叨叨，唱个没完。

姑且我们假定这位访客是某个误入纳伯勒庄园的漫游者，那么他在薄雾中看到的纳伯勒庄园的景象和心目中预期的贵族气派的阿卡迪亚还有一个不同之处，那就是从这座豪宅后面跑出来的简，也就是那位纳伯勒八世公爵夫人。她身穿一件由七彩薄丝编织而成的穆穆袍[①]。这件袍子在她颀长的身段上，如波涛般此起彼伏，看上去像一顶鲜艳炫目的帐篷。她那一头平直的灰白头发随风飘扬。她本人倏忽闪进一排宽大会客室的第一间，跟在她身后的随员以身材大小为序，包括一头大腹便便的越南猪、一只俾格米山羊、一只加拿大鹅，还有一只北京鸭。这群动物横穿门厅时，可能由于脚爪下面的大理石太凉了，都在不停地拉稀。

在海德拉巴式客厅里（这个房间当年曾藏有四世公爵珍爱的莫卧儿风格的微型画，如今只剩下一间印度外卖餐厅免费提供的一本日历，用图钉钉在柚木板的墙壁上。）这位八世公爵夫人发现房间没有其他人，只有一位十三岁的花季少女，正绕着一个嗡嗡作响的磁带放音机翩翩起舞。这台放音机放在光秃秃的镶木地板上，里面正播着那首男同性恋歌曲。这个女孩的舞姿肆意狂放，一头栗色卷发被甩成一圈栗色光轮，两条长腿在喇叭口的牛仔裤里使劲摆动。她那涂着指甲油的双手在空气中撕扯着，两只手臂像鱿鱼的触须，做着起伏的动作。房间里远离这位跳舞姑娘的地方，有一个大理石砌成的壁炉。这个壁炉硕大无比，可以和十字军骑士的坟墓相媲美。壁炉的炉栅上站着一只颤抖的惠比特犬。这只惠比特犬身上的肉紧绷在骨架上，阳光从它的腿间照过，照得它皮肤下面的根根血管像哥特式的窗花格，而这个可怜的畜生也就成了一扇活生生的彩绘玻璃窗。

“菲……比！”公爵夫人嚎叫一声，接着又来一声，“菲……比！”这时跳舞的姑娘才注意到这个怒气冲冲、臭气烘烘的母兽，用光着的脚指头关掉放音机。“噢，菲比，”简·纳伯勒说，“你现在在楼下跳

① 一种色彩鲜艳的女式宽大长袍。

迪斯科太早了——别人都还没起床呢。”

“我爸爸起来了，他在西侧的暖房里呢。”

“也许吧，不过，菲比，说实话，我觉得他昨晚压根就没睡。我的意思是，这只是个建议啊，你要是能等到九点钟再放迪斯科音乐就好了，到时我的日本佛教日莲宗团体将会造访——他们哼唱的佛乐会把所有人都叫醒的。”

“那好吧，”菲比不悦地说，“不过这儿实在太冷了，而我又找不到燃料。我甚至都在考虑把那只瘦骨嶙峋的惠比特犬撕碎，扔进壁炉里生火取暖了。”

“噢，那可不是个好主意，亲爱的。”尽管有传闻这位公爵夫人对一切活物都很尊重，但她却对菲比·沃顿这个野蛮残忍的想法不以为忤。“威斯坦是纳伯勒公爵的爱犬；他最喜欢这个可怜的小家伙。据我观察，人们养这种血统纯正的狗，与其说是喜欢，不如说内心有股想扮演上帝的冲动。你是说你父亲在西侧暖房，是吗？我现在过去看看他缺不缺少什么？来吧，来吧。”

公爵夫人的最后一句话是她对那群吸着鼻子、到处啄食的家畜说的。她对它们说话，仿佛它们都能听懂似的。它们像一群诺亚方舟里的动物，跟在她后面，而她拖在地上的裙边，就像一条丝质的多彩方舟。他们一走，菲比立刻把大厅的各扇大门关上，又重新拧响放音机，开始劲舞起来。

西侧暖房是一间玻璃铸铁结构建筑，严格按照一比十的比例复制水晶宫而来。它是十九世纪中叶现代派思潮短暂流行时，由纳伯勒四世公爵下令建造的。建成后一直屹立于这座豪宅的侧翼，并通过一个全封闭的玻璃走廊与主建筑相连。现在它看上去像一艘不祥的、朝过去驶去的维多利亚式太空船。不过这间暖房至少还有一个优点，就是当这所豪宅的其他部分被女主人心血来潮、毫无计划地进行改造时，暖房里的由四世、五世、六世三代公爵搜集的奇珍异草，不但在这里保存得完好无损，而且受到精心照料。

而亨利·沃顿被安置在这里也就成了一件顺理成章的事。因为在整座宅邸里，除了用人住的小屋外，就数这里最暖和。沃顿坐的轮椅的轮子卡在格栅上，整个人置于一片蒸汽的氤氲中，掩映在一大片瀑布状的热带植物中。几片桉树叶子顺势落在搭在他大腿上的苏格兰阿盖尔彩格旅行毯上。沃顿用他爪子似的一只手，把几片叶子归拢，放到刀子形、布满小点的鼻子前嗅了嗅。他另一只手在身上摸烟。简·纳伯勒和她那群动物随从这时正好窸窸窣窣、越过灌木丛走进来，发现了他的这个动作。"亨利，"她警告道，"你不能在这儿抽烟。"

"我不抽烟。"亨利有些不好意思地回答道。"我肯定不抽。我已经戒烟了，你是知道的，简。"

"我只知道你把这儿弄得一团糟。你手上拿的是什么？"

"我手上确实拿着一根香烟。毕竟我过去一直抽烟，想戒掉一辈子的习惯不是那么容易。但我现在只是在手上握着，并不抽烟，我手上需要有个东西捏着。你要是肯把你那只鸭子给我，我会欣然笑纳，用它的脖子代替香烟。"

"哦，亨利，我——我——我想不到你现在竟然还有心思开玩笑——"

"你是指我快死到临头了，是吗？"

"我是指你身患重病。"

"病也快结束了，简。游戏现在进入残局。我本以为你相信永生、轮回之类，不会和我谈论这种事。反正”——他强打精神，把手上的桉树叶和香烟扔到一边，将手伸向公爵夫人——“如果你那一套轮回永生的理论是正确的，那我下辈子愿做你的一头山羊。你这人也许有点蠢，但心肠是真好。谢谢你收留我和菲比，能在城外找到这样一个地方待着，真是一种慰藉。”

“哦……呃……这样的……亨利你不必这么客气……”简一时还不适应亨利这种客套话，尤其还是在这样一个怪地方。而且亨利这番话听起来，也有点不怀好意。不过她依旧说着大话，“你就放心吧，这绝对不是问题。你们在这里想待多久就待多久——菲比很可爱。不过有件事你得知道，亨利。宾克今天出去打猎了，他……嗯……他对午餐十分讲究——菜品、布置等等这些……他想知道蝙蝠脸到时会不会来这里……还有道连。”

沃顿大口呼吸了几口暖房里湿润的草木气息，说道，“说实话，简，我没想到经过你这么多年的灌输，宾克·纳伯勒居然还在猎杀野禽——”

“他现在已经不打猎了，”她打断沃顿，“他只是想看看猎枪还好不好用。”

“是吗？我还以为上次你在他头盖骨上钻圆洞时，把他脑子里司职杀戮的神经给废了。你信誓旦旦跟我说，在脑袋上钻洞可以给他开天目，疏浚他的心智。”

“哦，是的，亨利，”她凄楚地说。“疏浚的效果好过了头。我想他现在对艾玛·维普利有点意思了。”

“你是说主教妻子吗？”沃顿问。简默默地点点头。“上帝啊，这太难以置信了……我的意思是，他这样一个小体格……”沃顿表现出和性格不相符的惊讶，“而她却孔武有力……这真像……”

“真像蛮牛配山雀，”公爵夫人插话道。“我就是这么想的，亨利，他俩不般配。你瞧”——她说着啜泣起来——“我现在是强忍着不扫他的兴。你认为他俩会下来吃午餐吗？”

“简，你真可怜，家里充斥着全是这样的货色。估计再加个道连·格雷也坏不到哪儿去。”

“哦，关于道连·格雷，我倒不认为他像人们想象的那么坏，亨利；我以前以为你们是朋友。”

“正因为是朋友，我才知道他干的那些勾当。他昨晚还给我打电话，告诉我他新近干的一桩坏事。”

“那你说给我听听。”她掸了掸一把铸铁椅子上的灰尘，飘然落座。“把他干的事说给我听听，看他到底干了什么坏事——这样可以转移我的注意力，不去想宾克和艾玛的嘴脸……你能理解吗？”

“我觉得无论什么事情，都不能把他俩的形象从你脑海中抹去，简，”沃顿说，接着又小声咕哝道，“蛮牛配山雀，怎么遮掩都遮不住。”

* * *

道连·格雷喜欢四处逡巡，不分地点，不避讳任何事。随着岁月的流逝，他的这种游历有点像天主教教士的传教。所以他要是和梵蒂冈的红衣主教们在一起，一定不会觉得有什么不自在。没有哪一类人能逃得出他的关注：从美国中西部来欧洲找乐子的一群摩门教徒，来自北半球富裕国度到伦敦疯狂购物的家庭主妇们，还有那些在伦敦西区通过示威游行为自己正名的施虐受虐狂们。这些人们，不分年龄，不分性别，不分种族，不分性取向，道连都乐于勾引挑逗他们。如果有闲工夫能和他们讲讲价，那就更好玩了。

不过重要的是，要时刻保持警惕。道连已经发觉，一旦你玩弄的人达到成千上万，难免就会碰到某个当初被你羞辱过的修女，某个被你谩骂过的交通监督员，或被你折磨过的公职人员。所以道连还和以往一样，像个变色龙，根据周围形势改变着自己的行事做派。而且每一次肉体的撞击，就像酿造葡萄酒，酒会变陈，而酿造师还是同一个人。为了最大限度减少这些不愉快的邂逅，道连觉得自己在纵情欲海时还是处处小心谨慎为好。至于眼下，为了应付来自姜头的威胁，他还随身带一把手枪。

不过虽说如此，但有些地方由于位置便利，再加上提供的肉欲对象丰饶，道连还是觉得无法拒绝，比如各种游乐园，道连就喜欢一再光顾。那儿不仅游戏繁多，永不落幕，而且池塘小湖边有许多标致的人儿。其中一个地方就是伦敦南岸艺术区。在这片区域里，从一头新开张的牛津塔，到另一头皇家节日音乐厅，密密麻麻排列着咖啡馆、酒吧、画廊和演出场所。整个沿岸地区，吸引着无数闲庭信步的游客。而以粗野派风格著称的海伍德美术馆的人行道上，有属于自己的文化氛围。路上尽是一些玩滑板的年轻人和无家可归者。他们以各自古怪的方式吸引着猎食者的目光。

到了星期天，道连认识的那些的时尚人士，会漫步乡野，有的和自己豢养的宠物嬉戏，而道连自己通常会去参观展览，看戏或听音乐会，天天晚上夜不归宿，出入各种俱乐部和会所。他身上一点点的汗渍味，都会撩拨起人们的情欲。他就这样潜行着，时刻留意落单的猎物。那些人往往都是些不合群者，被人带到这片充斥着麻醉品和毒品的罪恶地带。

道连在海伍德美术馆主厅里闲逛。他对唐纳德·贾德[1]的赭色风格钢柱并不感兴趣，只是把它们当作中性背景，用来衡量那些令自己感兴趣的目标。这个男的不行——长得太丑，贼头贼脑，没什么难度。那个女的也不行，歇斯底里，过于神经质，玩完后除非用运尸袋才能打发走。他嘛，还行……嗯，很不错，帅气，虽说那条米色仿鹿皮裙裤有点掉价。他一定是个无业游民……噢，妈的！道连刚刚看上的这个猎物嘴角闪出一丝狞笑。原来这家伙碰见一位过去的老相好了。那混蛋来得真不是时候。两人相拥接吻，最后一起手挽手离开。道连在内心暗自鄙夷他们。他刚把视线从这恶心的场景移开，准备匆匆离去，不料却撞上一个人……海伦！

虽然岁月让她容颜老去，他还是一眼就认出她了。她现在早已青春不再，屁股因为生完孩子而臃肿，皮肤由于松垂而鼓出包来。一头道连从十五岁起就熟识的伊顿式短发也已不见。她的头发这些年来经历过染色、拉直、逆梳后蓬起，并且打成波浪状。现在的头发稀疏断续，在边缘还奇怪地结成球，原来那是她推着的婴儿车里小宝宝的杰作。这个小家伙大概十个月大，喜欢玩燕麦片、玉米片等谷物。

她的眼圈由于睡眠不足而泛红，眼角糊着眼屎。她瞥见道连苗条的身段：下身裹在黑色真丝紧身裤里，上身穿着更加丝滑的黑色外套。不过她对此毫无反应，目光又黯然地转向下一根贾德柱。不知道是出于什么心理，或许最恶劣、最不愉快的经历也有可追忆之处吧，反正道连睁开金色睫毛，亮晶晶的眼珠子迸发出认出故人的光芒。他

---

① 美国雕塑家，他的雕塑作品多以金属立方为主体，是极简主义艺术的代表作品。

轻启粉色嘴唇，露出珍珠般洁白无瑕的牙齿。他问，海伦，你还记得我吗？海伦一时没回过神来，过了片刻，干裂的嘴唇才张开，露出布满齿菌斑的牙齿。她好像因为认出他是谁，而显得有些痛苦——你是道连·格雷？

海伦现在由于照顾孩子，累得要命，还没顾得上发现道连这么多年来居然容颜不老。没错，他看上去光鲜如昨，但哪个男同性恋者不把自己照顾得十分周到？他看上去安逸舒适，但哪个人不比她的睡眠更多？要知道，她有个超级好动的宝宝要照料和养活，又从孩子父亲和自己娘家得不到帮助。况且道连有钱，而她呢，由于天生对财务不敏感，导致与周围的即时消费文化相抵牾，最后在各个主要经济指标上陷入万劫不复的境地。

道连·格雷具有太阳般的魅力，不过沐浴过他灿烂光辉的人们最终都会死在他的匕首之下。他这个发光的太阳有个本事，就是能够将光芒按自己的意愿亮灭，这让那些习惯于自己掌控电灯开关的人们有些不知所措，同时也使道连感觉自己像在黑暗世界里唯一一个握着手电筒的人。

道连恭维了海伦的孩子。这个孩子一看就是个混血儿。

——我现在搞得像个玩杂技的，海伦话里带刺，其实我和一个牙买加混混生了他。

——别这么说——道连蹲下来，双手捧起孩子的脸——别说的那么惨。

——真的，我说的句句是真话。那家伙对我们做的最大好事就是撒手不管。

但道连不会对她们母子撒手不管；他带这对母子去国家电影剧场

内的一家餐馆吃午餐。道连心里思忖，有孩子在一旁，就餐时的气氛应该比较轻松。他想的没错。他给孩子喂奶糊，哪怕奶糊沾到他那件KENZO[①] 外套上，也不以为意。而海伦却在心里臆测，道连是那种身上有母性的男同性恋者。这种人如果有机会，会成为一个好父亲。海伦看着道连，心里升起一股爱意。

道连给海伦点了咖啡和白葡萄酒。前者可以让她保持清醒，后者令她口无遮拦。他现在已经将海伦对他的怨气化为无形。把你的妈咪包给我，道连对海伦说。

——你想干什么？海伦吓了一跳。她甚至没想到道连居然认识这种玩意。

——我想给你转转运，把你生活中的坏事全部变成好事。说完，道连大笑起来。好了，不开玩笑，我想把他打扮一下。他举起孩子，还没等海伦顾得上阻止，就把他抢走了。五分钟之后，他抱着孩子回来了。孩子嘴里吐泡泡，咯咯地笑，还用胖嘟嘟的小手抓道连的下嘴唇。

当得知海伦住在腾汉姆格林，道连主动提出一起打车，顺路送送他们。他跑上马路去拦出租车，扶他们母子上车，并给司机指路。当出租车路过格洛斯特路，他提议去喝茶。海伦有些踌躇，因为有孩子，而且还绕路……道连指给海伦看，示意她孩子已经睡着了。

在道连皇家马厩的家的入口处，一个个头矮墩墩的中年男子坐在一辆车里，注视着来来往往的人们。这是姜头每个周日下午的固定功课——监视道连。他其实并不知道道连的动向和时间安排，但他确信

---

① 著名日裔法国服装设计师高田贤三创立的品牌。

一旦机会来临，他一定会发觉。

海伦带着孩子来到道连家。道连从一堆垫枕中拿出一个，揉成小床模样，轻轻将孩子放上去。孩子还在睡着。海伦看了看四周风格保守的家具，又看了看道连。你依旧这么年轻，道连，可这些家具却老气横秋。

——噢，是这样的，他轻描淡写地表示，大部分家具都是我继承的遗产。我不常在这里住，所以也就没必要更换它们。

他们一起喝茶，吃奶酪蛋糕，又喝了点白葡萄酒。海伦被道连逗得咯咯直笑。她自己都记不清多久没这么开心地笑过了。这不正是我期盼的吗，她在心里想着。她觉得自己真蠢，怎么和那么多老朋友失去联系。但一想到和道连重新相遇，又不禁觉得怪有意思的。那时她觉得道连对自己残忍，想不到现在居然对自己又这么好。暮色降临，孩子还在昏睡，好像这所幽僻的小房子具有某种催眠的魔力。道连又给她斟了点酒。道连把自己光滑苍白的手搭在海伦通红憔悴的手上。在昏黄桌灯的灯光下，这一幕居然显得不那么突兀。

——你想要干什么？她咯咯地笑着。

——我想吻你，他答道。

——别胡扯了，她的笑声更大了，我不对你的口味。

——不，你正对我的口味。说着，道连的嘴含住海伦的下嘴唇。

海伦抽泣起来——好久没这样了——她握住道连的肩膀。如此强健，如此结实……道连的身体柔韧性很好，整个将海伦缠绕起来。

他把她身上那件肥厚的翻领套衫从头上脱掉，接着又一次脱掉潮乎乎的T恤和有奶渍的紧身弹力裤，最后松开胸罩的三颗摁扣。道连做这些动作时，内心充满了对海伦的厌恶感。她的内衣是肉色的，但和她的肉体颜色还不完全一样。在他吹毛求疵的目光看来，她的肉体像没煮熟的牛肉一样泛着油腻而恶心的色泽，而她的体味也正好有点厨房的味道。

因为害怕孩子醒过来，海伦对道连说换个地方去做，否则宁愿不做。道连只好答应了。再说转到卧室也好，那儿没什么家具，四周的壁板都是橡木。他觉得那儿的环境更好，他可以充分考量如何最大限度将艾滋病毒传给海伦。由于已经有过无数次让人感染艾滋病毒的经历，道连现在做这种事就像病毒学专家将一棵弱化的毒株注入小白鼠体内那么精准。不过道连并没有耐心一直监测小白鼠们的后续反应，所以他一般都是凭直觉行事，包括如何寻找目标下手，多长时间做一次效果最好等等这些。

由于他的这些性玩伴一般很少存有戒备心，所以道连做起来一般都比较顺利。当然，这些性玩伴很少有道连真正看上眼的。当他看到海伦拿出避孕套，道连心里一阵狂喜；做这种事，他最喜欢对方不一味屈就。海伦恰恰就是这样。她虽然喝得晕乎乎的，但头脑还比较清醒，知道在卫生防护上拉一条警戒线。他直接进入她的身体，假装充满爱意，就像一个在房事上放不开的妻子伪装高潮的样子。接着他俩又干了一次。这时孩子醒了。他们给孩子穿上衣服，给他喂食，又陪他玩了一会。等哄孩子睡着，他们再次做了一次。没费什么口舌，道连就说服海伦留下过夜。后来当孩子又醒来时，他们在铺着黑瓷砖的卫生间给他洗个澡，用皇室牌香皂给这个普罗小孩身上打满了泡沫。然后他们共进晚餐。吃完后，他们把孩子放到床上睡觉。道连这个家充满着德国式舒适氛围。当然不能据此责怪海伦和纳粹合作了一把。

到了午夜时分，道连将避孕套从包皮上褪下，将死亡注入海伦体内。此时海伦虽说神志恍惚，烂醉如泥，但还是感觉括约肌像干涸的嘴唇一样爆裂开，尽管道连已经给她抹了凡士林。最后当她沉沉睡去，道连独自上楼，一连几个小时盯着屏幕看《阴极的那喀索斯》，惊叹影像里那些那喀索斯们长着粗糙通红的爪子，而现实中自己的手指却十分好看。

第二天，道连介绍蝙蝠脸和海伦两个女人互相认识。他打定主意，将海伦留在身边，充当花瓶式妻子的角色。而海伦为此获得的奖励，要么是死亡，要么是逃脱一死。

蝙蝠脸从切尔西步行过来。看到海伦，她结结巴巴地说，这令——令——令我想起露·安德雷斯·萨乐美。

——你是指尼采的情妇吗，海伦问。

——我——我——我不认为他俩是那种关系，蝙蝠脸说到这儿居然脸红了。海伦觉得她这个样子很可爱。

——你正在写一本关于她的书吗？海伦边逗宝宝边问。蝙蝠脸心不在焉地用手指摆弄着卷发。

——我对那些边缘女性感兴趣，蝙蝠脸说。我是历史学家。

——我知道，我听说过你，海伦说。

——我可不想做边缘男性，道连插话道。我们该走了，蝙蝠脸。不然就要迟到了。

他把这所房子的备用钥匙给了海伦，告诉她要想住这里，尽管住好了，冰箱里的东西也想吃就吃。凡是他的东西，也属于她的，哪怕她自己还不知道。最近道连有些心神不宁，隐隐觉得复仇女神将会降临他的这间住所，让他遭受天谴。所以让一个女人带着孩子住这儿或许能除除晦气，让他潜在的敌手迷惑。这一招确实值得一试。

道连和蝙蝠脸出来后，在那伯顿把他那辆名爵车停了下来，在美丽的科茨沃尔德乡村周边一圈礼品店选了几件礼物，准备带给女主人。

——噢，道连，这儿的紫藤花居然这么晚才开，蝙蝠脸对道连说。

——嗯，是啊。不过这地方年复一年被授予最佳乡村保持奖，所以他们很可能有钱铺地热系统。道连在礼品店买了个复古样式的奶罐，蝙蝠脸买了几个薰衣草浴块。道连自小在国外长大，所以他永远也无法理解，英国的富人为何乐于接受这些最廉价、最无用的玩意作为礼物。而他们将要拜访的简·纳伯勒——拜亨利所赐，道连现在对她已十分了解——如果继续源源不断地在大师、智者、喇嘛等三教九流的人身上不停地砸钱，那她破产也是早晚的事。她无力承担这个不断加重的包袱，道连喃喃自语着。

——你在咕哝什么？

——我在说纳伯勒一家——我说他们今后将无力承担这个不断加重的包袱。

——你现在说话的调子像亨——亨利，蝙蝠脸说着打了一个嗝。噢，对了，道连，我忘了告诉你了，你不该把车停在这里。

只见一个怒气冲冲的农村老头正站在一旁斥责他俩。这个老头胸前别着“扶轮国际”[①]徽章，穿一件花格子马甲。他的这片草坪像一块碧绿的蛋糕，而道连冒失地将车开进来，在蛋糕上留下几道巧克力色车辙。老头动作夸张地记下道连的车牌号。几分钟后，当姜头开着

① 一个全球性的慈善团体，主要由商人组成。

他那辆福特塞拉驶来时，老头还在喋喋不休地骂着。姜头表现得十分谦和恭敬，让老头平静下来，接着又大方地在老头家订了一间包食宿的空置房。

纳伯勒家的午宴极其丰盛，尤其是在狩猎季节。午宴一般安排在二楼餐厅。餐厅里陈设着男性家族成员饱经沧桑的戎装照和该家族狰狞的族徽（这个族徽是一片白色的罂粟花配以家族箴言：从恚而终，矢怒不渝[①]）。午宴上的宾客人数从未少于二十五个，这些人三分之一是东方面孔的神秘人士，三分之一是西方面孔的狩猎人士，剩下的三分之一是社会上各色食客，他们一到周末就蜂拥来到乡间豪宅。

大卫·霍尔爵士和他的夫人，安吉拉·布朗瑞格，查洛·兰伯特、老费、道连、蝙蝠脸、菲比·沃顿，这些人统统坐在足有一个板球场大小的红木餐桌的一段，用刀叉挑食量大分足的绿叶菜蔬。简·纳伯勒自己在几码开外，和她那群佛教僧侣朋友坐在一起。这群僧侣鬼鬼祟祟地小口喝着木头碗里的豆汤。亨利·沃顿坐在斜对着餐桌的轮椅上，悄悄地对道连耳语，“她简直就是个奶牛，不过不幸的是，我现在是农场动物福利组织[②]的狂热拥趸。”

他的这位老熟人吃吃笑起来，问道，“想来点葡萄酒吗，亨利？这儿的波尔多干红还过得去。”

“我过去喝酒是为了遗忘，”沃顿又开始卖嘴皮子，“现在我已将喝酒遗忘了。”

道连起身去找酒杯。

在餐具柜边站着一溜清一色体格健硕的爱德华时代绅士打扮的男

---

① 原文为拉丁语。

② 非政府组织的慈善机构，宗旨是防止虐待动物行为，更加尊重农场动物和环境。

子。这些男人们衣着高度一致，下身穿着花呢灯笼裤，上身是诺福克猎装。他们的皮肤像烤牛肉样的红棕色，个个长着猪眼似的小眼睛。这伙人如果走在大街上，会被认为是一个模仿秀乐队，模仿的是“九十年之后”[①]。只不过使用的乐器是普德猎枪[②]，而不是久负盛名的芬达电吉他。这些大块头的猎人们正往盘子里堆放死板的香肠、厚厚的火腿，以及足有拖拉机轮胎大的野味馅饼。他们大声说笑着，互相敬酒，情形相当不堪。

从这些政治卡通画般大块头汉子的大腿旁窜出公爵本人。公爵身高不足五英尺，秃脑门上散披着几绺银发，上身穿一件杜勒加花呢外套。这个外套又短又小，仅仅裹在身上，像一件毛茸茸的杂技紧身服。人们要是低头看他的脑袋，就会发现他脑壳中央有一个红红的、一跳一跳的凹陷。那是他夫人植入的动力钻。虽然那次手术之后，伤口皮肤早已愈合，但这次手术无疑彻底改变了宾克 · 纳伯勒。手术前，公爵大人只是有点性格古怪，手术后，却彻底疯了。现在只见他在餐厅里到处乱跑，给这个客人来一点莴笋，给那位客人拿个土豆。他把这些食物放在客人的餐盘里，嘴里还不停地念叨，“不错，很好。”“谢谢你，宾克。”这些壮汉们纷纷表示感谢。“真不错，这土豆真是棒极了。”公爵本人当然已经疯了，公爵夫人也清醒不到哪里去。而公爵的儿子，也看不出有多大可能活到下个千禧年。但这些都不是壮汉们所关心的，反正现在是英格兰最佳狩猎季节，他们只需尽情享受就是了。

---

① 1969 年电影《阅兵》(*Pictorial Parade*) 里的一个画面。
② 英国顶级定制猎枪。

在这个场合，沃顿像悲苦的退瑞西阿斯[①]。他现在双目几乎完全失明。无论怎么努力，眼睛只能感知到外界一点点灰蒙蒙的光影。海斯特·霍尔走过来和他打招呼，拿一把椅子在他轮椅旁坐下来。“你现在感觉怎么样，亨利？”她问道，其实心里清楚，就算他现在变得比以往更刺头，自己也已经不像过去那样脸皮薄了。

“我觉得自己和这个世界融为一体了。”沃顿答道。

她听了来了精神，“是吗，那太好了，我很高兴你现在不那么愤世嫉俗了。”

“那是当然——这个世界和我一样，都得了绝症。”他用自己的爪子握住她的手。“我现在连站都站不起来。可你看看餐柜旁那些行走自如的逆转录病毒们，他们正在破坏、吞噬大自然的白细胞。”

“你能不能不要这么极端？”

“你觉得这是无关紧要吗——”沃顿突然改变话题，“谁在那儿？”

“你是指刚进来的家伙吗？”

“就是他。你跟我描绘一下那个家伙，霍尔夫人。虽说咱们的母语是一门饶舌的语言，还是请你尽可能给我白描就行。”

“那人是个大块头、胖圆脸的年轻人，穿一件带笑脸的T恤。头发乱蓬蓬的，看上去有点那个……像嗑药了。”

“啊！快别说了；他是这儿名正言顺的下一代，未来的九世公爵。”

“我以前从未见过这个人，”霍尔夫人对沃顿的讽刺无动于衷。

---

① 古希腊的盲人先知。

“他叫什么名字？”

“这问题问得好。我给他起个雅号，叫‘棕瓶’，因为这家伙不是个好东西——他口服美沙酮十五年，成瘾了。他去那伯顿，在药店的柜台旁，用棕色药瓶大口喝着这种毒品，和街头吸白面的毫无二致。霍尔夫人……”说到这里，沃顿的声音不怀好意地变得亲密起来，“我倒是想尝尝他的药品；这些玩意对我来说多多益善。”

“你真的这么想吗？”沃顿的话不料勾起霍尔夫人另一番思绪。“我确实知道现在这些新药上市了——你是在参与药物试验吗……德尔塔公司的，是吗？”

“没错，的确如此，这种治疗能延长寿命……但不能根治。现在有一些新的办法来测病毒载量，也出现了一些新的药物——医生们称之为蛋白酶抑制剂，好像快取得突破了。一旦研制成功，那么现在所有艾滋病人统一的治疗方案将会变为个人化的治疗。我说的是真的，霍尔夫人，”沃顿叹口气，“虽说我视力不佳，我一直对药物研究进展十分关注。我女儿菲比可以说是互联网精灵。她上网帮我搜索这方面资料。好像他们给这种疗法按首字母缩写，简称为‘鸡尾酒疗法’。可是我担心的是，我等不到这种鸡尾酒疗法研制出来，就已经一命呜呼了。”

“是吗？”

“当然。我身上还有一种病毒，丙型肝炎病毒。这种病毒和艾滋病毒联合向我发起攻击，使我患上肝癌。另外肺炎也让我的肺坏掉了，视力也衰弱了。我现在一身是病，整个人掉进药罐子。不过，一切都快结束了。”

午宴也快结束了。这些大块头猎人们纷纷把裤兜里的酒瓶、猎枪、折叠式手杖堆积在一起。这些玩意撞击，发出嘭嘭响声。“嘭嘭嘭”，宾克·纳伯勒公爵在餐桌一头用嘴模拟发出枪响声，样子像个芒奇金[①]人。“谁在射击？谁在射击？谁在射击？嘭嘭！”道连迅速穿衣离去，而大卫·霍尔虽然有些中风，却一瘸一拐地跟在那帮猎人后面。

老费走到沃顿的轮椅跟前。“需要我帮你推回暖房吗？”他打着哈欠问。“如果暖和，我还可以在那儿打个盹。说来也怪，每到狩猎周末，我在纳伯勒庄园做梦都会梦见狩猎。”

“嗯，那好吧，费格斯，”沃顿说，“不过请把菲比叫来陪陪我们；要是你昏睡过去，我可不想落个被人遗忘、活活冻死的结局。”

果不其然，老费蜷缩得像个小雪貂，在猩红色巨型喇叭状热带灌木丛的空隙处，昏然睡去。还真梦见狩猎。早年他经常在纳伯勒庄园和宾克的祖父，性情暴躁的六世公爵一起打猎。六世公爵当年曾指挥过一个团参加过布尔战争[②]。在战争期间，偷偷收集了一批晾干的卡菲尔人[③]的阳具。老费确信，这批宝贝现在还埋在这座庄园的某处。

老费知道，在纳伯勒庄园打猎，最没意思要数在北部靠近科茨沃尔德那块区域了。那块地方面积有二百英亩，草木茂盛。只要枪法差得不太离谱，都会有所斩获。那时老费这些年轻人根本不用什么猎物袋，一个下午时间，成千上万只雉鸡、山鹑、沙雉、鹌鹑就会被猎杀殆尽。这些猎物两两穿在一起，像战利品一样被陈列在林间空地。而这些猎人们，像他们的军人祖先当年在滑铁卢一样，列成空方阵，周

① 绿野仙踪里的人物。
② 英国人和布尔人为争夺南非的殖民地而爆发的一场战争。
③ 南非班图人的一支。

围的农民负责在打猎时把鸟群从树丛中驱散出来。

这次的狩猎是在一个美妙的下午。天气更像早春，而不是晚秋。狩猎的第一步是先派几个人沿着敦特树林走一遭，拍打白蜡树和白杨，摇摇下层灌木丛，以惊起猎物。然后猎手们松散地列队站好。大块头、肌肉发达的壮汉站在队伍一端，年老体弱的在另一端。道连·格雷在最侧翼。他用的猎枪古朴而不花哨，穿的猎装实用而不轻佻。但即便如此，从帽檐上插着的松鸡羽毛，到系带的猎靴，他浑身上下优雅中透着不寒而栗。

而公爵本人在队伍前后跑来跑去，手上拿着一件可笑至极的兵器，由一块木头雕成的仿普德猎枪。嘭砰！ 他嘴里嘟嘟哝哝。嘭砰！ 我说，伙计们，记住，打鸟可以，可千万别伤着人。嘭砰！ 去年有个家伙，开枪擦伤一个驱猎员[①]，把好好的打猎搞砸了。嘭砰！你们的枪最好都像我这样；嘭砰！ 缴枪不杀！ 嘭砰！ 这天的打猎，到目前为止如果说有什么意外，那就数公爵本人这种捣蛋了。不过随着第一批雉鸡扑腾到空中，平飞起来，猎手们纷纷猛扑过来。就在这时，公爵看见他的儿子，隔着两块田地，沿着一条欧椴树大道，偷偷地加入到猎人当中。

道连·格雷先开了一枪。他猎枪的准星对准一只漂亮的雄雉。雄雉中弹后，在不远处的空中摇晃了一下，栽倒在地上。这真是美妙的一天。道连非常享受这样的狩猎，而昨天晚上玩得也很疯狂。所以道连应该很尽兴才对。但不知为什么，他心头始终隐隐有着一丝不安，难以排遣。这时天上还有些鸟在飞，其他猎手也开始纷纷开枪。道连

---

① 负责拍打树丛，惊起猎物的人。

本来有足够时间从容地发射第二枪，但不知为什么，树丛中有个带颜色的物体引起了他的注意。他放低猎枪。原来是个驱猎员。他身材矮墩墩的，面露凶相，正举枪瞄着道连。道连一下子就想起他是谁。此人正是他的煞星。道连的耳边传来大卫·霍尔猎枪发出的噼啪声。这时他几乎不假思索，完全出自自我保护的本能，迅速抬起猎枪，扣动扳机。那张胖乎乎的脸化作一片血红。

过了好几秒钟，其他驱猎员发出的惊呼声才盖住打猎的枪声。一个小小的罪愆，又挣脱开来，升入天国。

18

接着电视屏幕的闪光，这两个男人的面庞由绿色转为橙色，继而转为蓝色，再转为白色。这些色彩虽然亮丽，但激发这些色彩的电视机却是俗物，两者颇不匹配。其中一个男人的脸庞瘦削，布满皱痕，下巴像猿人那样尖而突出，眼珠子像黑色纽扣——整个人看上去就像是用袜子做成的手套式木偶。而另一个男人的脸像短小的四脚兽的吻，只不过在本应长触须的地方，换成了一副夹鼻眼镜。

这两个男人脸上变幻的色彩把他们的身后也照亮了，那是些锯齿状树叶和植物高耸的叶柄和叶梗。这两人一个坐在轮椅上，身上盖着毯子，另一个姿势难看地坐在一张铸铁椅子上。两人仿佛置身于一片奇异的热带雨林之中。只不过在这片雨林还有电。就是不知道电源插座是不是植在仙人果的果实里，而两人是不是靠燃烧脑海里那些胡思乱想来发电，驱祛雨林里出没的夜行动物。

他俩盯着电视屏幕。屏幕上有个年轻女人——一头短发剪得井井有条，一双大眼睛被乌黑的睫毛覆盖着。她正热切地向一个男子讲述自己的婚姻如何由于丈夫情妇的介入而被搞得一团糟。“在我们的婚姻里，居然出现三个人，这也有点太拥挤了。”

“三个人还算不上拥挤，你说呢，费格斯？”亨利·沃顿说。“况且如果真的照她老公在情妇手机录音里所说的，她老公认为自己不过是个月经棉条。”

“什么，大西洋海鲢[①]？”老费恍惚地回应着。“你是在幻想捕鱼吗？”

“什么捕鱼，你这个老笨蛋，月经棉条，威尔士王子说他宁愿做个月经棉条，这样就能塞进卡米拉·帕克·鲍尔斯的身体里。如果真能那样的话，婚姻里有两个人就够了，而且两个都可以是女人。”

“我不知道戴安娜王妃是女同性恋，”老费这时回过点神来。“如果她和卡米拉真要是一对，那倒不难区分谁充当男角。”

“不，不，不，费格斯，你胡扯些什么。你心思完全不在这里。咱们就别在这里费口舌了。你没发现吗，现在是历史上的电视时代。所以凡是大事都会获得全球关注。”

老费本来为今晚的娱乐贡献不少，是他把电视放在一个轮椅上，推进沃顿待着的暖房。现在他又陷入阴郁的沉默中。过了一会，他扭动一下身子，哀叫道，“亨利，我们这群人中，并不是只有你得了病。”

“是吗？”

“是的。你可能没在意，我有严重的发作性睡眠症。”

“关于你这病，大家没有不知道的。我们大家都能随时保持清醒，而只有你才会丢三落四。”

“我看出来许多人在笑话我，但我最初犯病时一点也不可笑。现

---

① 在英语中，tampon（月经棉条）和 tarpon（大西洋海鲢）发音相近。

在我年龄大了，病情更严重了。”

“年龄大了？”沃顿表现出难以置信的样子。“你刚生下来，就像八十岁。”

“也许是吧。但我这种荷尔蒙激素缺乏症现在越来越严重了。亨利，你对各种药物如数家珍，能不能在黑市上给我搞点II型下丘脑分泌素？”

“下丘脑分泌素？那是什么鬼玩意？”

“是我体内缺乏的一种荷尔蒙。如果我不缺乏这种物质，就不会像现在这样频频入睡了。”

“噢，拜托！这些东西都是有价无市的。II型下丘脑分泌素——你认为这个发福的斯宾塞家姑娘能分泌……”（这时电视画面上威尔士王妃低声地说，“我想成为人们心目中的王后……总得有人来到这个位置，来热爱人民，并将这种爱显现出来……”）“她当然得显示一点爱出来，分泌出一点II型下丘脑分泌素总比分泌别的要强。”

“我不知道你在说什么，亨利，”老费有些愠怒，“对于你这种东扯西拉式的谈话，我已经受够了。我现在后悔刚才求你帮我搞药。我会找其他人想想办法——现在什么时候了？”

“噢，我也不知道，大概九点左右吧。”

“那些猎手们肯定几个小时前就回来了。怎么也不见有人来找咱们？蝙蝠脸和简也没动静。”

想不到老费这老东西随口这么一说，居然还挺灵验。连接暖房和庄园主宅的通道真的传来匆匆的脚步声，这脚步声宣告道连·格雷几分钟后即将莅临——由于这片雨林，他不得不花点时间来找这片林中空地。

“这帮打猎的真是一群蠢货，”他骂骂咧咧道，“他们真是蠢得无以复加，不是吗？”

“我个人认为，”沃顿听出来道连的不满，字斟句酌地说，“这一点不言自明。”

“真他妈是不言自明。我居然和这帮蠢货一起待了五个小时。花整整五个小时，结果闹出个恶心的走火事故！”说着，他朝四周看看，想找一块泥地将他的载火线接地。可惜这儿唯一的空场被沃顿的轮椅和老费的座位占据——而老费现在如牛顿定律般精确地睡着了。

“走火事故？”沃顿用遥控器关掉电视里威尔士王妃处心积虑的表态。“射到谁了？”

“一个驱猎员。”

“真见鬼，”沃顿说，“那简的麻烦更多了；庄园的工人会公开造反的。”

“哦，那家伙不是本地人，”道连拿出一个银质烟盒和打火机，点燃一根烟。“这儿没人认识他。他们的头儿今天才刚雇他——是在那伯顿一家酒馆碰见他的。而且他的脸现在被打得稀烂，所以除非他在此地有同伴，不然当地警察要弄清他身份还得好好费一番功夫。”

“真是便宜他了。”

“便宜谁了？”道连问。

“当然是便宜射他的那个人喽。”

“呃，他们说是我射的，不过大卫·霍尔也有很大嫌疑——他打猎时嗜血成性。我才不管他是不是什么鸟大臣呢，压根就不该让这种残废人参加打猎。”

“到时事情会弄清楚的，道连——借助于弹道学之类。不过看到周围有人被搞死，是不是很刺激？”

“你什么意思，沃顿？”

“没什么意思，我只是随便说说。”

“这是一起事故——我不认识那个倒霉的平民。我这辈子没有和留姜黄色头发的家伙打过交道。”

“是吗？”沃顿用他那照相机取景器般的眼睛不动声色地打量着道连一脸无辜的表情，像摁下快门似的眨了眨眼皮，为后世留下这一瞬间。

“那还能有假。”道连在地上掐灭香烟。“沃顿，你整夜整夜都待在这儿吗？”

“我？不……不，我不想待在这里。告诉我，你现在能自由出入庄园吗，道连？”

“这里的人告诉我，只要事先告诉他们一声，我可以想去哪就去哪儿。目前他们还没指控我。”

“如果是这样，那你能开车送我回伦敦吗？”

“回伦敦，就今晚？”

“就今晚。我想在伦敦这个永恒之城的某个贵族之地结束生命。而这里，像你所说，是个平民之地——对不对？”

“你这话什么意思？！”道连的目光闪烁，想伸手去抓沃顿，但沃顿这个垂死之人却笑了。

“我讨厌在这儿不能吸烟，道连。我的味觉现在恢复了，而嗅觉甚至比以前增强了，结果我鼻孔里飘进的全是各种难闻的气味。比如你身上散发的恐惧味道。刚才你用‘平民’这个词，这说明了你知道那个死者是来自城市。不过还是不扯这些了，我没那么多时间。反正这次走火事件，印证了我的一个看法。你确实是这个时代的精灵，不过你醉生梦死，现在无可救药了。开车送我回家吧，道连——我等不及了。”

* * *

虽然急着回家等死，但沃顿还是苟延残喘到翌年春天才去世。他对海斯特·霍尔说的没错。尽管抗逆转录治疗确实有效，并且在其后的一年里，哪怕病情很严重的病人最后都能下地行走了，但沃顿却没能成为他们中的一员。

其实，一直以来，无论凭直觉还是凭医学知识，亨利·沃顿都心知肚明，吸毒和纵欲不但让人来日无多，而且会在未来得到报应。现在的放纵，无论是以周来计，还是天来计，还是分来计，还是以秒来计，都要在将来偿还，偿还的代价是肉体毁灭，精神崩溃。既然已经在心里做过这样的精打细算，所以对于自己年届四十就将殒命，沃顿也不感到什么惊讶。

他甚至还庆幸，这场绝症来得正是时候。现在生命进入倒计时阶段，就更百无禁忌了。时光现在对他来说，分钟就像清澈的水滴，小时像流动的飞沫，而天就像缓慢流淌、污浊的河流，最后对这一切都无感，只剩下疼痛以及注射镇疼剂后的轻松。沃顿十分清楚，这个过程其实是对他整个人生的重演，也是世上每个人都逃脱不了的命运。所以既然如此，他也就不妨追求及时行乐。

在他人生最后几个月里，蝙蝠脸和菲比将他的帕克诺尔躺椅移到客厅的飘窗上。他残存的视力已经无法观看电视了。不过这也不要紧，因为现在他对娱乐的全部要求就是只要是动的就行。蝙蝠脸和菲比在他身旁立个架子，上面放一台高倍望远镜。有了这台望远镜，外加他左眼上足足一厘米厚的镜片，可以让他能看到对面摇摆人的脑袋在他残留的一点点灰色的、不规则的视域中进进出出。能看到这点景致，已经让沃顿十分安慰了。他现在基本上对任何事情都提不起兴致。除了医生开的药，他没有其他药物吃；除了矿泉水，他没有其他东西喝；而矿泉水在并不久远的过去，都是被他用来洗车的。

他观看摇摆人钟摆式的运动。他观看杯子里矿泉水的气泡斜向上升到水面。这些水泡令他想起当年他玩弄过的青涩小伙子们。他还随意地用喷雾器朝嘴里喷一点喷他脒[①]。不过除了保留使用一些姑息剂，他现在已经逐渐将各种丸剂、药膏和饮剂都停了。他静静地、怀着敬畏之情等待死亡的来临。他在心里想，死亡会以怎样的形式降临？时间老人会站在一扇半掩的铁门门口，用手示意他走进冥府？——也许吧。不过他有时也会胡思乱想，比如设想人们抬着他的棺材，走在马路上，嘴里哼唱着灵歌，身上橡胶防弹背心摩擦发出怪声，或者设想摇摆人发射一枚舰对舰火箭。这枚火箭放出一条绳索，摇摆人顺着绳索下来，将他的僵尸运回到他那条搞笑的船上。

他让蝙蝠脸和菲比照常生活，不必刻意照顾他——她们也照他说的做了。平时照顾沃顿的人都是些干活麻利、不易反胃的护工。他也不需要身边有人陪，因为有老费。现在的老费已经不花钱雇那些社会上的下等人痛打自己，也不必借助南美秘鲁的提神草药来治疗自己的突发性嗜睡症。他现在每天都来沃顿家。而沃顿这栋没有时间概念的宅子，和其他地方相比，也可以更好地供他神游驰骋。他俩就这样并

① 用于治疗艾滋病并发症的药物。

排斜躺在扶手椅上。亨利又高又瘦，即将英年早逝，费格斯又矮又胖，未老先衰，不过大概倒是能活过新千禧年。老费现在也不想什么人体冷冻了，整个人已经冷静下来了。

他俩就这样斜躺着，看摇摆人这样摇摆。要不然，他俩就睡觉、做梦。在沃顿的睡梦中，潜意识像一片扩张的内海，将一道道幻想的细流推进集体无意识的汪洋大海。这片充满矛盾的潜意识区域，在他两块狭长太阳穴之间扩展，里面有白色可卡因山脉，和棕色海洛因尾碛，还有香槟湖泊，湖边有半人半马状的怪物在奔跑。这种怪物上身是男孩，下身是马。怪物长着纯种马的乳房，鬃毛闪闪发亮，而上身的面部表情却聪颖、羞涩、单纯。噢，它的鸡巴像马的一样大。

不过亨利的梦境也有闯入者，闯入的景象更奇幻。这些景象神速地在亨利的梦境里进进出出。这要归功于沃顿身旁鼾声如雷的老费。既然躺在这样一个资格更老、经验更丰富的做梦者身旁，沃顿梦境里的各种想象不受这个小个子睡眠的影响是不可能的。沃顿现在已经在像老费靠拢，梦境比清醒状态下更连贯、更持久。做梦时，老费有时会梦到外面世界的一些事情，尤其是关于道连·格雷的。如果他力不能及，沃顿的梦境会接过去，给他补充。

* * *

道连现在已经从纳伯勒庄园返回了，又过上和以前一样的生活，好像什么事情都没发生。姜头现在死了，海伦和她的宝宝对他也没有用处了。他不需要用他们打掩护了。不过他还是打算在家里有个女人。所以在这之后的几周里，他依然对海伦母子体贴如初，让他们安心留在他家里。

但家里有了女人之后，道连就多了新的花头，有了更新、更刺激的方式来行恶。他盼着把海伦传染上艾滋病，让她身上露出症状。他觉得这不过是个时间问题，而时间是他最不缺的。

他开始背叛海伦，而且用一种漫不经心、毫无顾忌的方式进行。这比处心积虑地使坏更恶劣。他故意凌晨三点回家，故意在他的名爵车前排对同性男友进行口交，让她撞见，或者故意把一些他拈花惹草的证据留给她发现。很快，他彻底夜不归宿，而等到白天对着她那张老脸，他竭尽揶揄嘲笑之能事。

然而，海伦并没有如他所愿，被他的行为气得发狂。和那几位先前被他抛弃的情人不同，她并不迷恋道连诱人的胴体和清新的魅力。相反，和道连当年排斥她一样，她现在对道连也同样不感冒。一天早晨，道连醒来时发现，海伦正在一旁像法医检查尸体一样审视着他的裸体。上帝啊，她惊叹道，你的身体看上去和十六七岁的小伙子毫无二致，道连。

——你这话什么意思！道连大声嚷道，边说边把被单扯到自己褐色修长的躯体上。

——就是这个意思。海伦讪笑着。我说你的身体像个雏儿。海伦盘腿坐在床上。时隔十五年，道连再次见到海伦在他面前呈现出裸露的身体。这次没有自卑，也不搔首弄姿，而自有一种以前从未有过的尊严，一种带着沧桑的尊严。道连，她继续说道，一开始我见到你丝滑的头发和光洁的肌肤，我很兴奋。但现在，坦率地说，我觉得有点不对劲。一方面，我知道你到处放浪形骸，另一方面，你的身体却保持得宛如童身。这两者互相矛盾。告诉我……她从床头柜上捡起一盒烟，摇出一支含在嘴里，点着后深吸一口……你到底服食了什么灵丹妙药？或者你在接受某种治疗，交换血液之类？不管怎样，有一点是肯定的，就是你这种情况是违反自然规律的。

道连听到这里，一把扔掉枕头，抓起衣服，跑进卫生间。他在卫生间穿衣服时，两手直发抖。在卫生间，他能听见那个形容枯槁的老女人从外面传来的狂笑声，咳嗽声和放屁声。

这不是一个适合警察来问讯的日子。不过这些家伙既然是条子，行事也就乖戾，所以他们还是来了。来找道连的是一个名叫麦克卢利的刑事侦探。他来自厄尔科特路警察局，为人圆通温和。由于他说话彬彬有礼，再加上身材魁梧，警衔高，衣着考究，所以道连不得不花上比平时更多的时间，来打起精神应付此人的来访。但即便如此，他心里依然没底，不知道自己这招能否奏效。因为自始至终，这位麦克卢利警官只露出一次笑脸，那还是海伦给他端上一杯茶的时候。

麦克卢利此行是有备而来。他在沃切斯特的同事已经确认了在纳伯勒庄园狩猎遇难者的身份。而目击者也证实，子弹是由道连的枪中发出的。目前还不能就此证明道连是故意谋杀。不过这个案子确实疑点很多。道连本人早前曾声称，他不认识遇害人，但麦克卢利问过好几个死者的熟人。他们都说，姜头和道连认识。

这些人还向麦克卢利警官爆料，道连和一个名叫阿兰·坎贝尔的被吊销执照的大夫有牵连。而后者的尸体去年年初在其简易住所被发现塞在橱柜里。看上去他是因手淫性自体性行为窒息而死亡。麦克卢利警官喝了一口茶。他还知道其他不少事情，不过那些暂时都可以放下。麦克卢利警官要是改日再来见道连，就会欣喜若狂。他会发现道连烦躁不安，心神不宁。因为他是大忙人吗？不，没人限制他的行动自由。不过如果他外出一段时间，要是提前给警察局打电话备个案，他们会十分欣慰。

麦克卢利警官一走，道连立刻朝电话走去。他脑子里冒出一个鬼主意。这个主意对他当下的处境而言正合适。你没事吧？海伦问他。你看上去脸色不好。他粗暴地让海伦滚开。他在考虑该不该立刻给凯文·斯特鲁德打电话。找人恐吓恐吓他？一定是凯文泄的密。不可能是老费。老费说不上两句话就打瞌睡，不可能向外吐露很多东西。凯文，或者是那个猥琐的矮个小说家达文利什。道连知道凯文曾经一直在他周围转悠，而达文利什对道连怀恨已久，从两人在牛津同学时就交恶。道连心想，或许不如把他们两个一起干掉。这个想法在他脑子里冒出来，就像平常人脑子里冒出个洗澡的念头那么平常。

还没等道连拿起话筒，电话就先响了。是麦克卢利打过来的。还有一件事需要核实一下，他对道连说。据我们获得的消息，还有一位和你关系密切的人，叫巴锡尔·豪伍德。

——我认识他，道连没有否认。

——不过他已经失踪了好几年了。

——我想是的。

——你是最后一个见他活着的人。

——我什么都不知道。

——嗯，据我们得到的消息，他有天晚上和你回家去看他当年为你制作的一部录像装置作品。这部作品全部是你写真的录像带，名字叫《阴极的爱丽丝》，对吗？

——是《阴极的那喀索斯》，道连的嗓音掩饰不住轻蔑。

——是吗，那就那喀索斯好了。我不是搞园艺的，格雷先生。咱们别兜圈子了，直说吧，我非常想看那部作品。

——为什么？道连颓然坐到电话旁的椅子上。

——噢，不为什么——我想，就是出于好奇吧。

——那些带子都码好了，放在箱子里；拿出来很费事。

——这件事不着急，你慢慢拿。我来之前会给你打电话。你不要有压力。说完，麦克卢利挂断电话。

道连放下电话，上了楼，并将自己反锁在房间里。他看了看摆放在无光钢基座上的九台显示器，然后走向放录像带的橱柜，打开橱柜门。他挨个将录像带拿出来，并逐一晃了晃，仿佛从它们发出的塑料碰撞声中能听出什么预兆。这些年来全凭这些录像带在保护他——它们还会对他继续保护下去吗？

不会了。他的敌人正在向他逼近。海伦已经开始怀疑真相了，虽然她可能还没能力去理解真相是怎么回事。现在又冒出来一个该死的麦克卢利，还含沙射影地说东道西。道连现在必须要有所动作，处理这些物证。他不需要所有这些录像带——全部留着有什么用？只要保存一盒，让他真人看上去年轻健康就够了。留一盒录像带作为他好运的抵押物。至于其他盒，他不敢烧掉或销毁它们。因为那样做，海伦或其他人会发现蛛丝马迹。最好的办法还是把它们留在这儿。不过，得用个“藏而不掩”的办法——想到这里，他竟然得意地笑起来。用这些录像带做幌子，把那些可恶的条子们拒之门外。那我得重新加工这些录像带——我要这么做。加工这些录像带，没有人比我更懂行了。

他把一盒录像带放回盒式录像机卡槽中，打开显示器。他把显示器调到电视节目频道——画面中出现一些愚蠢的电视嘉宾，坐在转播间海绵垫子上就一些无聊之极的话题高谈阔论。他摁下已经十五年都没碰过的录像键，感到后脊梁骨震颤了一下。是焦虑，还是岁数大了？

道连花了一整晚时间，在楼上房间里重新剪辑录像带。开始他还精心地剪辑，尽量想把它做成个有情节的片子。但不久他就对这种移花接木的伎俩感到厌烦，坐到埃姆斯椅上，摇来晃去，粗枝大叶地干起来。

第二天早晨，道连总算忙完了。他下楼，见到海伦，像皇室成员那样行了个屈膝礼。他觉得自己现在神圣不可侵犯，不用再受海伦或麦克卢利的掣肘。这回他心里踏实了。

麦克卢利此后再也没打电话来要看看《阴极的那喀索斯》。当时他只是随口一说，想试探一番。他怀疑道连或许做了某些坏事，但苦于证据不足。就算那些不靠谱的证人愿意出庭作证，陪审团也不一定会相信他们和他们口中的那些奇谈怪论。

可是道连并不知道这些。而且他自己很快发现，靠装疯卖傻无法掩饰一切。警察局也很快就发现道连出于内疚而表现出的躁狂。自从将那九盒录像带中的八盒销毁掉，他仿佛大半个人都失了魂似的。每隔几天，他都要去厄尔科特街警察局，向当班警官自首。有时他还甚至带上地图，在上面标记自己在何处掩尸；还有几次，他在口袋里塞满聚丙乙烯塑料袋，作为自己谋杀的证据。可是警察都耐心地向他解释，纽约市不在他们辖区范围。前十次他这样去警察局自首，都被警察用巡逻警车送了回来。送他回家的警察发现，一个三十多岁、风韵犹存的妇女在门口搂住他，把他带回家。

海伦认为这一切是可卡因把道连的心理压垮的。她从她前夫那里已经领教过这些心理崩溃后的症状。道连现在也一样，疯疯癫癫。他像个瘾君子一样，表情不安，嚷嚷着有人在监视他的房子，并在邮箱和盆栽植物里安放监视和窃听设备。他似乎永远不敢合眼，一到天黑就躲到楼上顶层房间。他把自己反锁在房间里，拉起防盗链，插上门闩。海伦尽力想让他平静下来，鼓励他把心中的恐惧说出来。她甚至还想找到他吸毒的证据。但其实她什么也不知道。没有毒贩造访这所房子，而且道连自己除了去警察局胡闹，也几乎足不出户。

海伦在道连家待的最后一天可谓惊心动魄。那是个春天的清晨，伦敦天空湛蓝无云。她发现道连站在楼梯顶端，用手提溜着她宝宝的脚踝，把孩子像钟摆一样摇来摇去。孩子吓得哇哇大哭。你的时间还多的是，道连咬牙切齿地说……你年轻，身体又好，有的是时间……而我却又老又衰。

——道连！ 海伦痛苦地哀求道。你这是干什么呀？不要伤害孩子，求你了，看在上帝分上，不要伤害他。

——别担心。道连的声音冷酷得几乎不带一丝情感。我不会伤害他的；我只是用他的摇摆来表示时间如何流逝。

他走下楼梯，把孩子就这样倒着身子放到海伦怀里。海伦一下子瘫坐到地毯上，牙齿吓得咯噔作响，好像道连的冷酷刺透她的身体。我一直在竭力帮你，道连——到底怎么回事？求求你，告诉我，到底怎么回事……求求你。我不相信你杀过人；我觉得你现在需要帮助，或许需要一位心理医生——？

——心理医生？哈—哈—哈—哈—哈—哈—哈—哈。他的笑声机械而长久。心理医生是不会搞清楚的——你最好去给我找个巫师。不过眼下最好的法子还是你他妈快给我从这儿搬出去。滚出去——现在就滚，快滚！ 滚！ 道连像疯子似的在屋内乱窜一通，把海伦和孩子的物品堆到一起，放在她面前。

海伦开始吓得直哆嗦，后来缓过神来，终于离开道连家。她紧紧搂着孩子，逃离她的这艘爱情泰坦尼克号正在倾斜翘起的甲板。

在生命的最后一周里，道连·格雷就这样瞪着眼坐着。在这周的前几天，他还保留以往生活上一丝讲究，拉屎、撒尿还离开房间去卫生间。但后来就在房间内解决，再后来由于不吃不喝，他连排泄的需求也没有了。他就这样坐着，瞪着双眼，在自己暗如矿井般的精神迷乱中越陷越深。他出现幻觉，感到自己的肉体互相撞击，房间里充满了排泄物的气味。现在装置作品里那九个那喀索斯只剩下最后一个和他做伴。正是这九个那喀索斯，这些年来一直让他永葆青春。

这个三十五岁的男人，在过去十五年里虽然身染沉疴，但外表却完好无损，依旧那么英俊。他的皮肤虽然变黄，变得黯淡，但至少还没有疤痕。他警觉的双眼和嘴唇暴露出他过去干的罪恶勾当后求生的欲望。不过话说回来，别人要是像他这样身处险境，不也这样吗？除非他们已经被送进艾滋病这所细胞的奥斯威辛集中营。

屏幕上这最后一个那喀索斯不知从哪儿搞来一件灰色卡迪根式开襟毛线衣，把它披在自己凹陷中空的躯壳和肿胀的关节上。他盘腿坐在显示器屏幕里，就像道连盯着他那样，他也盯着道连看。偶尔道连发现，他也会朝自己发笑，仿佛想起过去某个美好时光。

道连就这样坐在那里盯着屏幕上这个讨人厌的、穿着卡迪根毛衣的那喀索斯，一连坐了七天。到了第七天，道连拿出一把弹簧折刀，弹出刀刃。当初他就是用这把刀手刃这些那喀索斯的炮制者——现在他又要拿它来杀戮这最后一个那喀索斯。不，不要！ 这第九个那喀索斯哀求道，不要！ 不要做傻事，道连……他向屏幕的深处躲去，像个惹人怜惜、毫无抵抗力的少女，把自己裸露的躯干蜷缩在长满胸毛的胸膛前。道连瞅准时机，向屏幕里的那喀索斯猛扑过去。

人们在一个星期后才发现道连。此时他的尸体已经开始分解腐烂。先是消防队员把门砸开，然后警察进入房间。救护车上的医护人员移走尸体。他们这些人早已对这种死亡场面见多不怪了。他们成天就是和这种事情打交道。他们处理道连肿胀的尸体一点也不拖泥带水，处理屏幕上赤裸的那喀索斯也一样麻利果断。

——瞧瞧这些录像带，都有些年头了，一个不那么蠢的条子说，估计这些录像带是八十年代的。谁知道呢，或许道连认识上面这个小伙子——他或许是道连的男朋友。警探在关掉显示器之前又看了一眼屏幕。嗯，这个粉头说不定是道连本人。你知道吗，有些男同性恋受不了自己衰老。他也许把自己过去的录像带看多了，对录像带里的自己又爱又恨，当恨意超过爱意时，就会自戕。

——听起来让人毛骨悚然，他的一位同事说。

——确实瘆人。

尸检并不复杂：死者三十五岁，身患多种艾滋病并发症。他可能受某人传染而得了绝症，但直接死因却是被弹簧刀片割破血管。尸检结论：自杀。

道连的葬礼也异常简陋。老费和海伦是仅有的两名送葬者。葬礼上除了殡仪馆提供的一些礼节性的花朵，只有一束是别人送的。昂贵而淡雅的鲜花上附着一张卡片。这是一张黑边硬纸片，顶部有三片羽毛作装饰。卡片上就写着“缅怀”，署名“戴安娜”。戴安娜一词笔迹很妩媚，令海伦不禁遐想，上面那个点应该用心形表示，而不是就简单地用一个点。“我想他最后神经错乱，”她对老费说，“与和她纠缠不清不无关系吧。”

——噢，不是的。他一度曾是社交达人。在各种场合出现，结交各类人士。

——那后来呢？他的那些朋友哪去了？

——用“朋友”这个词有些夸张了。我说他结交各种人，并不是指他真的讨他们喜欢。如果社交性访问可以实现的话，老费本打算让海伦找沃顿谈谈，但两人已经无法交流，所以老费也没再提议。老费和海伦最后在哈罗路墓园门口道别；海伦坐地铁回滕汉姆格林，而老费的司机开车载着他向南穿过诺丁山和肯辛顿，回切尔西的家。

亨利·沃顿在得知道连·格雷死讯后，又苟延残喘了两周才去世。不知他是不是担心炼狱里也有类似等候室的地方，怕和道连在那儿撞上，所以还是再等等，让道连先上路，自己晚一点再出发。

亨利·沃顿最后时刻的到来，有点出其不意。当时一连好几天，他对麦克米兰医院护士在自己身边进进出出毫无所知。他们给他更换超大型尿布，或给他疮口换绷带。偶尔来自妻子或女儿的亲吻，他的嘴唇已经感受不到了。而老费在他耳边低语倾诉，在他听来也无异于啮齿类动物的吱吱叫声。亨利·沃顿在弥留之际残存的认知，仅限于摇摆人脑袋进入他有限的、窄窄的视野，然后又离开，就这样在他眼前进进出出，那龇牙咧嘴的样子更像是死神的面孔。看来“世纪末”对摇摆人和沃顿来说，是在劫难逃了。进进出出，进进出出。直到一天下午，整个房间彻底安静下来。摇摆人停了下来，他的脸庞进入沃顿视野定格，再也没有离开。

沃顿挣扎了一下，呻吟着，那动作像是想从望远镜目镜前移开。见鬼，怎么不动了？他感到一只手搭在他肩膀上。他从躺椅上站起身来，正好面对着……摇摆人。

——Wotcher cock，他问沃顿。

——我没听清？沃顿莫名其妙，不知道摇摆人在说什么。

——我说，“Wotcher cock”，摇摆人又重复一遍。这是流行于伦敦东区的方言问候语。

——嗯，嗯，我挺好的。沃顿迷惑不解地用手揉揉肉眼，非常惊讶地发现，自己的视力恢复了，并且被看到的景象惊呆了。

——我是不是很精神？离这么近看，摇摆人五官确实很英俊，脸上饱经沧桑，表情像花岗岩般坚硬，确实像过去的老船长。他穿的羊毛衣十分合身，一尘不染，毛衣上还绣着船锚图案。有一件事，你是对的。摇摆人像长辈一样慈祥地将一只手搭在沃顿肩膀上。

——什么事啊？

——我就是那个用身体做钟摆，来度量秒钟、分钟和时钟的人。而且我只为你一个人度量时间。

——为我？

——没错——我是你的摇摆人。来吧，老伙计……他伸出一只粗大的手，帮沃顿站起来。我们现在该起航了；我们要在天黑前抵港，还需要航行一段时间。

——我们这是去哪儿？沃顿往后退缩一下，但摇摆人却在一旁催促他。

——去奥林匹亚——我们要驶向奥林匹亚。

——噢，太棒了！ 我一直就盼着与众神为邻。

——和那帮露阴癖者为伍，你会感到羞耻的，摇摆人讥笑道。但他声音不大，沃顿没有听见。这时，摇摆人打开房间的落地窗，用手抓住沃顿，沿着绳索，爬回对面公寓他的轮船的驾驶台。沃顿回头看了一眼，只见老费还蜷缩在扶手椅上酣睡。然后沃顿才将目光投向未来。

当蝙蝠脸一个半小时后再次回到房间，她的丈夫已经去世，尸体摸着发凉。她没有唤醒老费，而是径直走向电话，拨了一连串号码。那边的总机让她等待，不要挂机。电话里传来维瓦尔第的《四季》，却总觉得只有三季。当她握着话筒等待的时候，心里涌起一股异样的恐惧感。她转向窗户，发觉环绕在这所房子及其周围的非自然力场似乎在断裂、冲突。户外花园里繁茂的植物、花卉、灌木、树木全都又重新回到早春应季的生长阶段。但有些树叶和树梗却枯萎缩水，多余的花瓣和花朵也都枯萎了。许多鸟儿朝南飞去，草色也发暗。仿佛神灵在这片草木生长的区域施以两股对立排斥的力场。这时分机通了，医生接起电话，蝙蝠脸告知他沃顿的死讯。

尾　声

“她不得不死……”

握着打字稿的手指保养得很好，死皮被清理干净，指甲剪得整整齐齐，并用指甲锉把粗糙的边缘打磨得很光滑。右手小指上戴着一枚不显眼的金戒指，戒指上镶嵌着一枚更不显眼的钻石。两只手的手背是棕黄色，像新鲜烘焙的饼干。要是鼻子凑近闻一闻，就能闻到佛手柑、檀香木或其他昂贵香料的味道。两只手的皮肤光洁紧绷，这反而显示出这只手是经过刻意保养而不是年轻使然。这两只手的主人是一位三十五岁的男人，一个名叫道连·格雷的男人。

道连把这沓打印稿从头到尾翻了一遍，然后放在桌子上。呃，他对坐在对面的维多利亚·沃顿说，这真是……我是想说……我……他停顿下来，坐在那里陷入茫然，沉默不语。

——你很清楚，我为什么要你读这个。维多利亚镇定自若地说。

——我明白。

——我觉得你有权知道相关内容。

——知道什么，是沃顿对我的评价吗？

——我没说。

——但是都写在里面了，不是吗？写得明明白白——他鄙视我，极端鄙视我，而——噢，我还蒙在鼓里。

——你想说“不管怎样，我为他付出过”——你也的确如此；你确实为他做过许多事，特别是在他临终前。

——我没想过。

——我们大家谁都没想过。

道连从桌前站起来，在这间厨房兼餐室的房间里来来回回踱着步。现在距离沃顿的葬礼，过去了仅仅三个星期。虽然时值暮夏，但房子由于哀悼氛围而平添几分寒气。道连走了三个来回后，停在维多利亚面前，你以前没见过他写这东西吗？

——没有，我没见过。你也许觉得我乖戾冷漠，不过沃顿临终时我确实没怎么管他，扔他一个人在那儿。他自己明确表示，这正是他所想要的。道连，你比绝大多数人都清楚，我和沃顿的婚姻能维持，很大程度上要靠容忍。

——对不起，维多利亚……情况不是这样的……

——不，不，维多利亚让道连别激动。你不必表示歉意。我当然知道，你和沃顿之间有过恋情，但我同样知道，这是很久以前的事了。而且我和沃顿之间的容忍，也是互相的。

——我明白你的意思……但这又是怎么回事，维多利亚，你不可能受得了这上面写的。他拿起一沓A4稿纸，砰的一声扔到桌面上。

——噢，我也不知道……她从茶壶里给自己倒了些茶水，却没有问道连要不要也来一点……不过读了以后，我反而有点高兴，原来我丈夫不完全是废物一个。我觉得有些段落写得很棒。

——但……但是……他一直赌咒发誓绝不会写小说，更不会写真人真事题材的小说。

——是啊，他还在文章里拿这个来打趣。他借用小说里的人物说，唯一能让他动手拿笔的情况就是当他失去汽车钥匙[①]。你一定注意到了，在这本书后半部分，主人公一直在找汽车钥匙。

——不，不，我没注意到。

——嗯，他在这部小说的外在形式上玩的唯一花样就是这个了。

——在形式上玩的花样？道连有点不太相信。他又坐下来，将包在剪裁合体的裤子里的两条腿，一条搭在另一条上。我怎么觉得，他在形式上没玩任何花样，好像写的句句是实！

——但他写的确实是小说，道连。而且亨利在写的时候，颇费苦心地把那些他在场的情节和他不在场的情节分得清清楚楚。

——我不是谋杀犯，维多利亚——我从未杀过人。

——那些事情我都知道，道连；你就别装了。亨利也知道。听着，我本来可以违背他的意愿，不把这部作品拿给你看。我之所以拿给你看，是出于尊重他对你的感情。

——什么感情？

——就是爱情，道连。亨利生前爱你。他一直爱你。我觉得他写的这本书就是一封加长版的情书……蝙蝠脸在一旁踱步。菲比突然闯了进来，在冰箱和工作台之间蹦来跳去。这个失怙的少女正在找三层果酱的三明治。不要调皮，维多利亚轻声责备她。

——我已经不是孩子了，菲比回嘴。

——你就是想进来偷听我们的谈话，她母亲点破她的心思。这令小姑娘颇感无趣。她没再争辩，拿起三明治，蹦蹦跳跳上楼了。

---

① 参见前文注释。

——等她一走，道连又开口了。如果说这也算情书，那这情书写得也太蹩脚了。他把我写得平庸而阴险，一个愚蠢自恋只会靠脸蛋混世的小白脸，脑子里除了性和施虐欲，就没别的。

——听着，道连，你可能不知道，沃顿对你某些方面的表现确实不满——

——是的，当然不满。但这不是问题的关键。关键是我大学毕业，本想干一番事业，结果是他一手把我变成无所事事的混子。我本来准备给慈善事业捐款，他却让我变得自私利己。我本来不注重仪表，他却把我变成头号自恋狂……

——维多利亚笑着望着他。不可否认，道连，你确实有点虚荣。

——我注重外表，懂得照顾自己——许多男同性恋都和我一样，这样做没什么不道德的，也不算什么恶行。我们只不过为了保持年轻，愿意扯下道德的遮羞布。亨利这本纪实小说，还有一处让我无法接受，就是关于巴斯和《阴极的那喀索斯》。亨利很清楚，巴斯临终前，是我在照顾他。而且在他去世后，我想尽一切办法，保存他的作品。我不知道……我不知道……这本书就算是寓言，这也——道连边说边拿起书稿以示强调——有点太过了，他妈的太过了。我知道亨利最后活得很艰难，但这并不是我的错，我没感染艾滋病毒，我没四处传播病毒，我也没注射毒品。这些我统统都没做。

道连原本像新烤饼干一样焦黄的脸颊，现在由于激动涨得通红，过了好大一会儿才平静下来。见他这样激动，维多利亚决定结束谈话。最近一段时间，由于亨利去世，本来就令人伤怀，虽说他的死并不出乎意料，但给她造成的痛苦并未因此而减轻。诚然，亨利并不是正常意义上的丈夫，甚至在某些人看来，他根本算不上是丈夫，但维多利亚·沃顿这些年来一直照顾他的饮食起居。现在他终于撒手人寰，她内心感到十分失落。在他生命最后几年里，亨利多多少少开始远离毒品，并竭力想搞好和菲比的关系，而这对他来说也是最头痛的。

——是这样的，道连——维多利亚压低声音，换成说服的口吻——这部手稿他留下两本，一本给你，一本给我。留给我的那本，我准备销毁——就算不马上销毁，也会很快。至于留给你的那本，你怎么处理，是你的事。关键问题是没有人会去读这种玩意——她用手指了指桌子上那一沓打印稿——送给人也没人读。

——你这样做，我不感到奇怪，道连说。

但道连对这本书的态度很抵触。从他拿这本书向维多利亚发难这一举动本身，维多利亚亲眼目睹了她丈夫曾明白无误指出的道连·格雷身上的劣根性。

——我也不知道为什么，道连，她咯咯笑出来。我现在觉得自己比其他人更容易获得解脱。在社会的阶梯上，我向上多爬了好几级，是亨利把我从一个蹩脚的诗人变成一个成功的历史学者。我接受他在书中对我的美化——读者在书中需要一两个这样坚强的角色才能有所依傍。所以我不反感这部作品。我反而觉得其中某些章节很有意思。我还很惊讶他临终时，还有如此精力投入到这部书稿中，并将它完成。那时他已经病入膏肓。

道连离开沃顿家时打定主意，今后能不过来就坚决不过来。这个女人，维多利亚·沃顿，肯定对自己心存嫉妒。可她毕竟不过是个新发迹的犹太人，无论她怎么掩饰。她对亡夫念念不忘，还试图装作已经走了出来，但还是被看出来很受伤。亨利的聪明、尖刻，乃至整个为人，都让她觉得高不可攀。今后她可能会嫁给某个乏善可陈的小商人，迁往郊区居住，聊以遣怀。

道连沿着人行道边走边沉思。他的惠比特犬，威斯坦咔嗒、咔嗒地跟在后面。别看亨利平时天马行空，不拘小节，但在写作上确实有两下。要是把这部文稿里关于费格斯·洛克比的那部分出示给他本人看，会很有意思。亨利真是下作，故意把老费饱餐一顿后习惯性打盹，夸张地写成一种病理现象。他还把老费无关痛痒的势利眼和不愿买单的小气在书中都渲染一番。总之，亨利不放过任何一个机会，把他朋友身上的微小瑕疵放大为不得了的缺点。

不——道连停下脚步，转念一想——还是别把这部极尽嘲讽之能事的文稿给老费或其他人看了。道连走到车子跟前，头脑才清醒一些。他靠在车身，这是一辆枪灰色布里斯托尔[①]——这辆车当年曾无数次载过亨利——在道连的藏车中堪称上品。可在那部搞笑的所谓小说里，道连却被贬低为开一辆名爵汽车，在城里乱窜——那形象既可怜也不风光。道连心中突然泛起一股苦涩和悲凉。亨利生前从未当面说过这些话，现在却试图远远地从坟墓里伤害他。

他钻进考究的车厢，发动引擎。克莱斯勒 V8 发动机沉闷的轰鸣声让他心里安定下来。这时手机铃声响了起来，是办公室打来的。他一边开着这辆硕大的汽车，沿着克伦威尔路行驶，一边对秘书从容不迫地把事情交代得清清楚楚。是的，他想看看设计小组对法尔莫莰化妆品包装的设计情况。不，他不打算参加晚上在格罗斯维诺酒店举行的设计大奖颁奖晚宴。是的，他想看看五大顶级车企明年在媒体上的

① 英国奢侈汽车品牌，现已破产。

投放预告；不，他不出席今天上午“格雷”杂志的编委会会议。最后一件，是的，他会观摩巴锡尔·豪伍德录像装置作品《阴极的那喀索斯》首次数字化过程，并和网页设计者讨论，这部作品一旦下载到个人电脑上，会是什么效果。交代完这些，他和秘书礼貌地说再见。他希望在“道连会”里，每个员工，无论地位高低，都会得到他的重视。

接完电话，道连又想起沃顿那本书。道连都不屑称之为一部小说——因为小说多多少少都要有些令人愉悦的新意，而这本大杂烩毫无新意可言。在书中，他被写成极度在意自己的外表，且收入来源可疑。他的收入云遮雾罩，难以厘清。的确云遮雾罩，道连在心里讥笑，因为根本就是子虚乌有。没错，他是当了几年模特，不过那又怎样？他修完牛津的学位，又在伦敦印刷学院修了一门平面设计课程。他在诺丁山一位朋友开的咖啡店隔壁创立了“道连会”。他就像普通的小生意人那样，把这个“道连会”办得风生水起——靠厚颜无耻、个人才华和拼命苦干。

当然这些亨利·沃顿是不会相信的。有关道连生平细节，无论是通过他和道连直接交往获得，还是从两人共同认识的朋友那里获得，沃顿在书中都加以诋毁和删减。在道连自己看来，他和赫尔曼之间是真爱，虽然中间有误会。他在曼哈顿也是真心出力，替巴锡尔·豪伍德摆脱困境。而他自己挣扎于摇摆不定的性倾向之间，却被亨利在书中写成了具有施虐狂倾向的性变态。至于书中写到的是他将艾滋病毒传染给奥克塔维亚，更是令人恶心。他和奥克塔维亚当然不是通奸，而她确实死于一场滑水意外事故。亨利·沃顿憎恨自己一生的为人——这才是他写这本书的关键。而他，道连·格雷，在书中只不过成为这种登峰造极的自我厌恶的化身。亨利无法忍受的是，他，道连，是真正代表着时尚；他，道连，是靠自己苦干获得成功；他，道连，逐渐认可自身性取向，并引以为荣。亨利·沃顿觉得最无法忍受的是，道连这个先前受他庇护的人身体健康，而自己的身体却逐渐衰退。

他无法忍受的不仅仅是道连没感染艾滋病毒，而且还因为道连发自内心关心那些艾滋病人。他为了艾滋病人的医疗从早到晚忙活。而且他还利用自己个人魅力、商业头脑和人脉资源，不遗余力地参与创建英国艾滋病慈善机构。他做这些事情，亨利先是调侃，继而鼓噪，最后不得不屈服。亨利·沃顿还指责他道连杀死了巴锡尔·豪伍德。不过这正说明他自己感到内心有愧。因为五年前，当巴斯已经戒毒成功，在伦敦重新露面，是沃顿又重新拉他下水，过放荡生活。沃顿还讥笑巴斯从事的艺术和他那些永无希望获得成功的作品。

至少亨利·沃顿不应该抨击和非难道连新近为延长巴斯艺术生命所做的努力。亨利在书中，把《阴极的那喀索斯》录像带正常老化、损坏编入他这部情节变态的小说中。这是他的高明之处。可惜他与当今科技进步隔膜太久，不知道保存技术突飞猛进。像这种录像作品早就可以永久保存。当然现在对《阴极的那喀索斯》进行数字化处理，价格极其昂贵；但若道连肯等几年，价格会便宜得多。不过这些都不是关键。关键是确保人们可以随时随地用个人电脑和网络来亲自体验这部号称英国当代艺术杰作。《阴极的那喀索斯》是形式与内容的完美结合。将它从易损的录像带转录到永不损坏的虚拟数字形式，对于这部作品生命本身，是一道不可或缺的工艺转换。道连一边想着这些，一边把他这辆硕大的灰色轿车开到海德公园旁蓝色运河边的沥青碎石路上。

即便亨利·沃顿可以在书中持续造谣中伤道连和戴安娜王妃关系暧昧，亨利也无法诋毁道连为《阴极的那喀索斯》技术升级所做的努力。想到这儿，他用手抚弄惠比特犬的耳朵，对它说，亨利在书中写自己为人势利，这个还算公允，对不对，威斯坦？虽说他总爱吹嘘他和他妻子的贵族血统，但对自己这种自抬身价的恶习倒也供认不讳。

道连现在想起亨利，这位他当年的人生导师和挚友，还是心怀怆然，甚至依然带着爱意。亨利是个邪性的人，在书中他居然预言到了自己和道连的葬礼会在一个下雨的星期二下午举行。一群穿着雨衣的人聚集在西伦敦火葬场，听一位悲怆的牧师在那儿喃喃祷告。雇来的工人手握骨灰盒黯淡无光的手柄，站在那儿。过了一会，场景切换到沃顿家。他年迈的双亲，用患关节炎的双手，将过期的陈腐三明治掰碎了吃。亨利的母亲内向羞涩。她和他父亲特地从诺丁汉赶过来，替他们的浪荡子儿子料理后事。两人的神色都并不显得悲伤。

沃顿也有手足。他的哥哥从米德兰兹赶过来。他穿着样式古怪的鞋子，说话呜咽不清，明显和沃顿不属于一个阶级，这真是奇怪。道连现在回想，沃顿和他同时代许多同性恋者一样，有个共同的本事，就是善于在外人面前重新塑造出一个自我。只不过论起这个本事，沃顿比其他同性恋者更强。他不但掩饰自己的同性恋倾向，还故意装作对同性恋深恶痛绝。其实他身上真正的资本就是一个牛津大学的教育背景，其他都是靠点石成金的魔法渲染出来的。

道连的这辆布里斯托尔轿车驶入费兹罗维亚区。它排气管尾气的轰鸣声震得旅行社和三明治店的窗户嗡嗡作响。道连从后视镜里瞥了一眼自己的脸庞。没错，相对于他的年龄，他确实很年轻。但沃顿书里把他写得光鲜照人，脸上没有一点岁月的痕迹，那只能说是沃顿内心嘲讽之情的外化，是人为的虚构。

不……道连用手摸到汽车仪表板下面的一个开关，揿开地下车库的电动门……在现实中，亨利根本不像他自己在书中标榜的那样宛若奥林匹斯诸神般清高。在道连眼里，他和常人一样，怕死怕得要命，和巴锡尔·豪伍德一样怕死，和阿兰·坎贝尔一样怕死。胆小而脆弱。道连抬头望了望“道连会”所在的这栋五层楼的建筑。当初他租下这栋楼时，曾有过犹豫，担心自己没法引来足够多的生意维持开销。不过三年过去了，他现在作为老板，感到轻松多了。他喜欢这所建筑身上五十年代功能主义气质，窗扇间点缀着锯齿形花饰，阳台像被抽出的写字台抽屉。楼顶上飘着一面灰色旗帜，上面有个大写字母“G”。这面旗子看上去不像是朝着未来前进，倒像是马上要投降的信号。

在地下停车场，道连打开车后座门，把小狗威斯坦从车里放出来。这只秀气的惠比特犬蹦跶蹦跶地跳出来，在昏暗的地下车库里摇摇摆摆地站立着。沃顿那部书稿被道连刚才随手扔在车后座上。我是不是该将它立刻销毁？道连思忖着。但转念之间又改变主意。维多利亚·沃顿的话也不可全信。他不如再等等，直到确信她已经销毁她的那一本，或者确信她即使不销毁，也不会泄露书中的内容。

艰难地打定主意后——在度过一个远谈不上轻松的上午后——道连·格雷朝电梯走去，步入更为轻松的工作世界。

* * *

这年冬天和其后的春天，对“道连会”来说是忙碌而热闹的。亚历山大·麦昆[①]和约翰·加利亚诺[②]在当年的巴黎高级女子时装展上都发布了叫好不叫座的时装作品。道连本人也在时装展现场。他的身份是作为亚历山大·麦昆和约翰·加利亚诺的朋友，同时也是一本颇有影响的时装设计杂志的发行人。在这种活动中，他显得如鱼得水，在展后宴会上与宾客觥筹交错，安排报导发稿，协调组织各种访谈，甚至亲自参与服装设计。道连让整个活动现场弥漫着浓郁的英伦风，让人觉得时尚界在伦敦缺席多年后终于迎来英式元素的回归。

在“道连会”大楼侧厅，一位名叫托尼·布莱尔的人正在等待见他。他是一位年轻的、活力十足的政治领袖，正打算在议会大展身手，一扫保守党陈腐老朽气息。至于那位戴安娜王妃，道连和她在几次场合不同的慈善会上比邻而坐。她正忙着在几乎所有激进领域推销展示自己。一月份，她和哈罗信托基金一道在安哥拉为扫雷工程募捐，并斩钉截铁地宣称，绝不会让皇室成员身份干涉阻碍她的慈善事业或个人生活。

道连和所有人交往都游刃有余。无论在伦敦西区酒会上，在肯辛顿宫，在米克班克塔的工党新总部大楼的走廊里，他都挥洒自如。他所到之处，放言高论，魅力十足，抓住一切机会扩展人际关系网。无论去哪儿，威斯坦都跟在后面。

街头时尚和流行音乐互相结合，互相影响，而流行音乐又给政治带来活力。原本西装革履的政坛，现在由于戴安娜王妃的披风而平添了一份人道主义亮色。概念艺术家们炮制出的搞笑卡通人物剧引爆大

---

① 亚历山大·麦昆（1969—2010），英国著名时装设计师，号称英国时尚之父。
② 约翰·加利亚诺（1960— ），法国著名时装品牌“克里斯汀·迪奥”的首席设计师。

众的笑点。就连那令人目眩的回旋曲都沾染了世纪末的味道。因为现在是二十世纪末，经过一百年的意志消沉，英国这块土地上弥漫着一股乐观情绪，认为触底反弹的时刻该来了。

* * *

转眼到了秋天。英国皇家艺术院正紧锣密鼓地准备上演一场由极具争议性的英国当代艺术家创作的最大胆、最前卫的艺术品。道连参与了这次展出的推广。他此时置身于索霍区一家名为“主往何处去”的意大利餐厅，和皇家艺术院的总监正在一场饭局上进行交流。就在此时，怪事出现了。

总监是餐桌上的焦点，正喋喋不休地说着自己面临的窘境——长期资金短缺使得他无法获得有永久收藏价值的展品。餐桌上的另两位客人，一位是吃得满身是汗、眼袋肥厚的艺术评论家，另一位是头发油光锃亮的著名艺术经纪人。他俩都点头附和。道连虽然也点头附和，但内心一个嘲笑的声音在升起。这个声音距离他的内耳如此之近，以至于他都能感受到伴随声音而来的气息声，在轻触耳膜。你这个不要脸、爱吹牛的小人——要知道你花的可不是自己的钱，而是纳税人的钱。道连的外表还在微笑着，点着头，但桌上所有人的神情看上去都变得和刚才不太一样。他们说的话听起来也不太一样，都是彻头彻尾的废话。

总监，评论家和经纪人正在讨论这年秋天要展出的展品。这时道连耳朵里那声音又响起来：概念艺术已经堕落为廉价的粗制滥造的自传作品，是地球村时代蹩脚的、带有浓厚个人色彩的纪念品，而录像装置艺术也沦落为和电视广告差不多……不知道皇家艺术院的礼品店会不会卖打折的瓶装尿、罐装屎和真空包装的血液。

——你在说什么？总监转过身看他，显然道连刚才失声笑出来——不知道自己刚才脱口而出多少脑子里正想的东西？

道连找个借口，离席而去。他回到位于格洛斯特路对面的家里。他把威斯坦放到后院去撒尿，自己进屋喝一杯酒。

——这儿又黑又霉，声音又响起来了，像斯隆①藏品室。

——不，道连反驳道，这些都是漂亮的藏品，每件都经过我精心挑选。

——是吗，声音开始变得絮叨，那也是很多年前你年轻时的眼光。这些东西现在都已过时了——或许也是因为你现在不具慧眼，对吧？

——我一定是累了，道连心想；刚才在饭局上，我觉得那些人都是垃圾，可他们确实是各自领域的精英啊。看来今后我要收敛一些，不然会身不由已地陷入愤世嫉俗。

他招手让威斯坦从院子里进来。这只惠比特犬瑟瑟发抖地站在一个老式壁炉的炉栅上。这块炉栅是道连从旧货市场淘来的，还没来得及装上。这只狗身上的肉紧紧绷着，贴在骨架上，来自后门上方的灯光照过狗的双腿，把窗花格般纵横交错的血管映照分明。这只可怜的畜生仿佛成了一扇有生命的彩绘玻璃窗。我们应该把那畜生纤细的四肢打断，这时那神秘的声音又响起来了，在它站着的栅栏上生一把火，将它烧死。道连喃喃说道，“这样做太 unheimlich②。”

---

① 斯隆爵士（1660—1753），大收藏家，1753 年去世后大部分藏品捐赠给大英博物馆。

② 德语形容词，表示“可怕的，诡异的”。

——你根本就不知道这个词的意义。那声音指责他。你不懂德语，最好去查一查字典，如果你有的话。

道连顺从地去查字典。他迅速地翻阅写字台上的字典。台灯的灯光照在字典上，显得书卷气十足。他在字典上查到“unheimlich”一词意为“诡异的，可怕的”。这种行为当然诡异，道连心想。

——是不是这样，那声音又起来了。

——我听出你是谁了。道连啪的一声把字典合上。你就是亨利那部荒唐作品里叙述者的声音。这几个月，我从未想过那本书——我也从未想过你。突然，道连心中涌起一股冲动，想再看看那部文稿。它被锁在阁楼一个柜子里。他径直走上楼梯，伸手去拧楼上的门把手。门是锁着的。奇怪，道连想，我从未锁过这扇门，从来没有。

——也许房间里有什么你没见过的东西，亨利的声音说道。

——不，里面什么也没有。道连再次用力拧把手。如果不是他锁的，会不会是清洁工锁的？清洁工倒是确实有道连家所有房间的钥匙——但他为什么偏偏锁上这一间？

——不是清洁工干的，亨利的声音还在回响着。是你自己锁的，你快要疯了。

——不，我没疯，道连狂笑道。不过我要是在这里站一夜，那才疯了呢。

他回到卧室，脱了衣服。卧室步入式衣柜的门上镶嵌着一块镜子。每天晚上，他都像做晚祷一样，前前后后将自己细细地检查一遍。还好，一切如常。在浴室里，他用了一点洁肤水和保湿液，并干净利落地用镊子拔了一根鼻毛。他用一种针对敏感牙龈的特效牙膏刷了刷牙。他睡得很香，身下浅蓝色床单让他觉得像漂在海上。第二天一早，和亨利声音相关的一切都从他记忆里抹去，他也将书稿忘得一干二净。

* * *

忙，忙，忙。一次又一次前往健身馆，里面全是宽阔的背，细窄的背，白皮肤的背，黑皮肤的背。弯下，抬起，健壮的胳膊，瘦弱的胳膊，挥来挥去，洒下一摊摊运动的、健康的汗水。在位于市中心这家健身俱乐部，中午时分总能看到道连的身影。在这家俱乐部里，模拟划船的健身器横七竖八地随意摆放着，令它们的使用者看上去像在水道中划船的奴隶，被各种反作用力弄得前进不得，后退不得。在看不见的掌舵位置，道连脑海中浮现出一个身材魁梧的努比亚人。他身上除了穿一条 CK 性感内裤外，其余一丝不挂。他两只硕大的手掌击出的划桨节奏，带着嘻哈音乐风格。

忙，忙，忙。“道连会”由于和“新工党”运动关系密切，所以道连——还有他的威斯坦——就需要经常和工党那些候任部长们晤面，商讨如果新政府上台，将制定怎样的通信战略。终于迎来了选举日之夜！道连先在肯辛顿区举办一个盛大的派对，接着又踉踉跄跄来到伦敦西区。道连一向不胜酒力，但面对胜选后的庆功酒却很难拒绝，一杯接一杯往肚子里灌，好像要把那帮保守党家伙倒进排水孔里。道连那天晚上最后一项活动是和“当选的大多数”（因为这是人民的胜利）一道，参加在泰晤士河南岸举行的盛宴，为“圣托尼”[①]庆贺。他那迷人的露齿微笑展现的魅力简直无以复加。第二天一觉醒来，是

① 指工党领袖托尼·布莱尔率领工党赢得大选。

美妙的伦敦五月清晨。道连再和“当选的少数人”坐上轿车，驶过泰晤士河。两旁全是挥舞着的标准尺寸米字旗。而先遣人员早已站在唐宁街，向他们招手致意，煽情地宣示国家赢来新掌柜。

忙，忙，忙。一个短短的五月，《阴极的那喀索斯》网站就迎来二百四十五万六千七百零七次点击率（域名 www.cathodenarcissus.com）。网站的访客可以浏览巴斯·豪伍德的原作，还有其他几位故去艺术家的遗作。这个网站由“道连会”发起并维护。网站还特设链接，通向《格雷》杂志和道连模特生涯写真集图片库。网站所有图片和文字都可供免费下载。“《阴极的那喀索斯》属于我们大家”，网站首页上的口号这样宣称：“下载今日至美之作”。道连希望巴斯的作品在二十世纪末成为男性之美的代名词。这种男性之美源于对同性恋身份的认同而油然而生的自豪感。这种自豪感和那种拥抱下层社会和受迫害少数族裔而生发出的自豪感迥异。与这种自豪感相伴的是勇于承担时代责任。正是有了这种自豪感，同性恋的男男女女们有史以来可以第一次公开维权。

对于《阴极的那喀索斯》的各种仿作不断在电视广告和流行录像中出现，道连乐观其成。1997 年年初，各种《阴极的那喀索斯》，像电子病毒传遍整个视觉文化圈。这天一早，当道连穿上裤子，准备迎来又一个繁忙的一天，他吃惊地发现自己两条腿上的肌肉依旧紧绷而健美。他用剃须刀的不锈钢刀片边刮胡子边陷入沉思。自己在生活中的节制和严谨，与周围人放纵无度形成鲜明对照。但即便如此，三十六岁这个年纪，看上去和当年巴斯为自己拍录像时几乎相差无几……嗯——他朝镜子里的自己笑了笑——人们要是发现这个秘密，都会觉得其中有鬼……诡异！

忙，忙，忙——还不仅仅是忙。一个周日下午，他和朋友们——有些是同性恋，有些不是——在报春花山附近一家希腊餐厅里，正就某个议题唇枪舌战。突然，道连头晕恶心，像是门梁砸到脑门上的感觉。我们在座各位都没有子嗣，道连环视四周这些社会上的朋友。他们个个口才出众，和他情同手足。我们所有人，相对而言，都比较富有，都不受有形的、实实在在的责任羁绊。那我们做这些事到底是为了什么？

——你一直以来就生活在一个虚妄的身份里，亨利的声音再度响起。

——抱歉，我没听清。

——你一直就生活在一个虚妄的身份里，而不是你真正的名头下。如果我没说错的话，你现在自己也觉得 unheimlich 吧。

——道连，你哪儿不舒服吗？安吉拉把手搭在他胳膊上问，她手上的珠子咯哒作响。你的表情像是见到鬼了。

——道连用一只僵硬的手，捏了捏自己完美无瑕的面容，像是要把刚才突如其来的心魔驱走。不——没什么，我什么事都没有。

——其实一切都出问题了。当道连和威斯坦沿着富勒姆路往回走，亨利那刺耳的戏谑又再度响起。看来这声音是不准备放过道连了。你要这些玩意干吗，当道连在康仁家具店销售的高档椅子前驻足欣赏时，亨利的声音又开始讥讽他。要不你把那张小巧的埃姆斯椅买下来，然后自己像当年给巴斯当模特那样坐上去。

——你在胡扯什么？道连嚷道。这时一个油头粉面的营业员小跑着过来：请问出什么事了，先生？

——哦，没有，没事。

是没出事——出的是灾难。道连从康仁家具店出来，走到米其林大厦前，开始对亨利破口大骂。这个尖酸刻薄的老不死的，他甚至连我的狗都要弄走；把我心爱的狗送给纳伯勒公爵。威斯坦是我的，他哽咽了，我就只有这一条狗。他在一家鱼子酱店前的人行道上蹲下来，紧紧搂住威斯坦灰色瘦削的口鼻，亲吻着威斯坦。你是我的狗，对不对，威斯坦，对不对，老伙计？

——可惜它那张小嘴没法含住你的鸡鸡，亨利咯咯的笑声从坟墓那头传来。道连站直身子，踉跄地朝对面一家花店走去。“让我们用花语交流”——亨利仿佛此时就站在道连身旁一样，品味着这家花店招牌上的这几个字。就连他惯有的狞笑，也像从克龙比大衣丝滑的领子上堆挤出来。这句口号真荒诞，一般招牌上只会写“我们都热爱花”。

曲线的螺旋越来越紧，角度越来越陡。道连停止工作。几乎不可能的事发生了——当道连驾车在城里行驶时，像是被亨利·沃顿灵魂附体。他总是提前说出道连会在哪个路口拐弯，连踩油门加速也是由亨利说了算。不得已，道连只好选择晚间乘轻轨去夜总会，和他那帮臭味相投的朋友纵情声色，迎接二十一世纪的来临。但无论道连在这种玩乐中嗑了多少药，第二天一早，沃顿保准又在那里等着他。

——那些生物学家们不必费心搞什么基因工程了。哎，道连。

——为什么，亨利？

——因为你们这些年轻人已经亲身实践，完成基因改造了。你们之间什么都可以互换：鸡巴、屁股、牛仔服，还有头脑。你们昨晚在一起玩的那个地方，堪称世纪末的物物交换店。这么说不过分吧？

——闭嘴！ 闭嘴！

* * *

这一年的七月中旬，詹尼·范思哲[1]在迈阿密遇害。这起事件驱散了道连心头的紫色氤氲，给他敲响了警钟，促使他认真思考该如何防身。他早前对这位特立独行的浮华之王有所耳闻——抑或仅仅只是道连臆想自己认识他？这位浮华之王是不是自己跑到迈阿密挥枪自杀的？库南安[2]——这是多么奇怪的一个名字？是化名吧？听起来那么不可理喻。

警方现在已经不再联系他了。道连把通向后院的房门敞开着，而且一想起来，就给威斯坦的狗槽里填满食物，喝水的碗里盛满了水。这只惠比特犬在地毯上拉下一摊摊大便和条状尿渍。当道连踉跄走过时，它会跳过来和他撒欢。道连外在的完美容颜像是被塑封，无论他自己怎么折腾，在容颜上也不会留下什么印迹。从外表看，他还是一如既往地精神十足，举止如常，办事精细。

八月底的一天清晨，他从泰晤士河对岸回到家里。他在通向自己家的巷口就把车费付给了出租车司机，然后朝家门走去，脚步重重地踩在鹅卵石地面上。进门后，他用力踢了踢地上自己穿牛仔裤的灰色裤腿之间的灰色影子。出于某种无可名状的感觉——的确无可名状，因为现在除了能辨识恍惚迷离后脑海中残留的霓虹色光带和污渍般的脑影余像，他对其他一切都丧失了辨认能力。他蹒跚地爬上楼梯，而没有像往常那样朝卧室走去。通向顶层阁楼的门虚掩着，他瞧见里面九台显示器按新月形一字排开，而那把埃姆斯椅放在居中最佳的观赏

① 詹尼·范思哲（1946—1997），意大利著名服装设计师，1997 年遭枪击身亡。
② 著名的同性恋者、连环杀手，杀死范思哲的凶手。

位置。正中间那台显示器打开着，正在播放二十四小时新闻频道。

“……在进入地下隧道时遭到狗仔队的疯狂追踪……”播音员正拿腔拿调地播报。背景画面是事发时的地下隧道，车道两侧纵向等距离矗立着油亮的水泥柱，在灯光下颇有教堂中殿的雄伟风范。道连颓然坐到椅子上，努力想看个究竟。

五个小时过后，道连还在原处，看着电视一遍遍重复播放的画面：风驰电掣驶向医院的救护车；接受采访的目击者；被撞成一堆废铁的梅赛德斯-奔驰轿车。不，道连根本无法接受眼前这一幕。戴安娜王妃死了。这不可能。

——哦，是很令人震惊，但没有什么不可能的……亨利·沃顿带着坟墓腐尸气息的惺惺作态令道连作呕。对于人类来说，历史无异于一个沉湎于自己青春期性幻想的人所经历的一次令他自己感到惊慌失措的梦遗。

——你又在鬼扯什么？道连痛苦地斥责道。

——这起车祸是现实和幻象的完美联姻，堪与神话媲美。一个来自皇室的雌猎兽被来自媒体的群狼咬死。整个事件用一句话概括毫不为过。

——什么话？

——她不得不死……谁叫她是戴安娜[①]呢。

上午十点左右，楼下客厅的电话响起来，并且不依不饶地一直响着。道连早已好久不听电话里的语音留言了。所以打来电话的人一听到话筒里传来讨厌的留言前奏音，就挂断电话。但这次的电话和以往

① 戴安娜亦是罗马神话中的月亮女神和狩猎女神。

的都不同。它一直这样响下去。

数月来放浪形骸的生活加上数小时之久的悲恸心情，令他如昏迷般呼呼大睡。当他下午四五点钟一觉醒来时，电话铃声还在响着。道连本想扯断电话线，却一不小心，摁了接通键。

——是道连·格雷吗？电话那头的声音问。

——你是谁？

——你不认识我……这个声音深沉、冷酷、峻厉，没有一丝人味。我叫彼得。

——你要干什么？

——不干什么，只不过有件事你可能比较感兴趣。我是阿兰·坎贝尔的朋友。

——坎贝尔？我操——他都已经死了好久……

——对，此事你很清楚，格雷，整个事件的来龙去脉，你都很清楚——但这并不是我打电话的目的。我打电话是因为有盘录像带，你或许有兴趣从我这里买。

——我听不懂你在说什么。

——你还记得当年顺道开车送阿兰去伯恩茅斯见我这件事吗？

——绝对没有的事。

——是吗？我可记得很清楚。我当时透过窗户往下看——我记得你开一辆脏兮兮的名爵车。

——名爵车？别胡扯了——我从未开过什么名爵车。

——听着，你开什么车不重要，道连——关键问题是我这里有录像带。是阿兰给我的。如果你想要，可以从我这里买。我要价一万五千镑，记得用旧钞。我过几天再打过来。

电话被掐断了。道连转身冲上楼，径直奔向存放九盒《阴极的那喀索斯》的录像带的橱柜。他挨个检查一遍：其中八盒还在，但第九盒不见了。道连在六神无主之际，恍然大悟——坎贝尔一定在帮他搬巴斯尸体那晚偷走了录像带。他当时说要给朋友彼得带一份礼物。道连当时还以为，礼物是那个倒霉鬼巴斯的牙齿。现在才知道，原来是录像带。坎贝尔偷走了那盘该死的录像带。他一定翻录了一盘，放在这个叫彼得的家伙那儿。怪不得当时他一路上那么自鸣得意——原来他是在笑话我！ 他当时还故意拍了拍上衣口袋，我还亲耳听见该死的空空声。

当夜幕彻底降临，道连·格雷给威斯坦套上牵狗绳，然后朝海德公园走去。在夏末潮湿黑暗的夜晚，一团无声的人群正在向肯辛顿宫聚集。人群里既有上班的工人，也有社会上的闲人，但他们都被一种类似归家的冲动驱使——像得了瘾病一样，朝这里汇集。

——她不得不死……谁叫她是戴安娜呢。沃顿聊天似的声音又响起来。

——是啊，道连回答道。

——其实我们大家都是从无到有变出来的，道连，沃顿语气听起来像怀着恩宠，所以我觉得你不应该认为世道变坏……

——噢，我没有这么想。

道连越过铁栅栏进入公园里。周围有许多警察，不过他们要不没精打采地垂着眼睛，要不指引着哀悼的人群前往公园深处装饰性的围栏。这些围栏将海德公园和肯辛顿宫的外院隔开。远远离着一百码远，道连就能闻到成千上万束鲜花发出的浓郁刺鼻的花香。道连混杂在人群中，朝肯辛顿宫金色拱门走去。在拱门边，道连看见同样一脸忧伤的士兵正匆忙搭起赛璐玢的防御墙，以抵挡人群扔过来的投掷物。报春花，百合，康乃馨，黄水仙，郁金香，鸢尾花，罂粟花，旱金莲，三色堇，雪花莲，毛地黄同时怒放，让人难以相信现在时令是八月末。

——我现在感到心里空荡荡的，道连对威斯坦低语。偏偏我还认识她。威斯坦没有回应道连。由于它一直是宾克·纳伯勒家豢养的狗，所以和眼前这一幕格格不入。

——她不得不死……因为她的名字叫戴安娜。你养的这条狗也是败笔——没人会觉得你居然也养狗。你自己为人都不忠。至于那个“道连会”，坦白地讲，纯属异想天开，让你的经商头脑贻笑大方。

——你——你怎么感觉和平时不一样，亨利，道连惊讶地说。

——是吗？那肯定不一样。亨利·沃顿这个新化身站在那儿有五英尺八英寸高。他下身穿浅黄色牛仔裤，脚蹬十六孔马丁博士靴，上身是一件鲜红色哈灵顿夹克。他是个秃子，胖乎乎的后脑门上只有寥寥几绺姜须一样的散发。跟我走，他伸出一只胳膊。两人一起信步走开。

他们顺着宽街往回走，从两旁是整饬的花园和灌木丛的花径离开。现在亨利变得和他一样高。道连和他臂挽臂地走，感到特别舒服。死后是什么状态？道连问亨利。但亨利只是笑笑，并未回答他，拿一根胖墩墩的手指放到丰满的嘴唇上，示意他别吭声。

他们走过西卡里奇大道，然后拐向罗敦路[①]靠蛇形画廊那一侧。亨利这时用手握住道连的后颈，你从未想过有一天能和达官贵族在这

---

① 伦敦海德公园南面一条宽阔马路，供社交名流骑马玩乐著称。

里骑马嬉戏吧，他对道连说。

没有，没想过，道连小声哼哼地回答他。人在这条主要供骑马用的潮湿沙土道上行走，非常不便。道连一不小心就失足，或是踩到一堆马粪上。亨利顺势伸手抓住他的脖子，将他拽起来，或者用皮鞋鞋尖伸到他肋骨下，将他挑起来。这些动作令道连感到既疼痛又惊惧。

他们绕过湖畔，朝着建筑式样呈非对称状的戴尔餐厅走去。周围现在空无一人，整个花园只属于他们俩。我需要去方便一下，亨利说，那边有个厕所。

——那个厕所会不会上了锁，道连像抓住救命稻草一样，怀着一丝希望。

——那该怎么办？亨利边说边用一把弹簧折刀咯吱一声用力撬开厕所的门，把道连拖进去。

站在溢满尿液的小便池里，脸颊被紧紧摁在墙上，道连这才回过神来。一直和他说话的亨利，像是被施了魔法，幻化成姜头。而他们刚才远非友善的这段散步，其实是强制性劫持。道连还明白过来，刚才姜头用刀在他脖子上系的那条漂亮的新领带，其实是温热的、黏糊糊的液体，而且估计不会长时间风行开来。

图书在版编目(CIP)数据

道连：一场模仿/(英)塞尔夫(Will Self)著；
赵挺译.—上海：上海译文出版社，2018.1
书名原文：Dorian：An Imitation
ISBN 978-7-5327-7624-5

Ⅰ.①道… Ⅱ.①塞… ②赵… Ⅲ.①长篇小说—英
国—现代 Ⅳ.①I561.45

中国版本图书馆 CIP 数据核字(2017)第 206593 号

图字：09-2013-692 号

道连：一场模仿
[英]威尔·塞尔夫 著 赵 挺 译
责任编辑/宋 玲 装帧设计/姚荣工作室

上海译文出版社有限公司出版、发行
网址：www.yiwen.com.cn
200001 上海福建中路 193 号 www.ewen.co
上海市印刷四厂印刷

开本 890×1240 1/32 印张 10.5 插页 2 字数 182,000
2018 年 1 月第 1 版 2018 年 1 月第 1 次印刷
印数：0,001—5,000 册

ISBN 978-7-5327-7624-5/I·4670
定价：55.00 元